CLAUDE ARZ

PHILIPPE MARLIN, UN ENFANT DE PLANÈTE

(ENTRETIENS)

Il a été tiré de cet ouvrage 100 exemplaires numérotés qui sont réservés aux membres de l'Association ŒIL DU SPHINX à jour de leur cotisation.

© 2019 LES ÉDITIONS DE L'OEIL DU SPHINX
ISBN : 978-2-38014-010-1
EAN : 9782380140101
Collection *Les Enchanteurs*
ISSN de la collection : en cours
Dépôt Légal : décembre 2019
Illustration de couverture : Cathédrale de Nantes, double visage de la Prudence, tombeau de François II de Bretagne (wikimédia)
Mise en pages : Sabrina Pamies

Entretiens
avec
Philippe Marlin

par
Claude Arz

2018 - 2019

Avertissement

Les entretiens avec Philippe Marlin ont eu lieu entre le 12 février 2018 et le 6 avril 2019, soit des entretiens échelonnés sur plus d'un an. Le principe en était simple : Philippe venait chez moi, rue du Cotentin, dans le 15e arrondissement de Paris. Toujours avant midi. Il arrivait en taxi. On entamait l'entretien, et ensuite, on mangeait ensemble, avec Nicole. Deux fois, les entretiens ont eu lieu dans un autre endroit : une fois à Charleville-Mézières, à l'occasion du Salon des Littératures Maudites, et une fois chez Philippe lui-même, rue de La Villette, à Paris.

Philippe préparait les entretiens avec sérieux, apportant des notes avec lui. On avait décidé que les entretiens suivraient l'ordre chronologique des années 1960 à 2019.

Nous avons décidé de laisser les transcriptions en l'état, afin de conserver la spontanéité de l'entretien oral.

Préface

Philippe Marlin est en enfant de *Planète*. En effet, la lecture des entretiens montre l'itinéraire d'un homme vorace de connaissances, doué d'une insatiable curiosité, depuis l'adolescence qui déguste sans tabous les domaines d'un savoir inexpliqué, laissé souvent en jachère par la science, tels que l'ufologie, la parapsychologie, la cryptozoologie, l'archéologie mystérieuse, ce qu'il appelle les Terres de l'Ailleurs. Mais il ne faudrait surtout pas réduire Philippe Marlin à ces domaines car il explore aussi avec beaucoup de passion les littératures de l'imaginaire et notamment Lovecraft, une de ses boussoles littéraires. Il brasse des hypothèses sans imposer des certitudes.

Homme à visage multiple, banquier le jour, chercheur infatigable des domaines de l'occulte la nuit, éditeur toujours, Philippe Marlin a vécu tout au long de sa vie avec l'ambition de décortiquer la Matière, ce plat flamboyant où imaginaire et mystères s'enchâssent dans une danse féconde. Une double vie donc, toute une vie.

Pour bien comprendre l'itinéraire de Philippe Marlin, il faut se référer aux Ardennes, aux forêts peuplées à la fois de sangliers et de mystères. Une nature qui a inoculé en lui les grandes légendes régionales et notamment les aventures chevaleresques des Quatre Fils Aymon. Il sera ainsi très influencé dès son plus jeune âge par la géographie ardennaise d'un imaginaire chargé, explorant les forêts de son enfance, *un peu dans tous les sens, avec deux affections, une affection liquide et une affection mythologique.* D'un côté les fleuves, la Meuse et le Semois qui entoure le fameux tombeau du Géant, un tombeau mythologique où il se ressource encore aujourd'hui. De l'autre, les influences fabuleuses de Stenay, la capitale de la Mérovingie.

Dès le premier entretien, Philippe Marlin évoque la matrice de ses influences : *Le matin des magiciens* et le mouvement *Planète* qui *sont*, dit-il, *tombés comme un œuf bien cuit au moment où j'avais bien faim*. Il définit ce mouvement du réalisme fantastique comme *un grand courant d'air, un esprit fortéen. On brasse des hypothèses, on n'assène pas des certitudes. C'est à chacun de faire le tri, tout ça ne s'avale pas d'une seule lampée.*

Ce qui a motivé Philippe Marlin toute sa vie, c'est l'exploration de la face cachée de l'humanité, c'est la recherche de l'explication des mystères de la planète et du cosmos. C'est aussi la lutte contre la science dogmatique et le rejet dédaigneux des témoignages de faits insolites. Ce qu'il résume parfaitement quand il évoque dans l'entretien 1 le mouvement *Planète* : *un courant d'air frais particulièrement vivifiant dans le contexte culturel sclérosé des années 1960.*

Le déclic, justement, fut la publication du livre incandescent *Le matin des magiciens* sous les signatures conjointes de Louis Pauwels et de Jacques Bergier. Dès lors, Philippe Marlin sera un enfant de *Planète*, plongeant avec délice dans le réalisme fantastique, considérant que *la science et la tradition n'étaient pas contradictoires et que certaines vérités fondamentales pouvaient avoir été pressenties dans des textes très anciens.*

C'est ainsi qu'il découvre la science-fiction, le fantastique, l'horreur, le crime, l'érotisme à travers des auteurs que *Le matin des magiciens* dévoile au public français de l'époque, tels que Ray Bradbury, Jorge Luis Borges, Robert Sheckley, Fredric Brown, Daniel Keyes et, bien sûr, Howard Phillips Lovecraft. Philippe Marlin ne lit pas, il déguste les livres.

C'est comme ça aussi qu'il va arpenter les librairies locales, humer les collections de Présence du futur, Fleuve noir, passant sans transition des ombres jaunes de Bob Morane aux *Demeures philosophales* de Fulcanelli.

Philippe Marlin, faisant référence à Charles Hoy Fort, explique que pour explorer les mondes inexpliqués, il faut s'armer d'un solide esprit critique et qu'il est nécessaire de brasser avant tout des hypothèses : *Il faut garder un esprit ouvert, ne pas se départir d'une bonne dose de romantisme mais ne jamais perdre un solide sens critique.* Lucide, il souligne que *l'équilibre est difficile et souvent instable entre le* « *croyant béat* » *et* « *le debunker.* »

Toujours lucide, notamment à propos de *Planète*, il dit bien que *le message délivré avait ses faiblesses, usant volontiers de raccourcis douteux, d'amalgames suspects et de suppositions fantaisistes.* Ce que Philippe Marlin retient avant tout du *Matin des magiciens*, c'est la fenêtre ouverte sur l'imaginaire.

LA MATIÈRE

Philippe Marlin s'intéresse à des domaines inconnus, peu explorés, voire rejetés par la science, ce qu'on nomme d'une formule rapide le paranormal, un mot valise qui reste vague. Philippe Marlin, lui, a inventé un terme fédérateur : la Matière. Pour désigner les territoires de ses recherches, il utilise ce terme de Matière qui *explore les Terres de l'Ailleurs, par opposition aux terres balisées du Monde Connu.* Matière qu'il définit comme un domaine dont le contenu englobe *les littératures de l'imaginaire jusqu'à l'ésotérisme, en passant par le paranormal, les nombreuses disciplines du fortéanisme, les mythes et légendes, les mystères de l'histoire, l'ufologie.* Une Matière trans-sociale, trans-idéologique.

Cette Matière ne restera pas théorique puisque Philippe Marlin va lui-même vivre des expériences aux frontières des mondes connus qui le marqueront beaucoup, comme, par exemple, le disque noir qu'il verra en 1973 dans le ciel de Lavelanet en compagnie d'une dizaine de personnes.

LA RELIANCE

Pour expliquer sa large curiosité dans des domaines qui peuvent sembler très éloignés les uns des autres, Philippe Marlin utilise un concept original : la reliance, qui *apparaît lorsque se construisent des liens solides entre plusieurs sujets apparemment non connectés. C'est là que commence le vertige, un sentiment de plongée sans fin dans les arcanes de la connaissance de la Matière.*

En ce sens, Philippe Marlin reprend à son compte la phrase totémique de H.P. Lovecraft dans *Le Mythe de Cthulhu* : *Ce qui est, à mon sens, pure miséricorde en ce monde, c'est l'incapacité de l'esprit humain à mettre en corrélation tout ce qu'il renferme. Nous vivons sur une île de placide ignorance, au sein des noirs océans de l'infini, et nous n'avons pas été destinés à de longs voyages.*

Alors, pour s'opposer à la malédiction qui pèse sur les hommes, Philippe Marlin a décidé justement de mettre en corrélation des domaines souvent éloignés. Il n'a pas hésité à trouver des pistes dans les littératures de l'imaginaire, à faire des passerelles entre l'occultisme des temps anciens et les recherches en physique quantique, cherchant des réponses aussi bien dans les textes littéraires que dans la mécanique quantique, toujours à la recherche de cette intelligence cosmique si insaisissable. Il cite comme exemple de reliance *L'Odyssée de la conscience* menée par Colin Wilson *qui conduit à l'occultisme, la psychologie, le sexe, le crime* et, selon lui, *à une impressionnante galerie de personnages : Borges, Jung, Reich, Steiner, Gurdjeff, Crowley….*

UNE QUÊTE DE LA CONSCIENCE

Plusieurs fois, Philippe Marlin revient sur la notion de conscience. Ainsi, dans *Passions littéraires*, il pose la question : *est-ce que nous utilisons toutes les possibilités de notre esprit, est-ce qu'on ne peut pas approcher des formes élargies de la conscience ?*

Dans l'entretien n° 7 du 6 avril 2019, Philippe Marlin répond en partie à cette question, n'hésitant pas à soutenir que la conscience survit à la mort : *Je pense que la conscience a une existence et que cette existence peut devenir autre chose après la mort. Je suis plutôt tenant de la véracité des expériences dites de*

NDE et de la possibilité que la conscience — l'esprit, l'âme, peu importe — puisse perdurer.

On sent chez Philippe Marlin une recherche métaphysique qui le tenaille. Plusieurs fois, il évoque cette recherche, notamment quand il fait référence à l'intelligence cosmique. Il en parle d'ailleurs avec beaucoup de clarté, notamment sous l'angle de l'intention. Selon Philippe Marlin, il y a une intention derrière le monde physique. Évoquant à la fois Charles Fort avec *la furieuse affirmation qu'il y a autre chose* et l'écrivain Colin Wilson, il rappelle qu'*il y a intention dans la conception de la vie*. Il affirme ainsi : *La vie n'est pas un accident, elle n'est pas le fruit du hasard, elle n'est pas le produit fortuit de circonstances anormales. Elle est le résultat inévitable de la plus simple application de la physique ; l'univers est conçu pour créer la vie.*

Poursuivant son raisonnement, Philippe Marlin fait un parallèle entre physique quantique et cosmologie, considérant que les nouvelles recherches en physique relative à la contraction de l'espace-temps *pourraient expliquer des phénomènes comme la prescience, la voyance ou le remote viewing.*

Pour incarner toutes ses recherches, il a fondé une maison d'édition, l'Œil du Sphinx, activité d'éditeur qui lui permet de puiser dans l'eldorado ésotérique contemporain, univers dans lequel il se fera de solides amitiés qui traverseront le temps. Parmi ses publications, la revue *Historia Occultae* est considérée comme l'une des meilleures revues actuelles en matière d'ésotérisme.

Philippe Marlin reste toujours lucide, prudent même, car ne dit-il pas, comme Aldous Huxley : *Comment faire pour ouvrir la Porte ?*

Claude Arz
Coat Questenn, juillet 2019

Aux Origines

Où un jeune Ardennais découvre Le matin des magiciens –
Le Tombeau du Géant *– Quand les fleuves sont noirs et
cabalistiques – Le premier laboratoire – La soupe Bob Morane -
L'ombre de Fulcanelli –Des rencontres remarquables –* Planète
*quand tu nous tiens – Comme un œuf bien cuit – Entre sciences
politiques et Éric le Nécromancien – La montée de l'esprit dans
l'histoire.*

- **Claude Arz :** bonjour Philippe.

- **Philippe Marlin :** salut Claude.

- **Claude Arz :** on a décidé de s'entretenir sur ta vie, ton
œuvre, tes origines, peut-être tes messages. Toujours est-il
qu'on va commencer tout simplement par tes origines. Qui
es-tu, Philippe Marlin ? Où es-tu né ?

- **Philippe Marlin :** alors d'abord merci, je suis vraiment très
flatté que tu portes autant d'intérêt à ma modeste personne.
Je suis un ancien, un grand ancien, puisque je suis né en 1947.
Donc je viens d'avoir 71 ans, ce qui est un âge quand même
respectable.

Sedan à l'époque de ma naissance

Je suis né dans une ville du nord-est de la France, Sedan, dans les Ardennes, ville connue pour avoir été la patrie de Turenne et aussi pour avoir accueilli, élevé une équipe de football où jouait à la belle époque le père de Yannick Noah. J'habitais dans le même immeuble que le père de Noah, Zacharie Noah. J'ai vu le petit Yannick Noah en poussette dans la cour de mon immeuble, promené par sa mère, qui était la fille de mon professeur de dessin. J'ai passé les dix-huit années réglementaires dans ma ville natale, avant de partir faire mes études à Paris. Je voudrais signaler tout de suite, pour donner leur couleur à nos entretiens, que Sedan est une Cité de l'Imaginaire. Elle organise tous les deux ans un remarquable Festival, CHIMÉRIA, Festival International des Arts et des Sciences Visionnaires. Une opération pilotée par Marylène Leterrier et son fils Romuald, bien connu pour ses études sur le chamanisme. C'est lors de l'une de ces manifestations que j'ai eu la chance de rencontrer un monstre de l'Ailleurs, H. R. Gyger, le papa d'Alien.

Fermons la parenthèse. En ce qui concerne mes parents, ma mère était femme au foyer et mon papa expert-comptable. En province, c'est un métier qui ressemble un peu à un métier de représentant de commerce, c'est-à-dire qu'il était tout le temps sur la route à aller voir ses clients dans les Ardennes les plus profondes. C'était un métier de travailleur indépendant et le pauvre homme passait ses nuits à arrêter les bilans de ses clients. Moi, j'aimais bien son métier parce que les Ardennes sont connues par leur sanglier, le sanglier des Ardennes, et mon père avait des tas de clients qui étaient des chasseurs, donc il n'était pas rare qu'il revienne à la maison avec un cuisseau de sanglier ou une épaule de chevreuil. C'est certainement ce qui a façonné mon goût pour la gastronomie dès mon plus jeune âge.

J'ai une sœur, Katherine, qui est plus jeune que moi, née en 1950. Elle a fait des études de géographie, elle a travaillé à la DRH de La Poste et a épousé Philippe, un historien érudit intarissable, que nous avons rencontré toi et moi lorsque nous avons fait une mission scientifique dans les Ardennes. Il nous a parlé avec brio de la grande légende ardennaise des Quatre Fils Aymon.

La légende des Quatre Fils Aymon

J'ai fait mes études au lycée Turenne à Sedan, où d'ores et déjà, j'ai taquiné la littérature et l'édition puisque j'y ai fondé le journal de classe, qui s'appelait *Le Cancan du Bahut*. À l'époque, il n'y avait pas d'Internet, il n'y avait pas d'ordinateur, mais il y avait la machine à ronéoter à l'alcool du brave abbé Parent qui était notre aumônier et sur laquelle on tirait notre petite revue. Et j'ai fait partie du conseil municipal de la jeunesse, conseil des jeunes de Sedan, qui avait une belle revue pro qui s'appelait *Prisme*, où je dirigeais la rubrique poétique, qui avait pour titre « Le Cénacle des Muses ».

J'étais également passionné d'astronautique et dévorais toute la littérature que je pouvais trouver sur les fusées. Je n'ai pas hésité, du reste, à passer à l'acte, et avec un fidèle copain, Joël, nous passions notre temps libre à fabriquer des monstres qui ne demandaient qu'à conquérir l'espace. Quelques boîtes de conserve, quelques tubes en carton et du chlorate de potassium que nous allions chercher à la droguerie pour le mélanger avec du souffre… et l'aventure pouvait commencer. Nos mises à feu se soldèrent généralement par des explosions, qui blessèrent un jour sérieusement mon comparse. J'ai retrouvé dans mes archives un petit carnet dans lequel je décrivais soigneusement nos « missions scientifiques ». Notre première fusée avait été baptisée « la grosse Annie » ! Allez savoir pourquoi…

Je voudrais conclure sur mes années lycée en évoquant ma classe de terminale. J'ai fait un bac philo et j'ai eu deux professeurs absolument extraordinaires, en premier lieu le professeur de français et de littérature, Monsieur Maillard, qui tenait aussi la Bibliothèque municipale de Sedan. Il n'est plus de ce monde mais à la Médiathèque de Sedan qui dépend de celle de Charleville-Mézières, il y a une salle qui lui est dédiée, la salle Maillard. C'est lui qui m'a initié non seulement à la littérature mais aussi à l'écriture. Il aimait ma plume et m'a fait faire des tas d'exercices, notamment en poésie où j'ai commis des wagons de rimes qui dorment quelque part dans mes tiroirs.

Le deuxième était mon professeur de philosophie, Monsieur Tessier, qui avait déjà inventé une formule que j'ai reprise plus tard, « Le Laboratoire ». La participation était complètement facultative. Il avait choisi trois thèmes de travail : le premier était *Le matin des magiciens* (1960), le deuxième était l'écrivain « Raymond Abellio » (en 1962 est publié son roman extraordinaire *La fosse de Babel*), et le troisième thème était Herbert Marcuse, un révolutionnaire de la philosophie, auteur de *L'Homme Unidimensionnel*. J'étais bien embêté parce qu'on devait choisir un des trois ateliers et les trois me passionnaient. Je me suis inscrit aux trois ateliers, mais Monsieur Tessier n'a pas voulu et m'a dit : « Si j'accepte, tu vas faire fayot, et ce n'est pas bon. Alors je te donne une dérogation, tu en choisis deux. » Alors j'ai choisi « Le matin des magiciens » et « Raymond Abellio ». Inutile de dire que ce fut pour moi une plongée dans un univers qui m'a profondément marqué.

LE MATIN DES MAGICIENS

C'est en 1960 qu'explose, dans le paysage éditorial français, une véritable « bombe », *Le matin des magiciens*, sous les signatures conjointes de Louis Pauwels et de Jacques Bergier. Le thème central de ce livre repose sur l'idée qu'une quantité de connaissances scientifiques et techniques, dont certaines proviennent de civilisations extraterrestres, ont été tenues secrètes pendant les grandes périodes de l'histoire, et que l'homme est appelé à devenir un surhomme. Pour les auteurs, le fantastique n'est pas « l'apparition de l'impossible » mais « une manifestation des lois naturelles » quand elles ne sont pas « filtrées par le voile du sommeil intellectuel, par les habitudes, les préjugés, les conformismes ». Le succès sera considérable, provoquant dans un pays que d'aucuns considèrent comme cartésien un engouement considérable pour l'imaginaire, l'irrationnel et l'étrange.

Ce succès inattendu sera transformé astucieusement par les auteurs en une vaste entreprise éditoriale, au somment de laquelle il faut évidemment placer une revue devenue légendaire, *Planète*. Reprenant et poursuivant les thèmes de l'ouvrage fondateur, cette publication bimestrielle vivra 10 ans[38] (1961-1971) et fera des petites sœurs dans de nombreux pays. Pour l'anecdote, le premier numéro, tiré à

---

[38]		41 numéros, plus 13 du *Nouveau Planète*, plus 3 grand format.

5 000 exemplaires, sera vendu à 100 000 !

Je suis évidemment tombé dans cette soupe enivrante, très sérieusement critiquée à l'époque par les différents courants rationalistes. Et il est vrai que le message délivré avait ses faiblesses, usant volontiers de raccourcis douteux, d'amalgames suspects et de suppositions fantaisistes. Mais c'était pour nous, « les enfants de Planète », un courant d'air frais particulièrement vivifiant dans le contexte culturel sclérosé des années 1960.

Ces deux professeurs ont été mes deux mentors, avec un premier accessit pour l'aumônier du lycée, l'abbé Parent. Je suis d'origine chrétienne (catholique). Évidemment, j'ai été au catéchisme, et la religion et surtout la théologie m'ont toujours fasciné. Donc j'ai continué durant mes années lycée à aller aux cours de l'aumônerie. En première ou en terminale, le sujet était « Les grandes religions du monde ». C'est là où je me suis piqué de passion pour l'Islam d'une part et la tradition juive d'autre part.

La tradition juive, il faut que j'en dise un mot puisque c'est aussi lié à mon enfance. Là où nous habitions (j'ai gardé avec ma sœur l'appartement de mes parents), nous avons eu comme voisin le grand rabbin de Sedan (je me suis toujours demandé pourquoi tous les rabbins sont grands !). Cette ville a été une terre d'immigration juive après la guerre. Il y a eu en effet de nombreux rescapés des camps de concentration qui sont venus s'établir à Sedan. Une communauté juive importante s'y est donc développée. Ce rabbin était un érudit. À l'époque, le jour de congé des enfants, c'était le jeudi. Ce jour-là, plutôt que d'aller jouer aux billes ou de mater les filles dans la Grand-rue, j'avais le droit d'aller passer une heure chez mon voisin pour feuilleter sa bibliothèque. C'est là où j'ai découvert (ça n'a rien de judaïque) les œuvres dont l'astronomie de Flammarion, et c'est là aussi que j'ai découvert quelque chose à laquelle je ne comprenais rigoureusement rien — mais les bouquins étaient tellement beaux —, *La Cabale* dans la version Zohar, c'est-à-dire *Le Livre de la Splendeur*, et je passais des heures à contempler l'arbre cabalistique, *l'Arbre des Sephirot*. C'était très minuté avec Monsieur le rabbin, qui était vraiment fort occupé, et à la fin de chaque heure, j'avais le droit de m'asseoir en face de lui à son bureau et de lui poser des questions sur les bouquins que j'avais feuilletés. Et c'est comme ça que j'ai été non pas initié mais que j'ai commencé à comprendre que *La Cabale* était quelque chose d'important. J'ai eu évidemment par la suite l'occasion d'approfondir cette doctrine qui constitue pour moi la pierre angulaire de toute démarche ésotérique.

Dans ces jeunes années, j'avais un camarade de lycée, Jean-Philippe K., dont la mère était la directrice du lycée technique ; son père, allemand, était un ancien de la Waffen SS, ce qui ne l'empêchait pas d'être quelqu'un de très bien ! Il avait une bibliothèque fabuleuse d'ésotérisme et de magie. Là encore, plutôt que d'aller draguer les filles, j'allais me plonger dans sa bibliothèque où j'ai découvert les œuvres d'Éliphas Lévy et de Papus qui m'ont beaucoup marqué. Une chose, du reste, que j'ai mis un petit moment à saisir : pour moi, les sciences occultes, c'était des sciences. Je ne comprenais pas bien pourquoi, à côté des sciences physiques, des sciences chimiques, on n'apprenait pas les sciences occultes au lycée. Je m'en étais ouvert à ma professeur de mathématiques, avec le succès qu'on imagine aisément !

- **Claude Arz :** une question, Philippe. Les Ardennes, la forêt, allais-tu dans la forêt souvent ? Étais-tu proche de la nature ?

- **Philippe Marlin :** j'étais proche de la nature, et la campagne ardennaise, je l'ai explorée un peu dans tous les sens, avec deux affections, une affection liquide et une affection mythologique. L'affection liquide, c'était le fleuve ou plutôt les fleuves. Il y a deux grands fleuves dans ma région, la Meuse et surtout la Semois, surplombés par des collines où l'on trouve des lieux absolument magiques. J'ai découvert gamin la légende des

Quatre Fils Aymon[39], mais il y en a beaucoup d'autres.

Il y a un endroit que je crois t'avoir fait découvrir, c'est le Tombeau du Géant, qui se trouve sur la rivière la Semois. On est côté belge, donc en surplomb de la boucle de la Semois, et la Semois entoure une colline en forme de tombeau. On l'appelle le Tombeau du Géant car on se réfère ici à la tradition des géants ardennais popularisée par Gérard de Sède dans *La Race Fabuleuse.* C'est un de mes lieux de ressourcement. Et en plus, étant un ancien du « Cénacle des Muses », c'est aussi pour moi un haut lieu poétique. Il y a en effet un Cercle des Poètes du Tombeau du Géant.

Le Tombeau du Géant

---

39   Cette légende aux thèmes chevaleresques tire son nom de quatre preux nommés Aalard, Renaud, Richard et Guichard, fils du comte Aymon de Dordone. Renaud de Montauban en est le protagoniste, avec l'enchanteur et voleur Maugis, et le cheval-fée Bayard. Le récit raconte le conflit qui oppose les fils Aymon, vassaux de l'empereur Charlemagne, à ce dernier. Un rocher, déchiqueté en quatre pics, au-dessus de Bogny-sur-Meuse, évoque ce mythe.

STENAY, CAPITALE DES MÉROVINGIENS

Mais l'affection mythologique, c'est surtout la région de Stenay, qui est connue pour avoir été la capitale de la Mérovingie, pour avoir été la cité du roi Dagobert II qui fut assassiné par le maire du palais de l'époque dans la forêt de Woevre. La Fontaine Saint-Dagobert où a été perpétré le crime est un endroit très chargé, à proximité duquel, d'après certains érudits lovecraftiens, le comte d'Erlette aurait eu son château[40]. Les investigations que j'ai menées sur ce sujet ne m'ont pas permis de conclure positivement !

- **Claude Arz :** une autre question, Philippe, à propos de tes influences intellectuelles cette fois. Comment se sont opérées tes rencontres avec les littératures de l'imaginaire ?

- **Philippe Marlin :** un sujet à part entière, que je développerai là encore sur deux points (tu m'excuses pour mes présentations en deux points, mais je suis un ancien de Sciences Po, on y reviendra peut-être !). Donc, les deux points, c'est un ami et un libraire.

Un ami avec qui on avait un point commun, la musique (un sujet dont on n'a pas encore parlé, mais je faisais partie dans mon adolescence d'un groupe rock, « les Marsupilamis »). J'allais régulièrement chez lui, il jouait du piano et moi de la guitare. On se retrouvait dans le salon de la maison, où il y avait une bibliothèque absolument extraordinaire.

---

40   *Le Culte des Goules* du comte d'Erlette est un ouvrage imaginaire du Mythe lovecraftien, introduit par Robert Bloch dans *Suicide in the Study* (in *Weird Tales*, 1935 ; en français, *L'expérience de James Allington*) sous forme de clin d'œil à son ami August Derleth. Il aurait pour auteur le comte François-Honoré Balfour d'Erlette, un aristocrate français, et aurait été publié en 1702 à Paris (en 1976, Eddy C. Bertin dans *Obscur est mon nom*, titre original : *Darkness, my name is*, complétera en effet l'état civil du comte). Jean Robin dans *Lovecraft et le Secret des Adorateurs de Serpents* (Trédaniel, 2017) localise ce château dans la Woevre.

C'était la bibliothèque de son père. Elle renfermait tous les « Rayon fantastique » et tous les « Fleuve Noir Anticipation » des années 1950-60. Pour moi, ça a été une plongée vertigineuse dans les littératures de science-fiction et de fantastique. Chaque fois que j'y allais, j'avais le droit d'emprunter un bouquin à condition de le rapporter la fois d'après. C'est là où j'ai découvert les Jimmy Guieu, les Richard-Bessière, les Maurice Limat, les Rayjean, que je n'ai jamais quittés, du reste, et qui ont formé mon imaginaire d'adolescent.

Fulcanelli

La deuxième grande rencontre avec l'imaginaire, c'est un libraire de Sedan, Lionel Lecrique, qui tenait une petite boutique dans la rue principale (aujourd'hui, on dirait une librairie de genre), où j'ai poursuivi mes collections de Fleuve Noir et autres, et où j'ai découvert Présence du Futur suite à cet article extraordinaire du numéro 1 de la revue *Planète* où il y avait un article de Jacques Bergier, « Lovecraft, grand génie venu d'ailleurs ». Comme tu le sais, je ne me suis jamais remis de cette rencontre avec Lovecraft, et c'est dans cette *Librairie Lecrique* où j'allais déguster les dernières parutions de Présence du Futur, maison qui a sorti les premières grandes éditions françaises du Prince Noir de Providence, *La couleur tombée du ciel*, *Par-delà le mur du sommeil*... Ce fut une véritable découverte.

Le deuxième trésor de cette librairie, c'était les Bob Morane. Je suis tombé dans la soupe Bob Morane et j'en étais tellement intoxiqué que j'allais traquer les nouvelles parutions des éditions Marabout — qui publiaient Henri Vernes — par-delà les frontières. Marabout était en effet situé en Belgique. Et le samedi, je demandais à mes parents d'aller chez nos voisins, à la librairie de Dinant, pour avoir le dernier Bob Morane avant même qu'il n'arrive chez mon ami Lecrique. Cela dit, en compensation, je lui ai fait quelques beaux achats parce qu'il avait aussi en vitrine un bouquin qui me faisait saliver. Je tournais autour, et puis, grâce à la petite pièce que me donnait ma grand-mère le dimanche, j'ai réuni le pactole nécessaire pour acheter *Les Demeures philosophales* et, dans la foulée, *Le Mystère des Cathédrales*, de Fulcanelli, publiés par Pauvert.

- **Claude Arz :** revenons à ce Laboratoire qu'avait créé ton prof de philo, « *Le matin des magiciens* ». Qu'est-ce que tu as appris dans ce Laboratoire ? Combien de temps a-t-il duré ? Est-ce que vous lisiez des extraits du *Matin des magiciens* de Pauwels ? Est-ce que vous commenciez à lire la revue *Planète* ? Ensuite, la découverte des livres du Fleuve Noir. Et enfin, Fulcanelli avec ses *Demeures philosophales* et son *Mystère des Cathédrales*. Qu'est-ce qui relie tout ça ?

- **Philippe Marlin :** tout ça marche ensemble. Tu touches du doigt le problème fondamental de la Matière sur lequel j'ai commis ces quelques lignes :

LA MATIÈRE

Définir la « Matière » qui nous fédère et pourquoi est-elle si importante ? Son contenu est assez facile à lister : cela va des littératures de l'Imaginaire jusqu'à l'ésotérisme, en passant par le paranormal, les nombreuses disciplines du fortéanisme, les mythes et légendes, les mystères de l'histoire, l'ufologie, etc. La démarche utilisée a une grande importance. Il faut absolument rejeter le conspirationnisme, qui est le meilleur moyen de ne jamais avancer et de tout faire gober. Il faut se méfier du rationalisme pur et dur, car il aboutit souvent à « circulez, il n'y a rien à voir ». Il faut garder un esprit ouvert (tout est intéressant à étudier), ne pas se départir d'une bonne dose de romantisme (et si c'était vrai ?), mais ne jamais perdre un solide sens critique. Équilibre difficile et souvent instable entre le « croyant béat » et le débunker.

Ce qui est intéressant dans cette « matière fédératrice », c'est qu'elle ne connaît pas les frontières sociales habituelles, ou plutôt qu'elle les transcende. Il y a de tout chez les « disciples de la Matière » : de l'extrême gauche à l'extrême droite, de l'athéisme au catholicisme traditionaliste, de l'autodidacte à l'universitaire chevronné, du chômeur au cadre de banque... Et tout ce petit monde cohabite paisiblement. Les incidents liés à des divergences sociales sont rares et finalement assez faciles à gérer. Chez ces gens-là, on laisse sa carte du parti au vestiaire.

Donc « Matière » = Imaginaire + Mystère. J'aurais tendance à fédérer ces deux groupes sur le vocable d'Ailleurs. La « Matière » explore les Terres de l'Ailleurs, par opposition aux terres balisées du Monde Connu.

J'ai du mal à rétablir la chronologie. Je crois que l'étape numéro 1 a été la découverte du *Matin des magiciens* grâce à mon prof de français-bibliothécaire, Monsieur Maillard, qui m'a conseillé cette lecture. Je devais être en classe de première. Quand je suis arrivé en terminale, le professeur de philo, qui avait créé ses ateliers du Laboratoire, a proposé *Le matin des magiciens*, et comme je viens de le dire, je me suis inscrit à ce groupe. On n'était pas nombreux, on devait être cinq ou six. À chaque séance, chacun proposait un sujet inspiré par *Le matin des magiciens*. Je me souviens d'avoir fait une contribution, évidemment sulfureuse, sur l'ésotérisme nazi.

L'ESPRIT FORTÉEN

- **Claude Arz :** et ça t'apportait quoi, ces lectures ?

- **Philippe Marlin :** *Le matin des magiciens* et *Planète* sont tombés comme un œuf bien cuit au moment où j'avais très faim. Ça a ouvert les fenêtres, ça a laissé passer un grand courant d'air et ça m'a en effet confirmé que finalement, je n'étais pas complètement fou, que je n'étais pas seul au monde et qu'il y avait beaucoup d'autres personnes qui s'intéressaient à ce genre de sujets parallèles. Il faut bien savoir que ce type de littérature était décrié. Il convient de lire ces ouvrages avec un esprit fortéen. On brasse des hypothèses, on n'assène pas de certitudes. C'est à chacun de faire le tri, tout ça ne s'avale pas d'une seule lampée.

Je me rends compte ici que c'est la seconde fois que je parle de fortéanisme, un sujet que tu connais bien, du reste[41]. Je me réfère bien sûr à Charles Hoy Fort, écrivain américain (1874-1932) qui nous a laissé notamment *Le Livre des Damnés* (1919). Ce livre produisit une révolution dans les milieux intellectuels. Avant les premières manifestations du dadaïsme et du surréalisme, Charles Fort introduisait dans la science ce que Tzara, Breton et leurs disciples allaient introduire dans les arts et la littérature : le refus flamboyant de jouer à un jeu où tout le monde triche, la furieuse affirmation qu'« il y a autre chose ».

- **Claude Arz :** après ton bac, que fais-tu ?

---

41   CF la conférence de Claude Arz in *Les Littératures Maudites 2017*, EODS 2018.

- **Philippe Marlin :** je quitte ma province natale et je monte à Paris pour faire Sciences Po. J'ai eu la chance d'avoir la mention qu'il fallait au bac pour entrer directement à Sciences Po, rue Saint-Guillaume. J'habitais à deux pas, boulevard Saint-Germain, métro Rue-du-Bac. Je résidais dans un endroit étonnant, un magnifique appartement dans un immeuble du XIXe siècle, tenu par l'Opus Dei. J'avais atterri dans ce foyer grâce à la recommandation de l'abbé Parent et j'ai découvert un univers de chaude camaraderie et de grande rigueur. Une discipline impitoyable dans le cadre de « la sanctification par le travail » prônée par le fondateur de l'Ordre, Mgr Jose María Escrivá de Balaguer. Mais c'était peut-être ce qu'il fallait pour un jeune provincial lâché dans la Ville lumière !

De chaude camaraderie avec tous ces nouveaux copains qui avaient débarqué dans ce navire comme moi, sans vocation religieuse précise et en vigilance permanente contre les nombreuses tentatives d' « embrigadement » dont nous étions l'objet. Nous avions formé un groupe ultra-secret sous forme d'un gouvernement provisoire de « Poldèvie en exil » et nous nous réunissions pour ourdir de sombres complots à *La Rhumerie* ou à *L'Échaudée*. J'avais bien évidemment été désigné « Grand Satrape » et chargé de rédiger notre doctrine qui sera publiée (très confidentiellement) sous le titre de *Minsk Bahrri (L'Urinoir Universel)*. J'ai retrouvé beaucoup de papiers sur cette période, une documentation qui me servira ultérieurement à développer un jeu de rôle de mon cru, *La Chapitria*.

Tout cela ne m'a pas empêché d'entamer non pas une nouvelle aventure intellectuelle mais plutôt un approfondissement de ce que j'avais découvert : je suis resté très *Planète* puisqu'on est en plein dans les belles années du réalisme fantastique, qui vont se terminer en 1970, disons après les événements de 1968, et moi, je suis étudiant à Paris de 1965 à 1970. J'ai fréquenté les ateliers *Planète* et dévoré les nombreuses publications annexes de la revue comme les magnifiques « Encyclopédies Planète » ou les remarquables

« Anthologies Planète », ces dernières proposant des recueils de nouvelles d'auteurs « différents » autour de thématiques comme la science-fiction, le fantastique, l'horreur, le crime, l'érotisme... Une mention particulière encore à la collection « Présence Planète », belle série d'études ou de romans qui me feront découvrir, entre autres, l'écrivain anglais Colin Wilson[42] (*Les Parasites de l'esprit,* 1967) ou le philosophe Jean-Charles Pichon (*Le Dieu du Futur,* 1966, et *Celui qui naît,* 1967[43]).

En pleine boulimie littéraire, j'ai plongé aussi dans la revue *Fiction,* qui était la grande revue de science-fiction de l'époque. J'ai découvert une collection magnifique, Les Éditions Opta. J'ai rencontré grâce à elles Michael Moorcock avec *Elric le nécromancien,* Fritz Leiber et son Souricier Gris et le merveilleux Abraham Merritt (*Les Habitants du Mirage, Sept Pas vers Satan...*). J'ai découvert aussi un peu plus tard, dans les années 1970, Tolkien et *Le Seigneur des anneaux,* bien évidemment. L'*heroic fantasy* m'intéressait beaucoup, me fascinait. Les auteurs étaient des créateurs de mondes imaginaires, des faiseurs d'univers. C'est un genre qui m'a ensuite lassé car je trouvais qu'on tournait rapidement en rond : les donjons, les dragons, les épées, les fées, les sorcières, tout ça se répétait un peu.

Dans les littératures de l'imaginaire, j'ai découvert encore dans ces années quelque chose dont j'ignorais totalement l'existence, le « fandom », c'est-à-dire les petites revues d'amateurs fabriquées par des passionnés, avec leurs petites mimines, leur agrafeuse. Le « fandom » a été un véhicule extraordinaire d'exploration des marges. Ces publications d'amateurs, souvent mal ficelées, ont permis de regrouper des passionnés solitaires autour de leurs thèmes de prédilection.

---

42   Voir ma conférence sur « Colin Wilson, une plume trempée dans l'occulte » in *Historia Occultae no 9,* EODS 2018.

43   Voir ma conférence sur « Pichon et Planète » in *Les Actes du Colloque de Berder-sur-Seine 2015,* EODS 2016.

Les fanzines de l'imaginaire des années 1970 - 1980 ont notamment contribué à faire « péter les barrières » et à révéler de nouveaux talents qui se retrouveront plus tard dans des collections grand public. Ce phénomène a existé de tout temps. Il suffit de retracer la carrière de Lovecraft pour voir comment la presse-amateur a forgé sa personnalité en lui donnant de premiers débouchés.

C'était une époque foisonnante, avec des fanzines comme *Nyarlathotep*, *Miniatures*, *Yellow Submarine*, *Zine Zone*, *Manticora*, *Horrifique*... Je trouvais ça dans une librairie qui a disparu depuis, dans le *Drugstore Opéra*. C'était étonnant, elle vendait toutes sortes de publications hétéroclites dans la famille « contre-culture ». Je me suis trimballé dans ces univers tout en restant bien sûr fidèle à Jacques Bergier.

ADMIRATIONS DE JACQUES BERGIER

En 1970, il y a une anecdote que je raconte souvent : dans son bouquin *Admirations*, Jacques Bergier parle d'un certain nombre d'écrivains dont J. R. Tolkien, totalement inconnu en France à l'époque. À la lecture de son livre, j'étais absolument fasciné d'entendre Jacques Bergier dire que Tolkien avait créé un univers totalement cohérent, non humain, avec une géographie qui n'était pas une géographie de la Terre, avec des langues non humaines, elfiques, etc. Ça, ça m'avait vraiment frappé. À tel point qu'à la fin de mes études, lorsque j'ai commencé ma vie professionnelle en faisant un stage dans une banque à Dunkerque, avec ma première rémunération de stagiaire, j'ai pris le ferry pour aller de l'autre côté du Channel, à Douvres, pour acheter *The Lord of the Rings*. Et je m'étais dit — parce que, évidemment, j'avais la passion de l'imaginaire, de l'écriture — que si un jour j'étais éditeur (c'était déjà mon fantasme !), le premier livre que je rééditerais, ce serait *Admirations* de Bergier parce que, en 1970, les éditions Christian Bourgois avaient fait un flop total avec ce bouquin.

Et lorsque j'ai créé les éditions de L'*Œil* du Sphinx, en juin 2000, je me suis fait un point d'honneur que de payer ma dette à Jacques Bergier. J'ai appelé Christian Bourgois pour négocier les droits d'*Admirations*. Christian Bourgois m'a répondu en riant : « Mon cher Philippe, je te donne bien volontiers les droits. Jacques Bergier m'a fait gagner tellement d'argent que c'est cadeau pour toi. » Chacun sait que c'est Christian Bourgois qui a édité en France *Le Seigneur des anneaux* !

À Sciences Po, j'ai eu ma période philosophique. J'ai fait Sciences Po Service public, je me préparais au concours d'entrée à l'ENA. On voit très bien la matière première sur laquelle je travaillais, la finance publique, l'économie, le droit administratif, etc. Mais il y avait aussi des matières optionnelles : j'avais choisi l'option philosophie. Mon professeur de philosophie (décidément, les professeurs de philosophie m'ont marqué !) était un philosophe reconnu, André Amar, juif revenu des camps de concentration. Le titre de son cours était « L'Europe a fait le monde ». André Amar — tout est lié — était un collaborateur de la revue *Planète*, et les éditions Planète ont publié le cours que je suivais, *L'Europe a fait le Monde* (Présence Planète, 1966).

Ce cours avait pour moi quelque chose de fabuleux. Il y a deux grandes théories philosophiques de l'histoire : l'histoire cyclique, la loi de l'éternel retour, thèses développées par Jean-Charles Pichon, par exemple ; on est dans des univers cycliques ; ce sont des univers qui me déroutent, ce n'est pas satisfaisant parce que si l'histoire est cyclique, c'est que quelqu'un a créé le cycle, il manque quelque chose pour moi. L'autre grande théorie de l'histoire, dont André Amar était un représentant moderne, c'est l'histoire évolutive, dont Hegel est le père ; l'histoire n'est pas un trait linéaire, mais un trait avec des creux et des bosses ; contrairement au cycle, auquel il manque quelque chose, avec Hegel, on a la réponse : c'est la montée de l'esprit dans l'histoire. André Amar professait cette thèse qui me fascinait.

Pour l'anecdote, j'ai rédigé une petite note de lecture sur cet ouvrage que j'ai adressé au *Monde des Livres*. Quelle ne fut pas ma surprise de recevoir une réponse amicale de Dominique de Roux, le patron des « Cahiers de l'Herne », qui devait également collaborer à l'époque au quotidien. J'ai eu le plaisir d'aller prendre un pot avec ce grand bonhomme trop tôt disparu et nous avons, dans un bistrot de la rue d'Assas, refait le monde autour de Lovecraft. Allusion, bien sûr, au monumental « Cahier » qu'il venait de publier.

- Claude Arz : mai 68. Qu'est-ce que tu as fait en mai 1968 à Paris ?

- Philippe Marlin : j'ai d'abord été donner mon sang à la Salpêtrière, comme tout le monde. J'ai participé au début des événements, mais je ne suis pas resté jusqu'au bout, pour une raison simple, c'est que, pour moi, c'était devenu invivable. J'habitais au 199 bis boulevard Saint-Germain et je n'en pouvais plus de dormir la nuit avec du linge humide à cause des gaz lacrymogènes. Donc je suis rentré dans mes Ardennes natales avant la fin des événements.

- Claude Arz : et tu faisais partie d'un groupe politique ou pas ?

- Philippe Marlin : je n'étais pas un militant très actif, mais j'avais beaucoup de sympathie pour ce qui allait devenir le PSU de Michel Rocard.

- Claude Arz : à Sciences Po, il y avait quand même des forums, des AG auxquelles tu participais ?

- Philippe Marlin : lorsque les événements ont éclaté, c'était le début des épreuves de je ne sais plus quelle matière. Comme ça commençait à chahuter, Jacques Chapsal, le directeur de Sciences Po, est monté sur la péniche[44] et nous a dit : « Jeunes gens, je comprends votre émotion, mais les épreuves vont commencer, veuillez rejoindre vos places. » Un mec lui a dit « Chapsal, ferme ta gueule ! ». Ça a été le gros chahut, la débandade, et les épreuves n'ont pas eu lieu. Elles ont été reportées au mois d'août.

Mais la politique n'a jamais été vraiment mon truc, et ces mémoires que tu me fais partager sont résolument apolitiques. 1968 a du reste pour moi un intérêt beaucoup plus grand, c'est l'année de la sortie du premier film réalisé sur le chef-d'œuvre de Boris Vian, *L'Écume des jours*. Jouait dans ce film Marie-France Pisier que j'avais rencontrée sur les bancs de l'année préparatoire de Sciences Po. J'en étais tombé follement amoureux. Prise par le tournage, elle n'est pas restée très longtemps rue Saint-Guillaume, mais aura eu au moins le temps de m'initier à la lecture de ce grand écrivain de la contre-culture qui venait de nous quitter. Paix à son âme, Marie-France nous a quittés en 2011 dans des circonstances troubles. Passage éclair également de Françoise Hardy dans mon groupe de travail, qui était très distante. C'est vrai que c'était déjà « une grande vedette ».

C'est aussi l'époque de mes premières pérégrinations internationales. Il n'y avait pas encore d'Erasmus, et les échanges avec les universités étrangères n'étaient guère développés, mais j'ai eu la chance, grâce à mon professeur d'allemand, de faire un stage de trois mois à l'université d'Erlangen-Nuremberg. Une belle bouffée d'air frais sur le thème des châteaux de Louis II de Bavière et des opéras de Wagner, et une belle expérience de coopération transfrontières avec une charmante Italienne qui répondait au joli prénom de Sonia !

(Entretien 1, le 12 février 2018,
rue du Cotentin, Paris.)

---

44   La banquette centrale dans le hall de l'école.

Apprentissages

De la finance au Seigneur *des anneaux - Quimper, terminus – La* Bigorne *du samedi soir - Des kilos de Fleuve Noir – Les cathares de Montségur - Les petits J'ai lu rouges – Rencontre avec Rennes-le-Château - Un disque noir dans le ciel de Lavelanet – L'hypothèse ufologique - Espion dans les Carpates - Le côté obscur de l'argent.*

- **Claude Arz** : Philippe, quand entres-tu dans la vie professionnelle ? Quand commences-tu à travailler ?

- **Philippe Marlin** : j'avais fait Sciences Po, une licence en droit, un doctorat en économie, et je m'étais inscrit à prép'ENA où — premières épreuves — je me suis fait étendre au grand oral sur le thème de l'héritage napoléonien dans la France contemporaine. J'en ai eu un peu marre, et je me suis dit qu'il était temps de passer à autre chose. Mon fantasme, ce n'était pas d'être énarque, c'était d'être prof de philosophie. Mais j'ai eu d'autres propositions, et c'est vrai que l'aspect « rémunération » m'a vite fait arbitrer en faveur de la finance et de la banque. Et je suis entré dans une grande banque française pour devenir auditeur financier.

J'ai fait un an de stage à Dunkerque afin de voir à quoi ressemblait une banque (c'était la moindre des choses). Dunkerque, dont j'ai déjà parlé puisque pendant cette année de stage, j'ai franchi le Channel pour aller acheter *The Lord of the Rings* (*Le Seigneur des anneaux*), qui, à l'époque, n'existait pas en français et qui a été une véritable révélation pour moi.

Je me suis fait beaucoup d'amis durant cette période, des amis solides comme le sont généralement les gens du Nord. J'allais régulièrement le samedi chez Jean-Marie S., responsable des crédits à la banque, et grand chevalier de l'Imaginaire. Il possédait notamment la collection complète des éditions Opta, déjà citée, dont je n'avais que quelques exemplaires ! J'aimais aussi m'échapper lors de mes journées de liberté pour aller flâner dans les rues de Lille et faire provision de trésors au *Drugstore* de la Grand'Place ou au *Furet du Nord*. C'est l'époque où j'ai découvert Talbot Mundy et ses *Neuf Inconnus*, et John Buchan et sa fameuse *Centrale d'énergie*.

Après cette année de stage, je suis entré dans la vie professionnelle active comme auditeur financier sur une période qui n'est pas nulle puisque ça a été sur une durée de sept-huit ans.

- **Claude Arz :** tu avais à peu près quel âge à cette époque-là ?

- **Philippe Marlin :** comme je l'ai dit, je suis de 1947, et j'entre dans la vie professionnelle active en 1970. Donc, j'avais 23-24 ans à l'époque. Une expérience professionnelle tout à fait intéressante puisque ce métier d'auditeur financier s'apparentait, sur le plan du mode de vie, à un métier de représentant de commerce, c'est-à-dire toujours par monts et par vaux, à l'hôtel, au restaurant, dans la France des profondeurs et à l'étranger proche : j'ai écumé ainsi la Belgique, la Suisse, le Luxembourg, et même, beaucoup plus loin, l'Afrique, le Congo-Brazzaville notamment. C'est dans ces contrées africaines que, pour la première fois, j'ai rencontré une confrérie chère à ton cœur d'amoureux de littérature orale, celle des griots.

- **Claude Arz :** ton métier consistait en quoi exactement ?

- **Philippe Marlin :** l'auditeur financier vérifie une entité de la banque en question, par exemple une agence, une filiale, et s'assure que la comptabilité est en ordre, que les crédits sont sains, etc.

- **Claude Arz :** donc tu arrivais à Brive-la-Gaillarde ou à Clermont-Ferrand, par exemple, et tu restais deux ou trois jours pour vérifier les comptes ?

- **Philippe Marlin :** Brive-la-Gaillarde, je n'y suis pas allé, mais puisque tu es Breton, prenons Quimper, par exemple. J'y arrivais à 6h30 – 7h du matin, c'est-à-dire une heure où il n'y a personne dans la banque sauf un corps de métier fondamental qui est celui des femmes de ménage. Nous avions ce qu'on appelle une « commission », c'est-à-dire une pièce d'identité officielle. Nous disions : « Inspection, merci de nous ouvrir ! ». Et nous pénétrions dans l'agence, la succursale, la filiale en question, avec toute une équipe. On commençait à aller fouiller les tiroirs qui étaient restés ouverts.

- **Claude Arz :** vous faisiez partie de la même banque ?

- **Philippe Marlin :** oui. Et on restait non pas deux ou trois jours mais entre trois mois et six mois, à éplucher la comptabilité, à vérifier les comptes du personnel, à s'assurer qu'il n'y avait pas de détournement, etc. Et tout ça se terminait par un rapport de vérification et toute une série d'annexes dont les notes du personnel, où l'on évaluait les principaux cadres…

- **Claude Arz :** dont le directeur de l'agence ?

- Philippe Marlin : ... dont le directeur de l'agence, pour donner notre opinion, ce qui n'était pas nul sur le plan de l'évolution de sa carrière. C'est comme ça que j'ai découvert Quimper et le Sud-Finistère. Et j'en ai profité pour plonger dans les contes et légendes de la Bretagne. J'ai d'abord acheté les Tchou Noirs.

- Claude Arz : Le Scouëzec ?

- Philippe Marlin : absolument. Et Dieu sait s'il y avait de bonnes librairies à Quimper ! Et puis, comme je te l'ai dit, j'avais 23-24 ans, donc le week-end, je ne m'interdisais pas d'aller écumer quelques lieux chauds de la région. Et c'est comme ça que j'ai connu notre ami commun Loulou, de *La Bigorne*, cette « péniche night-club » amarrée où je passais régulièrement mes nuits du samedi. Nous avions sympathisé. Il m'arrivait même de faire le serveur le samedi soir (heureusement qu'aucun membre de la direction de l'agence de Quimper ne m'avait repéré !). Je ne faisais pas ça pour l'argent mais pour m'amuser. J'ai retrouvé cette vieille illustration du rafiot.

LA BIGORNE DE LOULOU

- **Claude Arz :** incroyable ! C'était en 1972-73 ?

- **Philippe Marlin :** oui, c'est ça.

- **Claude Arz :** c'est drôle parce que tu as dû me servir comme client...

- **Philippe Marlin :** c'est bien possible...

- **Claude Arz :** et tu dormais à l'hôtel pendant plusieurs mois ?

- **Philippe Marlin :** oui, comme je l'ai dit, c'était une vie de voyageur de commerce. Il m'arrivait, pour des missions particulièrement longues, de louer un studio ou une chambre chez l'habitant, mais l'ordinaire était l'hôtel-restaurant. J'ai notamment établi mes quartiers pendant assez longtemps à l'*Hôtel de la Gare* de Quimper. J'en étais devenu un des piliers, j'étais un très bon client et les serveuses étaient délicieuses.

- **Claude Arz :** c'est drôle parce que mon père, qui était magnétiseur, recevait des clients dans cet hôtel. Tu l'as peut-être rencontré aussi...

- **Philippe Marlin :** peut-être, oui. Et à côté de l'hôtel, il y avait une rue qui montait, et dans cette rue se trouvait une boîte dans laquelle j'ai eu le plaisir d'aller écouter Alan Stivell.

Fleuve Noir

Tout ça pour raccrocher à une vie de vadrouille, et cette vie de vadrouille a eu pour moi deux conséquences importantes, au niveau de la lecture et au niveau de la découverte de sites. D'abord, une conséquence importante au niveau de la lecture. Quand on fait ce genre de métier — et, de plus, célibataire —, on a du temps à tuer dans le train (Quimper-Paris, à l'époque, c'était 7 heures de voyage), on a du temps à tuer dans sa chambre d'hôtel (il n'y avait pas la télévision couleur un peu partout, on n'avait pas Internet, pas de smartphone…). Donc je bouquinais : j'en ai avalé des kilos et des kilos.

Je me souviens qu'à Toulouse, où j'avais loué une petite chambre de bonne, je me suis descendu en trois mois au moins toute la collection Angoisse du *Fleuve Noir*. Je me suis tout pastillé, la terreur de base, la terreur populaire, le gore… C'était formidable, avec des auteurs comme Maurice Limat, Brussolo, B. R. Bruss, Dominique Arly, un type que j'adorais, qui a écrit un bouquin fabuleux, *Le manuscrit maudit*. J'ai dégusté aussi, sous un autre registre, les excellentes anthologies de Jacques Sadoul chez J'Ai Lu, *Les Meilleurs récits de…* (*Weird Tales, Amazing Stories…*) Enfin bref, j'ai pris mon pied !

C'est à cette époque que j'ai pris l'habitude de faire des fiches de lecture. Je suis un fana des fiches de lecture, c'est-à-dire qu'après avoir lu un bouquin, je fais une fiche — qui peut faire trois lignes comme trois pages —, que je classe ensuite. C'est devenu pour moi, au fil du temps (encore aujourd'hui et peut-être même surtout aujourd'hui, où j'écris beaucoup), une base de données qui est d'une valeur inouïe, c'est-à-dire que j'ai tout mis sur ordinateur, j'en déverse de temps en temps un tombereau sur Babelio, le site de bouquins (tu tapes « Philippe Marlin » sur Babelio, tu verras toutes mes contributions sur les sujets les plus invraisemblables).

- **Claude Arz** : cette époque des années 1970, c'est aussi l'époque du mouvement *Planète*. Est-ce que dans tes voyages, dans tes pérégrinations, tu allais dans les rencontres, dans les Clubs-Ateliers *Planète* dans une ville ou l'autre, est-ce que tu as une anecdote à nous raconter sur cette question-là ?

- **Philippe Marlin** : à cette époque, le phénomène *Planète* s'était un peu essoufflé puisque *Planète*, pour moi, est mort en 1968-69 et a survécu laborieusement avec le nouveau *Planète* jusqu'en 1971-72. Donc l'affaire se termine — sans se terminer parce que *Planète* a eu un fils (et un fils légitime car, au début, c'était Louis Pauwels qui le dirigeait), la revue *Questions de*. La première période, les années 1970, est vraiment la poursuite de *Planète* ; et ensuite, il y a un *Question de* qui vire un peu aux nouvelles spiritualités, au new âge, aux pyramides, aux cristaux et aux pendules qui font pchit-pchit. Mais le cœur de *Planète* a cessé de battre à cette transition entre les années 1960 et les années 1970.

Je t'ai déjà parlé des Ateliers Planète, qui furent pour moi une grosse déception. Mais j'ai retiré énormément de choses de cette période « réalisme fantastique ». J'ai notamment retenu :

- Que la science et la tradition n'étaient pas contradictoires et que certaines vérités fondamentales pouvaient avoir été pressenties dans des textes très anciens. Les avancées de la physique quantique en sont en bon exemple.
- Que tout sujet, même le plus bizarre, est susceptible de faire l'objet d'une étude critique mais ouverte, dénonçant les affabulations et les mystifications, mais aussi sachant rester modeste face à ce que la raison et la science ne peuvent aujourd'hui expliquer. C'est ce qu'on appelle, comme je l'ai déjà souligné, « le forțéanisme ».
- La découverte, avec une ivresse certaine, de la « reliance ».

LA RELIANCE

Ce qui est, à mon sens, pure miséricorde en ce monde, c'est l'incapacité de l'esprit humain à mettre en corrélation tout ce qu'il renferme. Nous vivons sur une île de placide ignorance, au sein des noirs océans de l'infini, et nous n'avons pas été destinés à de longs voyages. Les sciences, dont chacune tend dans une direction particulière, ne nous ont pas fait trop de mal jusqu'à présent ; mais un jour viendra où la synthèse de ces connaissances dissociées nous ouvrira des perspectives terrifiantes sur la réalité et la place effroyable que nous y occupons ; alors cette révélation nous rendra fous, à moins que nous ne fuyions cette clarté funeste pour nous réfugier dans la paix et la sécurité d'un nouvel âge de ténèbres. (Lovecraft, L'Appel de Cthulhu, 1926.)

Un moment important, dans toute démarche intellectuelle, est le passage de la résonance à la reliance. On commence tous à travailler sujet par sujet, et parfois on perçoit une résonance d'un sujet à l'autre. On peut multiplier les exemples de résonances à l'infini. Certains y verront des archétypes flottant dans un inconscient collectif auquel il est parfois possible d'accéder.

La reliance est tout autre chose. Elle apparaît lorsque se construisent des liens solides (je les appelle des câbles) entre plusieurs sujets apparemment non connectés. C'est là que commence le vertige, un sentiment de plongée sans fin dans les arcanes de la connaissance de la Matière*.

Quelques exemples de câbles :
- L'Odyssée de la conscience menée par Colin Wilson qui conduit à l'occultisme, la psychologie, le sexe, le crime et à une impressionnante galerie de personnages (Borgès, Jung, Reich, Steiner, Gurdjeff, Crowley…).
- La Terreur Cosmique chez Lovecraft qui, même si elle est une création purement littéraire, débouche sur la métaphysique du néant, la régression et les archétypes.

- Tout ce qui touche à la mécanique quantique qui conduit à une révision en profondeur de notre conception de l'univers et à pressentir la présence d'une intelligence cosmique qui donne du sens à l'évolution.

Ces câbles se croisent souvent et ouvrent des perspectives infinies au chercheur curieux.

- Claude Arz : donc, tu voyages, tu as ton métier d'auditeur financier, tu lis beaucoup et tu continues à t'intéresser à l'ésotérisme, à l'ufologie, etc.

- Philippe Marlin : cette vie de représentant de commerce m'a permis également de découvrir des sites que je ne connaissais pas. Une année clé pour moi a été l'année 1973 pace que, à la fin de cette année-là, j'étais au fin fond de l'Ariège, dans un bled qui s'appelle Lavelanet. C'était une ancienne capitale textile et je faisais un audit financier dans une banque spécialisée dans cette industrie. J'étais chargé de l'évaluer pour le compte d'une autre banque qui voulait la racheter. Novembre-décembre au fond « du trou du cul du monde », il faut s'occuper. Donc, outre la lecture dont j'ai déjà parlé, je me suis mis à arpenter les sites de la région, malgré le brouillard et le verglas.

LE POG DE MONTSÉGUR

Le premier site que j'ai découvert a été le château de Montségur. Je suis tombé sur l'épopée des cathares, pour laquelle je me suis passionné. J'ai lu tout ce qu'on trouvait sur les cathares, et notamment les petits *J'ai lu* rouges et un bouquin paru aux éditions Planète absolument extraordinaire, *Les écritures cathares*, de René Nelli, où il avait rassemblé toute une série de textes cathares difficiles à trouver. J'ai évidemment escaladé, à deux reprises, le mont. La première fois que j'y suis monté, c'était au mois de novembre, mais il faisait un soleil magnifique, et du sommet de Montségur, on a une vue sur les Pyrénées ariégeoises à couper le souffle. J'étais seul, et je suis tombé sur un groupe de jeunes manifestement ésotérisants, qui avaient sous le bras les bouquins de Bernadac, notamment, et qui dissertaient à l'infini sur Otto Rahn et sur le trésor nazi caché à Montségur. Moi, j'étais découvreur, néophyte au premier degré, donc j'écoutais, j'ai même pris des notes. Puis, évidemment, quand je suis redescendu, à la *Maison de la Presse* de Lavelanet, tenue par une jeune femme fort sympathique, j'ai commandé des bouquins de Bernadac[45] et d'Otto Rahn[46] pour me faire ma religion. Et c'est comme ça que je suis devenu non pas cathare mais fasciné par l'épopée cathare.

---

45   *Le Mystère Otto Rahn - Du catharisme au nazisme (Le Graal et Montségur)*, août 1978.

46   Otto Rahn, *Croisade contre le Graal (Kreuzzug gegen den Gral, die Geschichte der Albigenser*, 1933), préfacé par René Nelli, Éd. Philippe Schrauben, 1985. *La Cour de Lucifer (Luzifers Hofgesind, eine Reise zu den guten Geistern Europas*, 1937).

Gérard De Sède

Rennes-le-Château

Montségur a été ma première révélation ésotérico-géographique. La deuxième, toujours en hiver 1973 — et celle-là, je ne m'en suis jamais remis —, a été la découverte de Rennes-le-Château. J'en avais entendu parler, mais ça ne me disait rien. Rennes, je voyais ça naïvement en Bretagne ! Je préparais mes week-ends sur la carte Michelin, où j'ai vu Rennes-le-Château à 60 km de Lavelanet. Je suis allé revoir ma petite libraire toute mignonne et je lui ai acheté le petit rouge (J'Ai Lu) de Gérard de Sède sur le trésor maudit, qu'elle avait en rayon. Je l'ai dévoré en une nuit à l'Hôtel du Commerce de Lavelanet, et le samedi ou le dimanche suivant, j'ai pris ma voiture, ma petite Ford Escort toute rutilante, et je suis monté à Rennes-le-Château.

Ce jour-là — ce n'était pas comme à Montségur —, il y avait un brouillard à couper au couteau. J'arrive à Rennes-le-Château et, en ayant lu de Sède, j'imaginais arriver à Lourdes, j'imaginais une basilique, j'imaginais... Putain ! Un trou à rats ! Et puis le paysage magnifique de Rennes-le-Château, t'y voyais rien du tout avec le brouillard...

Il y avait le domaine de l'abbé Saunière. À l'époque, c'était un hôtel-restaurant qui s'appelait La Tour. Comme c'était l'heure de midi, étant seul et avec le petit rouge de Gérard de Sède à la main, je suis entré au restaurant, qui était tenu par Henri Buthion. Le restaurant était vide, il n'y avait pas l'ombre d'un dinosaure là-dedans. Un petit bonhomme est pourtant sorti de l'ombre − je m'en souviendrai toute ma vie, je l'ai raconté mille fois −, ce petit bonhomme en costume blanc (on était je le rappelle au mois de novembre) me faisait penser à Louis de Funès : « Bonjour monsieur, qu'est-ce que je peux faire pour vous ? » Difficile de ne pas rigoler. Je lui dis que je voulais déjeuner. Il m'apporte la carte, réduite à sa plus simple expression mais une expression sympathique puisqu'il y avait du foie gras, et je me souviens également d'un pigeon au banyuls et aux raisins. Je commande ça, et je n'ai pas besoin de demander du vin : il y a un litron, une bouteille qui arrive automatiquement.

L'OR DE RENNES, LE TRÉSOR MAUDIT (RÉÉDITION 2007, EODS)

Il est incontestable que l'attrait du lieu a constitué chez Gérard de Sède une motivation importante, et ceux qui ont connu le village de Rennes-le-Château avant qu'il ne devienne ce qu'il est comprendront la fascination qu'il pouvait susciter. Une part non négligeable de *L'Or de Rennes* est consacrée à l'exposé de l'arrière-plan historique d'une région oubliée des livres de référence. Les grands ancêtres wisigoths sont tout de suite évoqués et ce n'est pas fortuit : il y a chez Gérard de Sède comme une volonté de réveiller une belle endormie, de faire surgir la splendeur des ruines de l'Histoire, d'affirmer à demi-mots l'originalité d'une terre et d'un peuple. Cette passion fait la qualité de son style. Si le charme opère si bien, c'est que tout lecteur est sensible à la phrase captivante d'un auteur guidé par des sentiments issus du tréfonds de son âme. En peignant les paysages du Razès, en contant son histoire, Gérard de Sède nous parle de lui-même, de ses souvenirs d'enfance, de la condition d'Occitan déraciné qu'il pensait être la sienne. Cet ouvrage reprend la version la plus complète de *L'Or de Rennes* (connue aussi sous le nom *Le Trésor Maudit*), publiée sous le titre de *Signé Rose Croix*. Les modifications apportées à la version originale sont répertoriées, tant au niveau du texte que des illustrations. Ont été ajoutés plusieurs documents originaux, provenant des archives de l'auteur. Préface d'Arnaud de Sède. Postface d'Henry Lincoln.

Je commence mon foie gras en feuilletant le bouquin de Gérard de Sède. Il y avait le petit bonhomme tout blanc qui tressautait autour de moi : « Tout va bien ? ». Puis il me dit : « Ah, vous lisez le bouquin de mon ami Gérard ! ». Je lui réponds : « Oui, c'est très intéressant. » Il me dit : « Si vous voulez, je peux vous raconter. »

Moi, je suis assez solitaire quand je lis. Mais bon, le type était tellement brave et sympa, je lui réponds : « Oui, avec plaisir. » Donc il s'assoit (il n'y avait toujours pas d'autres clients) et il commence à me raconter une histoire de Rennes-le-Château absolument incroyable, avec des Mérovingiens, un tombeau de Jésus, des OVNIS, Marie Madeleine… Et il me resservait du pinard. Je ne voyais pas le temps passer, c'était extraordinaire. Puis il me dit : « Vous prendrez bien un petit café ? ». Et il me l'apporte avec une bouteille de prune…

Je suis ressorti du restaurant vers 17h-17h30, complètement couperosé. Il y avait toujours autant de brouillard et la nuit tombait. On était dans les années 1970 : il n'y avait pas de contrôles d'alcoolémie, pas de radars, on pouvait fumer partout, on ne connaissait pas le sida… Je me suis trimballé sans encombre jusqu'à Lavelanet où je suis arrivé à 19 h. J'ai fait l'impasse sur le dîner, je me suis contenté d'une bouteille de Contrex. Et j'ai dormi comme un bienheureux. Je voyais des OVNIS, je voyais des tombeaux du Christ...

Voilà comment je suis tombé, en 1973, dans l'affaire de Rennes-le-Château, qui ensuite ne me quittera pas, et qu'on retrouvera régulièrement dans la suite de nos entretiens, notamment dans les années 1980, 1990, 2000... C'est une affaire qui a été prégnante pour moi.

Des Lumières Dans La Nuit

Toujours à Lavelanet en 1973 (ce fut décidément une année extrêmement riche), toujours aux mois de novembre-décembre, j'ai observé un OVNI. J'étais dans cette ville avec plusieurs collaborateurs pour l'audit financier dont j'ai parlé, et j'étais dans le même hôtel que mon premier adjoint. On dînait ensemble. Que font les représentants de commerce quand ils dînent ensemble ? Ils refont le monde, ils disent du mal de leurs collègues et des gens qu'ils vérifient, et ensuite, avant d'aller se coucher, ils vont du côté bar prendre un café, et souvent une petite prune ou un cognac.

On est au bar, au moment du digestif, quand un type entre en disant : « Venez voir, venez voir, c'est incroyable, c'est incroyable ! ». On sort de l'Hôtel (qui n'existe plus, c'est un cinéma maintenant), situé à l'un des bouts de la place du Marché (Lavelanet est une petite bourgade, avec en son centre une énorme place du Marché où se tient un marché régional local très important deux fois par semaine). Donc on sort, il fait noir (il doit être 22h). On lève la tête, et au-dessus de nous, à environ 30 à 50 mètres, il y a un disque, non pas un disque lumineux mais un disque noir. Ça m'a fait penser au titre d'un roman de science-fiction de Williamson, *Plus noir que vous ne pensez*. C'est-à-dire que c'était quelque chose de très noir qu'on voyait dans le noir. Je ne sais pas si tu vois ce que je veux dire.

- **Claude Arz :** oui oui, je vois très bien.

- **Philippe Marlin :** un autre type de noir, mais on le voyait très bien. Il n'y avait pas de lumières qui clignotaient. Les gens commençaient à sortir de l'hôtel.

- **Claude Arz :** il y avait beaucoup de gens ?

- **Philippe Marlin :** oui, beaucoup de gens. On a appelé la maréchaussée. Ça a duré entre vingt et trente secondes, donc c'était long. Puis cet objet a disparu, non pas en passant de l'existence à la non-existence, mais en se fondant dans l'espace, dans l'infini, dans le noir.

- **Claude Arz :** il y avait un ciel étoilé ?

- **Philippe Marlin :** vaguement étoilé, oui. Nous sommes en 1973 et c'est une période intéressante parce que c'est la période des essais, des vols expérimentaux du *Concorde*. Et c'est l'époque à laquelle le commandant Turcat raconte lui aussi qu'il a vu des choses bizarres lors de ses essais.

Voilà pour l'anecdote, qui a été pour moi quelque chose d'important en matière d'ufologie parce que, jusqu'à cette observation, pour moi l'ufologie, c'était plutôt du côté de la science-fiction. Et ça a été d'autant plus important que je n'étais pas seul. Quand tu es seul, il arrive un moment au cours de ta légende personnelle où tu peux te demander si tu n'es pas devenu mythomane, si tu n'inventes pas. Tu peux avoir un doute sur une observation solitaire. C'est vrai pour l'ufologie comme pour des tas d'autres trucs. Mais là, non. Je n'étais pas seul. J'avais mon collaborateur avec moi.

- **Claude Arz :** il a vu lui aussi ?

- **Philippe Marlin :** oui, il a vu comme moi. Il n'est plus de ce monde, hélas, pour témoigner. Mais on en a parlé jusqu'à plus soif.

- **Claude Arz :** vous êtes au bar, vous prenez un cognac, et quelqu'un entre en disant « Venez voir, c'est incroyable ! », et vous vous précipitez dehors très vite ?

- **Philippe Marlin :** oui, c'est bien ça. À l'époque, je rentrais un week-end sur deux à Paris. L'autre week-end, je restais sur place. C'est comme ça que j'ai exploré la région. Mais à partir de ce jour, le week-end où je restais sur place, je n'allais plus explorer la région mais les librairies de Toulouse pour ramasser tout ce que je trouvais sur l'ufologie.

- **Claude Arz :** vous étiez combien à observer ce phénomène ?

- **Philippe Marlin :** vingt à trente personnes.

- **Claude Arz :** et est-ce que ça a été répertorié dans *Lumières dans la nuit* ?

- **Philippe Marlin :** je ne sais pas. J'ai mis tous les copains (Gilles Durand, Thierry Rocher…) sur la piste pour essayer de retrouver trace du phénomène parce que je sais qu'il y avait eu un entrefilet dans un journal, ça devait être *La Dépêche du Midi*. Mais pour l'instant, j'attends les résultats.

- **Philippe Marlin** : à l'époque, moi, j'étais au degré zéro de l'ufologie. Et c'est à partir de ce moment-là que je suis passé du degré zéro au degré 0,1 puisque, en explorant les librairies, j'ai acheté les deux bouquins culte de Jimmy Guieu et celui d'Aimé Michel, j'ai acheté *Lumières dans la* nuit et je me suis procuré cette revue ufologique belge qui s'appelait *La Sobeps*, à laquelle je me suis abonné et qui était pour moi ma grande référence.

- **Claude Arz** : revenons à tes voyages des années 1970, Philippe.

VLAD TEPES

SIGHISOARA, LA VILLE NATALE DE VLAD TEPES

- **Philippe Marlin** : il y a un autre voyage que j'ai fait à l'époque qui a été structurant pour la suite de ma vie et la fabrication de mon imaginaire, il s'agit de la Roumanie. Je rappelle qu'à l'époque, j'étais célibataire, voyageur de commerce, avec des missions dont on ne savait jamais combien de temps elles allaient durer. Ce qui fait que pour prendre des congés, j'étais dans un régime complètement aléatoire, c'est-à-dire que je ne savais qu'une quinzaine de jours avant la fin de la mission quand j'allais pouvoir prendre des congés. Impossible de prévoir longtemps à l'avance.

À l'époque, j'étais en mission à La Défense — qui ne s'appelait pas encore La Défense, c'était plutôt Bellini, qui est devenu La Défense depuis — et je terminais une mission assez riche en couleur, dont je reparlerai ensuite parce que ce fut une expérience amusante qui m'a permis de fréquenter *Le Bataclan*. Donc je termine ma mission et je veux partir en vacances : qu'est-ce que je vais faire ? En face de l'agence de la banque à Puteaux-Bellini, il y avait une agence de voyages. J'y entre (j'avais envie d'aller à Cuba) et je demande à la jeune fille s'ils ont quelque chose pour Cuba dans quinze jours. Elle me répond que c'est complet pour Cuba, mais qu'ils ont un voyage intéressant pour la Roumanie. (On est en 1973, le mur de Berlin est loin d'être tombé, alors, évidemment, l'agence avait du mal à remplir son voyage pour la Roumanie.) Je réponds : « Oui, pourquoi pas ? ».

Je suis parti ainsi quinze jours en Roumanie, avec quelques missions discrètes en poche puisque j'étais assez proche d'amis du SDECE (devenu par la suite la DGSE) qui m'avaient chargé de petits travaux d'observation ! On voyageait en bus, un bus de l'agence de la compagnie locale de tourisme, avec le chauffeur, un accompagnateur roumain et une accompagnatrice — qui était belle comme le jour — de l'agence de voyages française.

- **Claude Arz :** vous étiez plusieurs ?

- **Philippe Marlin :** oui, bien sûr. C'était un voyage organisé. J'ai horreur de ça, mais à l'époque, c'était la seule façon de se rendre en Roumanie, on ne pouvait pas y aller avec sa propre voiture.

J'avais trois idées en tête. La première, c'était de découvrir un pays de l'Est parce que ces contrées m'avaient toujours fasciné : comment était-ce possible, comment pouvaient vivre les gens dans des pays comme ça ? Donc j'ai vu, et j'ai découvert un peuple extrêmement chaleureux, extrêmement amical.

La deuxième chose que j'avais en tête, c'était, évidemment, d'aller me recueillir sur les traces de notre cher oncle Vlad Tepes, et, Dieu merci, c'était prévu dans le tour. Nous avons eu droit au vrai et au faux château de Dracula, le vrai château de Poenari qui n'était qu'une ruine branlante au sommet des gorges de l'Argès. Ce château et son point de vue ont été immortalisés dans le *Dracula* de Coppola, où l'on voit la femme de Vlad Tepes, qui ne veut pas servir de nourriture comestible pour les Turcs qui encerclent le château, se suicider en se jetant dans le gouffre. Et c'est là que Dracula dit : « Regarde ce que ton Dieu a fait de moi ! », basculant du côté du mal…

Si je suis allé à ce vrai château de Dracula, je suis allé aussi au faux château de Dracula, qui se trouve à Bran, près de Brasov. C'est un des châteaux de la famille royale roumaine, un château magnifique, qui à l'époque était encore une ruine mais qui aujourd'hui est une véritable merveille.

La troisième chose que j'avais en tête, c'était de rendre service à des amis qui avaient de grandes oreilles. Une des préoccupations des analystes du renseignement à l'époque, c'était de savoir si l'Allemagne de l'Est ne risquait pas de péter parce que les gens n'avaient plus rien à bouffer. La Roumanie de Ceausescu était une dictature communiste mais curieusement très ouverte sur l'extérieur. Pour développer le tourisme, Ceausescu avait compris qu'il fallait utiliser les magnifiques plages et stations balnéaires le long de la mer Noire comme lieux de rencontre entre les familles séparées des deux côtés du mur de Berlin, c'est-à-dire de l'Allemagne de l'Ouest et de l'Allemagne de l'Est.

J'ai eu la chance de fréquenter ces stations balnéaires et, étant germanophile et germanophone, de sympathiser avec les familles allemandes qui s'y réunissaient, pour essayer d'avoir le son de cloche de la partie Allemagne de l'Est : comment les gens vivaient, allaient-ils se révolter, etc. Ça a été une mission absolument formidable. J'ai failli rentrer en France complètement à poil parce que tout le monde se précipitait pour acheter ton t-shirt Lacoste, ta paire de jeans... et je ne te dis pas le nombre de propositions de mariage que j'ai eues de la part de superbes poupées roumaines qui, évidemment, voulaient toutes devenir, grâce à mon aide, actrices de cinéma en France ou ailleurs en Europe de l'Ouest.

Ce fut un premier contact, très riche, avec la Roumanie, où j'ai aussi découvert l'alcool local qui s'appelle la **Tuică**, un breuvage extrêmement détergent...

- **Claude Arz :** revenons à l'aspect professionnel de tes années 1970.

Love Amour

- **Philippe Marlin :** ce sont des années qui m'ont amené à découvrir le côté obscur des métiers qui ont trait à la manipulation de l'argent. On n'est pas dans le domaine de l'imaginaire — encore que j'aie eu à traiter toute une série d'affaires assez extraordinaires.

Il y en a une, à laquelle j'ai déjà fait allusion, où nous sommes dans une succursale de banque de la région parisienne. En général, il y a la succursale de la banque et des bureaux autour qui sont rattachés à l'agence mère. Donc dans ce groupe, le responsable de l'un des bureaux détournait de l'argent sur les comptes sur livrets de la clientèle, c'est-à-dire que lorsque quelqu'un venait déposer de l'argent, au lieu de le mettre en comptabilité, il le mettait quelque part... ailleurs ! C'est un type qui ne me revenait pas. Je voyais qu'il avait quelque chose qui n'était pas net.

Un jour, j'ai utilisé un stratagème qui n'est pas glorieux,

mais enfin : je l'ai fait convoquer à l'agence mère sous un prétexte quelconque, et pendant ce temps, je suis allé avec des collaborateurs dans son guichet perdu dans la banlieue, et on a fouillé ses affaires. Il avait un bureau métallique comme on en faisait à l'époque, fermé à clé. Alors qu'est-ce qu'on a fait ? Un coup de pied, et on a fait sauter la serrure. On prenait évidemment un risque, mais ce risque était bien calculé : dans le tiroir, il y avait plein de billets de banque. Qu'est-ce qu'il pouvait bien en faire ? En grattant, on s'est aperçu que le type — et c'est là où la nature humaine fait de la peine — avait un client espagnol qui avait soumis un dossier de crédit pour racheter *Le Bataclan*. Ce dossier avait été rejeté par la banque, mais le type n'avait pas voulu se déjuger, donc il détournait pour financer le rachat du *Bataclan* pour le compte de l'Espagnol en question.

- **Claude Arz :** incroyable ! Mais comment pouvait-il faire ça ?

- **Philippe Marlin :** je ne vais pas entrer dans les détails, mais enfin, à l'époque, c'était plus simple qu'aujourd'hui.

Une autre anecdote qui n'a rien non plus à voir avec l'imaginaire — et pourtant ! Les banques délivrent à leurs clients des chéquiers, qui sont imprimés en province. Une bande de petits malins avaient fait un fric frac à l'imprimerie et avaient piqué des chéquiers aux noms de personnalités. Parmi elles, le président de la République de l'époque, Pompidou. Ils ont commencé à faire un chantage avec de fausses lettres faisant allusion à Alain Delon, Marcantoni, **Marković**, etc. Branle-bas de combat… Une danseuse du *Crazy Horse Saloon* — paix à son âme — qui s'appelait Love Amour, a aussi eu son chéquier volé et a été victime de toutes sortes de chantages. Ça a pris rapidement des dimensions judiciaires, et l'enquête que j'ai eu à mener avec la brigade financière de l'époque pour arrêter les aigrefins a été passionnante.

L'A.M.O.R.C.

Les années 1970 — ça va aussi évoquer quelque chose pour toi — ont également été de mon côté les années A.M.O.R.C. J'ai adhéré à cette association ésotérique entre guillemets, à laquelle je suis resté fidèle pendant de nombreuses années et dont je garde un excellent souvenir. Pour moi, c'était un peu l'école élémentaire de l'ésotérisme, c'est-à-dire qu'ils avaient (et ils ont toujours, je suppose) une démarche très structurée.

- **Claude Arz :** tu recrutais toi-même des gens ? Tu n'étais pas à Nantes à l'époque ?

- **Philippe Marlin :** non.

- **Claude Arz :** je te pose cette question parce que moi, j'étais à Nantes, et que j'ai été recruté à l'A.M.O.R.C. par un voyageur de commerce.

- **Philippe Marlin :** je n'ai jamais recruté personne. Par contre, j'étais un étudiant fidèle. J'ai toujours mes monographies, mes cahiers de notes.
Voilà mes années 1970, qui se sont terminées par une mission de longue durée à Luxembourg où j'ai appris que le secret bancaire, ce n'était pas du bidon. Mais ceci est une autre histoire, la lutte contre les paradis fiscaux étant toujours d'actualité !

(Entretien 2, le 9 avril 2018,
rue du Cotentin, Paris.)

Extension Du Domaine Des Mystères

Du trading à l'imaginaire – Les terres d'Ailleurs : de Boston à Singapour – La bombe de L'Énigme sacrée – Quand Marlin joue et gagne - Vampires, à vos casseroles ! – Le club ODS – Les Laboratoires de l'Impossible – La bande de Lovecraft - Murmures d'Irem - Amoureux de l'Atlantide – Quelque chose qui traverse le temps.

- **Claude Arz :** bonjour Philippe. Aujourd'hui, on va s'intéresser aux années 1980. Que se passait-il alors dans tes recherches ? Que faisais-tu ?

- **Philippe Marlin :** pour moi, les années 1980, elles ont d'abord une couleur essentielle : mon aventure d'auditeur financier va se terminer, et je vais passer de l'autre côté de la barrière sur le plan professionnel. La transition va du reste se passer en douceur, puisque mon premier poste fut celui de responsable de l'administration des tables de marché, poste d'autant plus intéressant qu'il avait une vocation de supervision internationale très marquée.

Ce sera l'occasion de faire mon premier tour du monde, dont je garde des étoiles plein les yeux surtout que, banque oblige, les conditions de ces voyages étaient tout à fait confortables ! Défilent dans ma mémoire le château Champlain à Québec, le Mom'Art à New York, l'île de Santosa à Singapour, le Tier Garten à Berlin ou le Bunker de Staline à Moscou, sans oublier les quartiers « chauds » de Bangkok ou de Tokyo.

Puis je suis devenu ce que l'on appelle un opérateur de

marché. C'est la découverte des marchés financiers « en direct ». J'ai très vite dirigé une grande table de trading, et c'était une époque assez difficile parce que j'ai essuyé en première ligne un accident international de grande ampleur, la première guerre du Golfe.

On était sur un schéma assez pépère de régulation de taux d'intérêt qui devaient baisser, et puis cette première guerre du Golfe a éclaté, c'était un mois d'août. J'étais tout seul, la direction était en vacances, et je me suis retrouvé avec ce que l'on appelle dans le langage du métier des positions ouvertes, donc des risques qui s'étaient mis à flamber. Ce fut une période très dure dont je me suis sorti à moitié vivant, mais ça m'a permis de découvrir une chose essentielle, qui m'a poursuivi toute ma vie et que j'ai appelé la diabolisation de la finance, c'est-à-dire que je me suis rendu compte qu'il y avait quelque chose qui ne tournait pas rond dans la façon dont on travaillait. Je sais qu'on parle ici de l'imaginaire, mais avec la diabolisation de la finance, on est en plein dans le domaine, non pas de la science-fiction, mais de la dystopie.

La Diabolisation de la Finance

Sans vouloir être pédagogue, on sait tous qu'à l'origine des temps, la banque, c'est quelque chose de très simple, elle recueille les dépôts de ses clients, et avec les dépôts, elle fait des crédits à ceux qui en ont besoin : les entreprises, les crédits à l'économie... Et puis, comme l'un et l'autre ne matchent pas parfaitement, elle va faire de la transformation, c'est-à-dire qu'elle va prêter à long terme des dépôts à court terme, et c'est pour ça qu'elle est rémunérée, parce qu'elle prend un risque de transformation et elle prend le risque de crédit.

Tout ça va péter dans les années 1980 avec l'apparition des produits dérivés, une création de science-fiction mais qui, hélas, va avoir des effets sur la réalité. Ce sont des produits qui n'ont plus rien à voir avec l'économie réelle.

Les premiers produits dérivés dont je me suis occupé étaient très simples, c'est ce qu'on appelait les *financial futures*. Les produits dérivés sont un marché de paris sur l'avenir — paris sur l'avenir des taux d'intérêt, des taux de change, du prix du pétrole... — avec, lors de leur création, une préoccupation soi-disant économique, c'est-à-dire d'offrir aux exportateurs ou aux importateurs, selon le sens, des couvertures internes, c'est-à-dire de leur garantir tout de suite un prix de sortie. Mais la pratique s'est très vite écartée de la nécessité économique et les produits dérivés sont devenus des objets de spéculation pure, brassant sans cesse des masses de capitaux qui n'avaient plus rien à voir avec l'économie réelle.

C'est comme ça qu'on a fabriqué des châteaux de cartes bâtis sur du sable, et à la première tempête, au premier souffle de vent, tout s'écroulait. On est dans les années 1980 ; je raconte la naissance de ce genre de produit qui me poursuivra jusque dans les années 2000, jusqu'aux effondrements dont on n'a pas tiré toutes les leçons, la crise des subprimes et bien d'autres drames. Tout cela vient de la déconnexion du produit financier synthétique de l'économie réelle. C'est un beau sujet de méditation.

Je me souviens d'un de mes premiers voyages à Chicago, dont le marché était dans les années 1980 le temple des produits synthétiques. À l'époque, on avait déjà de l'informatique, mais les grands marchés fonctionnaient essentiellement à la criée, avec des gens gesticulant en blouses jaunes, bleues, oranges selon les courtiers pour lesquels ils travaillaient. J'avais été invité par un broker qui s'appelle Merrill Lynch. Le soir, évidemment, dîner traditionnel : on va dans un restaurant de luxe de Chicago, où il y avait un serveur français avec qui j'ai discuté. Je lui ai demandé pourquoi il était là, et il m'a répondu que c'était parce qu'il avait fait faillite sur le marché. C'est là où j'ai découvert que sur ces marchés de produits synthétiques, non seulement il y avait les courtiers, les banques, les grands établissements financiers, mais également ce que l'on appelait des *locals*.

Un *local*, c'était un individu qui, moyennant l'achat d'une licence, pouvait s'amuser tout seul sur le marché à terme avec ses économies. Ce sont des marchés qui sont extrêmement redoutables sur le plan financier parce qu'ils fonctionnent sur le principe où, tous les jours, on remet les compteurs à zéro. Donc ça veut dire que si une journée j'ai fait une perte, je dois l'assumer tout de suite, faute de quoi je ne pourrai pas retravailler le lendemain matin. Évidemment, les grandes institutions financières ont des lignes de crédit, des cautions, etc., mais ce n'est pas le cas du *local*. Donc ça pouvait flamber assez vite.

Voilà pour cette période de ma vie professionnelle, qui a été extrêmement prenante et qui m'a conduit, du reste, à pêcher jusqu'au bout puisque j'ai créé un broker à Paris, donc une filiale de ma banque sur les marchés à terme, et j'ai, toujours pour le compte de ma banque évidemment, racheté un broker en Australie qui était spécialisé sur la matière première la plus précieuse, c'est-à-dire sur l'or. Gérer un broker en Australie avec un décalage horaire total, c'était quand même quelque chose de difficile. Je me souviens de nombreuses nuits blanches où on m'appelait à 2 heures ou 3 heures du matin en disant : « Ça décroche, qu'est-ce que je fais ? ».

- **Claude Arz :** et l'imaginaire dans tout ça à cette époque, les littératures de l'imaginaire, où est-ce que tu en étais ?

- **Philippe Marlin :** la transition avec la littérature de l'imaginaire, je vais la faire de la façon suivante : ces nouveaux métiers que j'ai exercés m'ont conduit à mener une vie de businessman international qui passait son temps à faire le tour de la planète. Ça m'a permis d'élargir mon horizon et de partir à la découverte de contrées que j'ignorais.

Je parle d'imaginaire au sens extrêmement large puisque j'y inclus les spiritualités différentes que je ne connaissais pas, notamment les spiritualités asiatiques qui m'ont fasciné. Lorsque j'allais en Asie, notamment en Chine — j'y reviendrai —, j'avais l'habitude de me lever très tôt le matin, et avant d'aller travailler, j'allais passer une demi-heure dans un temple à écouter les bonzes, à respirer l'encens et à écouter le gong. Ça me rassérénait, ça me permettait d'attaquer une bonne journée de travail. J'ai du reste découvert, dans un temple taoïste à Pékin, un autel dédié à Dagon, un Grand Ancien de légende !

AUTEL DE DAGON À PÉKIN

J'ai toujours aimé la nature — j'ai déjà parlé des forêts, des bois et des Quatre Fils Aymon de ma jeunesse ardennaise —, mais ces voyages m'ont permis de découvrir une autre forme de la nature que j'ignorais complètement, la nature tropicale, une nature humide, moite, généreuse, qui explose dans tous les sens. Un des plus beaux souvenirs que j'ai, c'est le jardin botanique de Singapour où il y a un Orchid Garden, un Jardin des Orchidées, qui est merveilleux.

Cette vie internationale va m'amener un jour (je ne suis pas loin des terres de Lovecraft) à Boston. On est en Amérique. À l'époque, j'avais découvert le jeu de rôle, et je déplorais qu'il n'existât alors (années 1980) que très peu de produits de jeux de rôle en français, à l'exception d'une petite collection avec laquelle j'ai beaucoup pratiqué avec mon fils Nicolas et qu'on aimait beaucoup, « Les livres dont vous êtes le héros ». C'était vraiment très marrant : un petit livre, une paire de dés, on lit un paragraphe, et puis toc, rendez-vous à la page tant, et il se passe autre chose. À Boston, j'ai découvert une grande boutique de jeux de rôle dans laquelle il y avait des boîtes de jeux de Dungeons & Dragons (Donjons & Dragons) qui n'étaient pas encore traduites en français — ça arrivera à la fin des années 1980 – début des années 1990. Donc je suis rentré à Paris avec deux boîtes de jeux et les petites figurines dans ma poche pour jouer avec mon fils. On arrive dans l'imaginaire et questions connexes.

LE JEU DE RÔLE

Les amis de ma génération me disent souvent : Ah, si j'avais 20 ans aujourd'hui, je me mettrais certainement au jeu de rôle ! Eh bien moi, je m'y suis mis, aidé par Nicolas, mon fils et premier lieutenant, même si mes 20 ans n'étaient plus qu'un lointain souvenir. Et ce fut assurément une nouvelle découverte ! Premier contact au milieu des années 1980 par la série Les livres dont vous êtes le héros. Et puis une descente en flèche dans Donjons & Dragons et ses multiples facettes. Avec, bien entendu, pour relever la sauce, une consommation immodérée d'Appel de Cthulhu.

Bilan provisoire ? Un excellent divertissement, extrêmement stimulant pour l'imagination. Nous avons passé des heures à élaborer notre propre univers (La Chapitria), à en dresser la cartographie, à inventer son histoire et ses religions. Ce n'est pas plus idiot que de passer son temps au bistrot, non ? Et puis aussi, une distraction de qualité qui s'inscrit en droite ligne dans les univers imaginaires proposés par la littérature. Quelle merveilleuse technique pour prolonger ses lectures favorites que le jeu de rôle ! J'ai arpenté les rues de Lankhmar, rencontré Elric le Nécromancien, fouillé dans les rayons de la bibliothèque de l'Université de Miskatonic.

Certaines productions rôlesques sont du reste d'une telle facture qu'elles deviennent vite indispensables aux amateurs de littérature, même non-joueurs. Je pense bien entendu aux fans de Lovecraft qui ne peuvent ignorer les suppléments édités par Chaosium-Descartes sur les univers du Maître. Tout y est, des précis de géographie (lovecraftienne !), des encyclopédies sur les divinités du Mythe, des scénarios qui reprennent les nouvelles célèbres et les prolongent.... Et je pourrais dire la même chose d'autres univers fameux, comme ceux de Conan, d'Ambre, du Seigneur des anneaux, etc.

Bref, je suis dans ce domaine pour le mélange des genres. L'Imaginaire est un tout, et littérature, jeu de rôle et cinéma se répondent.

Dans les années 1980, j'ai eu aussi une autre découverte — encore que je fusse déjà sur la piste — à Abidjan, cette fois, en Côte-d'Ivoire. J'avais dans ma mallette un bouquin que j'avais acheté à l'aéroport, qui était *L'Énigme sacrée* de Lincoln, Baigent et Leigh. Ce fut une redécouverte puisqu'il s'agit de *l'affaire de Rennes-le-Château* dont j'ai déjà parlé, mais là, c'était autre chose. J'ai dévoré ce bouquin en me disant : mais putain, et si tout ça c'était vrai ? L'Énigme sacrée, évidemment, on ne peut pas dire que ce soit passé de mode, ça se vend toujours très bien, mais c'était une transformation assez extraordinaire de l'affaire de Rennes-le-Château par nos trois Anglais. L'histoire d'un curé qui avait trouvé un trésor et, surtout, faisait du trafic de messes, immortalisée dans *L'Or de Rennes* de Gérard de Sède en 1967, comme nous l'avons vu.

Le Prieuré de Sion

Une affaire qui, dès le départ, avait été truffée par des documents bizarroïdes que j'appelle des vrais faux documents, fabriqués par un personnage fantasque et mythomane qui s'appelait Pierre Plantard. Et ce qui ressortait de ces vrais faux documents — et c'est ça qui est marrant —, c'est que, finalement, le roi de France n'est pas celui qu'on croyait, que la dynastie mérovingienne ne s'était pas éteinte avec l'assassinat de Dagobert II en forêt de Woevre, près de Stenay, mais que les deux enfants de Dagobert II, Sigebert IV et Hermine, pour échapper aux foudres du maire du palais, avaient été mystérieusement transférés dans le Razès (c'est Rennes-le-Château), où ils avaient fait souche. Et c'est une société secrète, Le Prieuré de Sion, qui veillera sur cette descendance sacrée au cours de l'Histoire.

Cette belle histoire avait été fabriquée avec des tas de documents pseudo-authentiques par Pierre Plantard et son acolyte, le marquis Philippe de Chérisey. Ils avaient complètement intoxiqué Gérard de Sède. Et on va retrouver cette fantasmagorie dans *L'Énigme sacrée* de Lincoln, avec une thèse encore plus fantastique. Lincoln — qui, comme Gérard de Sède, a fait son coming out et a avoué qu'il s'était fait complètement enfumer par Plantard — a raconté la genèse de *L'Énigme sacrée* dans La *Clef du Mystère de Rennes-le-Château* (1998, Pygmalion). Il était chez lui, dans la banlieue de Londres, avec ses deux compères. Après un déjeuner bien arrosé, ils vont se promener dans le jardin où l'un des amis dit : « Et si Jésus avait épousé Marie Madeleine, et s'ils avaient eu des enfants ? » Ils sont partis là-dessus, et la dynastie mérovingienne s'est complexifiée — ou simplifiée, du reste — en devenant une blood line, c'est-à-dire une descendance sacrée dont l'origine remonte au-delà de Mérovée, à la Maison de David, c'est-à-dire à la famille du Christ.

Ce bouquin, *L'Énigme sacrée*, fera à l'époque l'effet d'une véritable bombe. On est en 1982, et je me souviens être allé à Londres à ce moment-là. Sur les bus rouges londoniens que l'on connaît bien, il y avait des bandeaux publicitaires racoleurs comme pas possible, « Le livre qui fait trembler l'Église catholique ». Voilà une lecture qui m'a fortement marqué à l'époque.

- **Claude Arz** : Philippe, j'aimerais te poser une question. Tu es trader, tu es donc dans le monde de la finance d'un côté, et de l'autre, tu continues à t'intéresser au monde de l'imaginaire, tu vas même commencer à créer des fanzines, à t'intéresser aux mystères de l'ésotérisme… Comment se fait-il ?

LA DÉCOUVERTE DU FANDOM

- **Philippe Marlin :** en fait, c'est assez simple. Il y a deux réponses à cette question. La première, c'est la légende personnelle, c'est-à-dire que c'est quelque chose qui m'a toujours intéressé. C'est un peu comme le collectionneur de timbres ou le pêcheur à la ligne. J'ai poursuivi ma légende personnelle et j'ai continué à m'intéresser à ces sujets-là quelles que soient les activités que je pouvais exercer au travers des opportunités de la vie. La deuxième réponse est plutôt conjoncturelle, c'est-à-dire qu'à l'époque, je menais une vie extrêmement speed et que j'avais besoin de cette autre activité, de cette autre passion, de ces autres préoccupations pour ne pas me prendre au sérieux et mourir complètement idiot. C'était pour moi une bouffée d'oxygène extrêmement importante.

Et c'est ce qui va m'amener, à la fin des années 1980, à faire un plongeon pratiquement irréversible dans le fandom, la presse d'amateur que j'ai déjà évoquée en tant que lecteur, qui avait pour moi un but thérapeutique extrêmement important. Tu t'intéresses à la science-fiction, à Planète, aux OVNIS, à l'alchimie… Es-tu quelqu'un de complètement normal ?

C'est une question qu'on peut se poser parce que c'est vrai que derrière les tables de marché, je ne rencontrais pas du tout de spécialistes du réalisme fantastique ! La découverte du fandom a été une révélation. À l'époque, il n'y avait pas d'Internet, les ordinateurs personnels étaient quand même assez frustes, donc le fandom, c'était un petit bulletin plus ou moins bien imprimé qui circulait entre amateurs partageant les mêmes préoccupations.

J'ai d'abord participé en tant que « scribouillard », inondant les publications amies de nouvelles, poèmes, fiches de lecture, études. J'ai même eu le droit d'être interviewé par plusieurs confrères, afin de raconter (déjà) mon (jeune) parcours.

Et à la fin des années 1980, j'ai plongé en me disant : « Allez, à mon tour de jouer ! » Et ça a été la création de l'ODS, déjà avec mon fils Nicolas. On avait un ordinateur qui était nul à chier (un TO7), et on a commencé à faire le numéro zéro de notre fanzine, qu'on avait baptisé *Dragon & Microchips* pour concilier nos deux centres d'intérêt : « Dragon », c'était pour moi les jeux de rôle, la fantaisie ; et « Microchips », pour Nicolas, c'était l'ordinateur, les jeux vidéo. Le numéro zéro de *Dragon & Microchips* (DM) va sortir tiré à 5 exemplaires avec 2 abonnés, mon père, mon oncle et je ne sais plus qui.

On va partir comme ça, et l'essentiel du développement, ce sera dans les années 1990, mais compte tenu du succès phénoménal de cette publication (5 exemplaires), on a décidé de se doter d'un matériel informatique plus performant (Amiga) où on a mis en chantier le numéro 1 de *Dragon & Microchips*, qui, lui, était beaucoup plus fourni que le numéro zéro. Il y avait une grosse rubrique qui était « L'archéologie du fandom » où je rendais compte de toutes mes lectures de fanzines, il y avait une rubrique de Nicolas sur les jeux vidéo, et comme j'ai toujours été non pas gourmand mais gourmet, il y avait une rubrique de cuisine qui s'appelait « Vampires, à vos casseroles ! ». Donc voilà le premier numéro, qui, lui, a dû être tiré à 10 exemplaires et a dû récolter un abonné supplémentaire, un certain Philippe Mura, je me souviens, qui était à l'époque un collectionneur fou de small press. Voilà pour cette première entrée dans le monde de l'imaginaire écrit.

- Claude Arz : alors, progressivement, tu vas continuer à travailler dans ces fandoms. Tu n'écris pas toutes les rubriques, j'imagine, tu vas rencontrer de nouveaux auteurs, créer de nouveaux titres, c'était ça l'idée ?

- Philippe Marlin : oui, tout à fait. Au début des années 1990, je me retrouve dans notre chère ville de Nantes et j'avais un problème d'auteurs, il me fallait de la matière. Il y avait alors une revue fort sympathique qui s'appelait Écrire aujourd'hui, dans laquelle j'ai publié une petite annonce gratuite disant qu'on lançait une nouvelle revue et qu'on cherchait des textes d'auteurs débutants. On est alors au milieu de l'année 1992, on part en vacances en Irlande, et à notre retour à Nantes, la concierge me remet un paquet de courrier monstrueux. Et c'est là où j'ai fait la connaissance de beaucoup de jeunes auteurs qui sont devenus aujourd'hui des collaborateurs fidèles et des amis.

C'est comme ça que je suis entré en contact, par exemple, avec Jacky Ferjault, notre lovecraftien émérite, Claire Panier, une grande dame de l'heroic fantasy, Serge Le Guyader, un ésotériste de Bordeaux, et des signatures qui ont fait un beau trajet depuis, je pense à Gilles Dumay qui est devenu un écrivain solide et réputé qui dirige une collection de science-fiction chez Denoël, et j'en oublie plein d'autres. Ce fut le départ d'une aventure fantastique. Les premiers PC portables étaient arrivés, alors on pouvait travailler beaucoup plus confortablement, même si on n'avait pas encore Internet, qui débarquera dans le milieu des années 1990.

Parallèlement — comme tu le sais, je suis un passionné de Lovecraft —, j'avais déjà noué des contacts avec deux grands Lovecraftiens de l'époque, Joseph Altairac, qui dirigeait Les études lovecraftiennes, fanzine de textes de réflexion sur l'œuvre de Lovecraft, et un deuxième garçon qui avait une plume fabuleuse, Jean-Jacques Nguyen, qui animait lui aussi un fanzine, Le courrier d'Arkham, publiant des nouvelles-pastiches de néo-Lovecraftiens. Donc tout ça a formé la petite équipe de base de L'Œil du Sphinx (l'ODS), qui va fonctionner au départ sous forme de rencontres informelles chez les uns ou chez les autres afin de parler de projets, d'idées…

- **Claude Arz** : donc, dans la journée tu travaillais dans une banque, à Nantes en l'occurrence, et le soir ou le week-end, tu retrouvais tes amis de l'imaginaire, et vous évoquiez les questions autour de Lovecraft. Mais est-ce que vous évoquiez aussi les questions ufologiques, Rennes-le-Château… ? Est-ce que tout ça se mélangeait ?

- **Philippe Marlin** : ça ne se mélangeait pas très bien. Pour moi, ça se mélangeait très bien, mais pour beaucoup de mes collaborateurs ça ne se mélangeait pas bien du tout. Il y a eu une crise à l'ODS au début des années 1990, on me reprochait de cultiver le mélange des genres parce que j'avais eu le malheur d'écrire : « Je suis un passionné de science-fiction, mais je m'intéresse beaucoup à l'ufologie afin d'aller voir de l'autre côté des choses. » Je m'en suis pris plein la gueule. Quelqu'un m'avait reproché à l'époque (j'étais rouge de honte, tellement j'étais fier) : « Tu es en train de recréer la revue *Planète* ! ».

J'ai donc scindé mes activités éditoriales en deux, en maintenant un *Dragon et Microchips*, qui était le vaisseau amiral, clairement recentré sur les littératures de l'imaginaire, et en développant un autre fanzine qui a eu un succès phénoménal, *Murmures d'Irem*, clairement consacré à l'ésotérisme. C'est très amusant de voir comment les purs et durs de la science-fiction ne pouvaient pas supporter un brin d'ésotérisme, l'inverse n'étant du reste pas vrai !

- Claude Arz : l'ODS, c'est une association que tu as fondée et dont tu es le président ?

- Philippe Marlin : oui. L'ODS a été créé sous forme de club en 1989 et prendra la forme d'association dans les années 1990. Au début, je n'avais pas du tout l'idée de créer une association, c'était plutôt de réunir des copains. Mais très vite, c'est devenu nécessaire parce qu'il fallait un compte en banque pour les abonnements, etc.

- Claude Arz : pendant toutes ces années, tu continues à t'intéresser à l'ufologie. Qu'est-ce que cela t'a apporté ? As-tu eu des éclairages, des preuves, des confirmations de ces phénomènes aériens non identifiés ?

- Philippe Marlin : dans les années 1980 – début des années 1990, je te répondrais non. J'ai continué à m'intéresser à l'ufologie, mais l'ufologie fait partie de ces passions dont on peut se lasser très vite parce qu'il ne se passe pas grand-chose. Donc l'ufologie n'a pas été un moteur important. Dans ces années-là, je me suis intéressé à l'alchimie de près, aux sociétés secrètes et à l'histoire mystérieuse.

LES LABORATOIRES DE L'IMPOSSIBLE

- Claude Arz : faisons un petit focus sur l'alchimie. Tu lis alors des ouvrages ? Lesquels ? Est-ce que tu rencontres des alchimistes ?

- Philippe Marlin : je me suis intéressé à l'alchimie d'abord parce que ça entrait dans les créneaux évidents des choses qui me passionnaient. J'ai lu beaucoup de textes en m'épuisant souvent parce que les bouquins d'alchimie sont souvent illisibles, jusqu'au jour où j'ai eu la chance de rencontrer un alchimiste qui s'appelait Jean-Pascal Percheron. Je l'ai vraiment rencontré par le biais de la *small press*, c'était un abonné à *Murmures d'Irem*. Il avait préparé un bouquin dont le titre était *Le livre d'or de l'alchimie*. Il me l'a soumis, mais à l'époque, je n'avais pas de maison d'édition.

Le livre de Jean-Pascal Percheron m'a enthousiasmé parce que c'était la première fois que je lisais un livre d'alchimie clair. On pouvait lire une phrase complète, un paragraphe complet sans avoir mal à la tête et se poser trente-six mille questions. C'était simple, net et limpide. Je l'ai mis en contact avec une maison d'édition qui n'existe plus mais qui était fort sympathique à l'époque, les éditions Ramuel. Je lui ai fait la préface. Et nous sommes devenus amis. Il est devenu membre de l'ODS. On a fait plusieurs réunions du « Laboratoire de l'impossible », que tu connais, chez moi, sur l'alchimie. Et il a organisé pour une équipe motivée de gens de l'ODS un séminaire alchimique chez lui, dans la nature, dans le coin de Vendôme, on a passé deux jours au laboratoire, au fourneau. Ça a été quelque chose d'assez formidable, et j'ai toujours, du reste, dans ma bibliothèque à Paris, des petits flacons d'or potable, de cuivre bleuté, etc.

L'Alchimiste Jean-Pascal Percheron

- **Claude Arz** : il travaillait sur la voie sèche ou la voie humide ?

- **Philippe Marlin** : il travaillait essentiellement sur la voie humide. Et c'était un alchimiste au sens de L'Or du millième matin de Barbault. Il vivait dans une grande maison dans la campagne, au bord d'une petite rivière, où il avait son laboratoire. Il recueillait la rosée en tendant le soir des draps maintenus par des cailloux pour qu'ils ne s'envolent pas.

- **Claude Arz** : ah oui, l'eau de lune. J'ai connu ça car j'ai un ami alchimiste qui travaille dans la région de Saint-Girons.

- **Philippe Marlin** : Jean-Pascal Percheron, qui était un ami très cher, marié, père de deux charmantes petites filles, est mort dans la quarantaine, frappé d'un AVC. Paix à son âme ! Donc voilà pour mon incursion dans le domaine de la vraie alchimie.

- **Claude Arz** : par la suite, quand tu as créé ta maison d'édition, as-tu publié des livres relatifs à l'alchimie, as-tu fait une collection spécialisée dans ce domaine ?

- **Philippe Marlin** : je n'ai pas fait de collection sur l'alchimie, mais c'est un sujet que l'on traite régulièrement, notamment dans notre revue Historia Occultae. Je n'ai pas créé de collection sur l'alchimie parce que, comme je l'ai dit tout à l'heure, Jean-Charles Percheron est l'exception qui confirme la règle. Les alchimistes capables d'écrire de façon compréhensible se comptent sur les doigts de la main.

- **Claude Arz** : un autre thème maintenant, les sociétés secrètes. Comment t'y intéresses-tu ? Es-ce que tu en intègres ? Je sais que tu as fait partie des Rose-Croix. As-tu fait partie d'autres sociétés secrètes ? Y as-tu des amis ? Est-ce que tu publies sur les sociétés secrètes ? Mes questions concernent les années 1980 jusqu'à aujourd'hui.

- **Philippe Marlin** : en ce qui concerne ma participation personnelle, à l'exception de l'A.M.O.R.C. dont j'ai déjà parlé, non, je n'ai participé à aucune société secrète. Par contre, avec Murmures d'Irem, j'ai ouvert toute une série d'entretiens avec des dirigeants ou des adeptes de sociétés secrètes et de groupes occultes que j'ai rencontrés et que j'ai interviewés. On en a publié des wagons. Je mets à part la franc-maçonnerie parce que je ne suis pas persuadé que ce soit la plus intéressante des sociétés secrètes, du moins sur le plan anthropologique. Par contre, j'ai fait des enquêtes passionnantes, notamment, sur des mouvements templiers ou néo-templiers. On a beaucoup enquêté sur le sujet.

- **Claude Arz** : pas sur l'Ordre du temple solaire ?

- **Philippe Marlin** : non. Sur des mouvements néo-templiers qui étaient plus des mouvements de nostalgie chevaleresque que de véritables sociétés ésotériques. J'ai beaucoup investigué aussi sur la mouvance celto-nordique. On a beaucoup travaillé avec des sociétés bizarroïdes.

- **Claude Arz** : et parmi toutes ces sociétés secrètes, y en a-t-il qui ont perduré jusqu'à aujourd'hui ? As-tu rencontré des sociétés secrètes importantes ? Qu'est-ce qu'il en reste ?

- **Philippe Marlin** : il en reste beaucoup de fausses illusions. Les gens les plus intéressants que j'ai rencontrés se situaient plutôt dans l'orbite du martinisme, donc on n'est pas dans des sociétés secrètes avec des couleurs un peu nauséabondes, mais plutôt dans des démarches spirituelles, qui sont à mon avis le vrai sens de l'initiation. L'initiation, la plupart du temps, c'est du bidon. Tous les rituels d'initiation maçonnique, tu les trouves dans toutes les bonnes librairies, il n'y a aucun secret derrière tout ça. Le secret, c'est de le pratiquer toi-même, d'être fidèle à ta démarche et de ne pas zapper en permanence pour aller voir ailleurs s'il ne fait pas plus beau. Donc, oui, dans le martinisme j'ai rencontré des gens vraiment très intéressants.

- **Claude Arz :** qui, par exemple ?

- **Philippe Marlin :** un excellent ami, qui collabore beaucoup du reste avec l'ODS, Rémi Boyer, président du CIREM (Centre International de Recherches et d'Études Martinistes).

- **Claude Arz :** après l'alchimie et les sociétés secrètes, le troisième thème que tu évoquais tout à l'heure, l'histoire mystérieuse. Qu'est-ce que c'est ?

- **Philippe Marlin :** l'histoire mystérieuse a quelque chose de très proche avec l'ésotérisme. L'ésotérisme, ça veut dire tout et n'importe quoi. Pour moi, l'ésotérisme, ça veut surtout dire essayer de regarder les choses de façon différente. L'histoire mystérieuse — je n'aime pas du tout ce titre, mais il permet de comprendre tout de suite de quoi on parle —, c'est la même chose, c'est essayer de regarder l'histoire de façon différente.

Moi, je ne suis pas fabriqué sous le sceau de la conspiration. Je veux bien reconnaître qu'il y a eu trente-six mille conspirations, mais qui sont des conspirations ponctuelles. Par contre, « la conspiration mondiale », « on nous cache tout », « on ne nous dit pas la vérité », « les Neuf Supérieurs inconnus qui dirigent le monde »… tout ça, non seulement ce n'est pas mon truc, mais je considère que c'est une escroquerie intellectuelle particulièrement nauséabonde. L'histoire mystérieuse, c'est d'aller voir les choses de façon différente en se posant la question : est-ce que les explications scientifiques qu'on nous propose aujourd'hui tiennent réellement la route ?

- **Claude Arz :** pour entrer clairement dans le sujet, peux-tu nous donner quelques exemples qui te paraissent entrer dans cette catégorie d'histoire mystérieuse ?

- **Philippe Marlin :** il y en a des wagons. Un que j'aime bien, qui rejoint l'ufologie, c'est les crop circles. Ce n'est pas vraiment de l'histoire mystérieuse, mais c'est de l'ufologie histoire mystérieuse. J'aime beaucoup parce que c'est spectaculaire ; mais, il y a des supercheries monstrueuses…

CROP CIRCLES

- **Claude Arz :** des artistes aussi.

- **Philippe Marlin :** oui, bien sûr, comme notre ami Rowan. Mais il reste quand même des choses qui ne s'expliquent pas, par exemple des symboles mathématiques que l'on n'imagine pas avoir été réalisés par des farceurs. Donc les crop circles, ça m'amuse et ça me pose question. Tout comme le sujet complètement tarte à la crème que sont les pyramides d'Égypte ; Gizeh, c'est un vrai sujet…

PM ENQUÊTE EN ÉGYPTE

- **Claude Arz :** qui bouge beaucoup ces temps-ci.

- **Philippe Marlin :** on en fait le tour tous les jours, mais le tour n'est jamais bouclé, il y a toujours de nouvelles pistes, de nouvelles découvertes, c'est absolument passionnant. Il y a aussi Stonehenge, évidemment, qui est également un sujet à part entière. Toujours la même chose : on en fait le tour tous les jours, mais tous les jours on découvre une nouvelle hypothèse qui n'est pas complètement farfelue.

- **Claude Arz :** il y a eu des travaux d'archéologues-historiens très sérieux qui ont expliqué d'où venaient les pierres.

- **Philippe Marlin :** il y a aussi les statues de l'île de Pâques, qui nous font rebondir sur les continents disparus. Je suis un amoureux de l'Atlantide. L'excellente encyclopédie de notre ami Lauric Guillaud sur l'Atlantide de A à Z, magnifiquement illustrée, avec toutes les recherches historiques, toute la littérature qui s'est emparée du sujet, est un véritable bijou.

Et quand on parle de l'Atlantide, on parle de Mu, de la Lémurie… Des sujets sur lesquels, comme d'habitude, notre éducation rationnelle nous fait jouer en permanence du frein et de l'accélérateur, mais il ne faut pas que le frein nous gâche le plaisir de la découverte et l'envie de continuer à investiguer.

- **Claude Arz** : toutes ces recherches, toutes ces investigations que tu as effectuées, qui t'ont passionné et qui t'on pris beaucoup de temps, qu'est-ce-que tu en retires au bout du compte ? Et parmi tous ces domaines, est-ce qu'il y a quelque chose qui t'intrigue plus que le reste et qui justifie à tes yeux de continuer les recherches ?

- **Philippe Marlin** : il y a quelque chose qui me perturbe profondément, c'est l'ufologie, mais je n'aime pas ce mot. C'est : qu'est-ce qui se passe dans l'univers qui semble vouloir s'intéresser à nous ? Quelque chose qui traverse le temps en s'habillant des couleurs du temps. On ne sait pas très bien ce qu'ils veulent. Moi, je ne pense pas que ce soit des méchants. Il y a quelque chose qui traverse le temps et qui est là.

Ça rejoint le sens de mes recherches (je n'aime pas ce mot, je ne recherche rien), qui est le sens que je donne à ma vie, c'est d'être persuadé qu'il y a derrière tout ça une intelligence — je n'utilise pas le terme de Dieu, je suis pour la théologie laïque, un peu comme Jocelyn Morrison —, un plan dans l'univers, qui fait sens et qui permet d'expliquer beaucoup de choses qui nous perturbent aujourd'hui. En disant ça, je ne fais pas un acte de foi. Je lis comme tout le monde tout ce qui se publie — et Dieu sait si sur le plan scientifique il se publie énormément de choses sur le sujet —, ce n'est pas un acte de foi, mais c'est un éclairage important pour moi.

Je suis de tradition, de famille catholique classique, mais je pense que ce qu'on est en train de renifler, ce n'est pas le Dieu des religions, ce n'est pas le Dieu gentil ou méchant de la Bible, c'est autre chose (qui n'est pas obligatoirement contradictoire avec le petit Jésus, du reste), c'est une surcouche explicative de l'univers.

- Claude Arz : dans ces périodes, tu as lu beaucoup. J'imagine que tu as lu Charroux, von Däniken… que tu t'es initié à toutes ces questions en faisant le parcours classique de toutes ces lectures. Est-ce qui te reste, de ces années 1980-1990, un ou des livres, un ou des auteurs qui auraient approché une certaine vérité ?

- Philippe Marlin : la question est difficile parce qu'il y a des tas de contributions intéressantes mais qui sont quand même des contributions romantiques. Tu viens de les citer : von Däniken, Charroux, Guy Tarade, Jimmy Guieu, j'en passe et des meilleurs. Ce sont des contributions importantes parce qu'on est dans les années Planète et post-Planète, donc c'est la période où on ouvre les fenêtres, on laisse passer le vent. Il y a des tas de saloperies qui arrivent avec le vent, il ne faut pas tout absorber. Mais ces auteurs nous posent des questions, même si on sait qu'on a trouvé des explications aux pistes de Nazca, etc. Au moins, on a posé des questions.

Je retiens deux grands bouquins de ces années-là : ma bible, c'est évidemment Le Matin des Magiciens, pour toutes les raisons qu'on a déjà évoquées ; et l'autre bouquin important, c'est La gnose de Princeton de Raymond Ruyer[47], qui dit ce que je viens de développer, c'est-à-dire comment la science débouche sur une religion qui est une religion laïque, la conscience, l'univers qui a un sens, etc. Il faut relire ce bouquin de Raymond Ruyer, qui a été critiqué, descendu, incendié.

- Claude Arz : je me souviens quand même avoir entendu à l'époque une série sur France Culture où ils parlaient de ce livre, c'est comme ça que je l'ai connu. C'était très riche, très intéressant.

---

47   1974, Fayard

- **Philippe Marlin :** moi, je me souviens de polémiques infinies autour de ce bouquin. Pour moi, il est à mettre à côté du bouquin de Jocelyn Morrison, qui est un travail de compilation et de synthèse de tout ce qui se raconte sur le sujet aujourd'hui et qui a au moins le mérite d'exister.

L'ARCHÉOLOGIE ROMANTIQUE DANS LE MATIN DES MAGICIENS

Les auteurs reprennent tous les grands classiques de « l'archéologie mystérieuse », sans tomber sans le piège des légendes, Lémurie ou Atlantide... Leur propos s'apparente à une interrogation lancinante : mais comment ont été édifiées les pyramides d'Égypte, les statues de l'île de Pâques ? Comment ont pu être conçues les cartes de Piri Reis ? Quelle est la signification des pistes de Nazca ? Pourquoi des civilisations entières comme celle de Mayas ont-elles été rayées de la carte ? La traque est ouverte aux vestiges de sciences englouties dans diverses formes de ce que nous appelons l'ésotérisme et des réalités opératives que nous mettons au rang des pratiques magiques. Les leçons tirées de la Tradition sont largement évoquées.

Cette partie aura le succès que l'on sait, reprise par des écrivains comme Erich von Däniken, Robert Charroux, Guy Tarade et Jean Sendy (pour ne pas parler de Jacques Bergier !) dans des collections de légende (J'Ai Lu l'Aventure Mystérieuse, les Énigmes de l'Univers chez Laffont...). Ce néo-évhémérisme sera bien sûr dénoncé par les chercheurs académiques, reprenant ces « grands mystères » à la lumière des avancées de l'archéologie, montrant qu'il n'y avait rien d'autre qu'une utilisation opportune des connaissances de leur temps[48]. Ce qui n'est pas du reste totalement contradictoire avec les propos des auteurs, constatant à l'époque de la rédaction du Matin que ces compétences ont été oubliées.

(Entretien 3, le 3 juin 2018,
rue du Cotentin, Paris)

---

[48]   Il y a des bibliothèques entières sur le sujet. Citons l'excellente thèse *La Science antique, Redécouverte des Mythes et de l'Histoire* de Laura Knight-Jadczyk (2002-2003), disponible sur Academia.edu.

La Fête à la Lumière Obscure

*L'hypothèse de L'Œil du Sphinx – On the spot – Nantes :
années magiques – Retour à Rennes-le-Château – Sur les traces
de Lovecraft à Providence – « Common Place Book » - Le temps
du Round Robin – Portrait du Marlin Bleu.*

- Claude Arz : bonjour Philippe.

- Philippe Marlin : salut Claude.

- Claude Arz : nous voici donc à Charleville-Mézières, dans la Médiathèque, dans le bureau de Thibaut Canuti…

- Philippe Marlin : … et dans mon pays ardennais, comme je te l'ai raconté dans notre premier entretien.

- Claude Arz : tout à fait. Alors, au cours de nos entretiens, nous sommes arrivés au début des années 1990. Que se passe-t-il à ce moment-là pour toi à la recherche, à la découverte de ces mondes imaginaires, de ces littératures particulières ?

- Philippe Marlin : les années 1990 ont été particulièrement riches dans la fabrication à grande échelle de mes passions puisque, comme je l'ai expliqué dans le dernier entretien, la charnière pour moi a été 1989-1990. C'est là que j'ai créé L'Œil du Sphinx (l'ODS), en octobre 1989 (une aventure qui aura couvert 30 ans l'année prochaine).

L'Association L'Œil Du Sphinx

- Claude Arz : tu vis où à cette époque ?

- Philippe Marlin : là, je suis à Paris mais pour peu de temps. Je lance mes premiers fanzines. Et le fanzine et le fandom, c'est quelque chose d'extrêmement important.

Comment tout cela a-t-il commencé ? De la façon la plus simple possible. Un petit mot de Jean-Jacques Nguyen suggérant de nous rencontrer. C'était en août 1993. À l'époque, lors de mes passages parisiens, je travaillais place de la Bourse. Un endroit assurément peu fanique. Et J.-J. de se pointer avec ses attributs de coursier [49] de presse au restaurant Gallopin, le haut temple de la génération finissante des agents de change, où je lui avais donné rendez-vous. La glace est vite rompue, malgré l'environnement business qui semble impressionner notre ami, et nous refaisons rapidement le monde autour de notre maître à penser, Lovecraft, bien sûr. Jean-Jacques, c'est le père du Courrier d'Arkham, un fameux fanzine éclair, éclair parce que programmé dès le départ pour cinq numéros seulement. Une superbe frustration, mais aussi une gigantesque source de rêves, à l'époque, pour votre serviteur, qui n'avait alors que les doctes Études lovecraftiennes à se mettre sous la dent. Jean-Jacques est au faîte de sa passion et me propose en un geste testamentaire de sortir un recueil de ses nouvelles polies au soleil de Providence. Il ne fallait pas en proposer plus à un Grand Ancien en manque, et ce projet prendra corps avec Rêves d'Arkham, dans la série des Manuscrits d'Edward Derby.[50]

---

49   On aura notamment deviné le casque de motard !
50   Un autre tome verra le jour, Rêves d'Ailleurs, reprenant les premières

- Claude Arz : une précision, Philippe. Peux-tu revenir sur ce fameux fandom dont tu nous as déjà parlé ?

- Philippe Marlin : que dire de plus si ce n'est que la passion, c'est peut-être quelque chose de bizarre pour un certain nombre d'individus, mais la passion, c'est aussi un besoin de communiquer et un besoin d'écrire. J'insiste sur le mot « écrire ». Et pour Lovecraft, ça a été un banc d'essai d'écriture, c'est-à-dire qu'il publiait ses poèmes, il publiait ses premières nouvelles dans des fanzines, des publications d'amateurs. Et il a créé lui-même son propre véhicule qui s'appelait The Conservative — « Le Conservateur », ce qui veut dire beaucoup de choses parce que c'était déjà la couleur de Lovecraft qui, outre l'imaginaire, était quelqu'un de très conservateur, très attaché à la vieille culture anglo-saxonne, à l'Angleterre, etc. (je ne parlerai pas de ses positions politiques, on déborderait du sujet).

En lançant ce genre de publication, tu as quand même un petit public, et ce public, il va réagir, il va t'écrire, il va te dire : « Moi, j'ai écrit ceci, j'ai publié cela… » Donc tu commences à brasser un club d'amis dont tu vas publier les travaux, chacun se renvoyant la balle. C'est comme ça que j'ai commencé, j'ai fait du Lovecraft sans le savoir. Ça vaut le coup de s'arrêter là-dessus car c'est une démarche très intéressante. Je ne suis pas nostalgique, mais il faut dire qu'aujourd'hui, c'est vrai qu'Internet facilite extrêmement la communication, mais il n'y a pas avec Internet, ou rarement, cette convivialité qu'on avait dans la presse-amateur. Avec elle, tu te fais très vite des copains, et puis arrive un jour où tu as envie de les rencontrer en vrai, alors qu'avec Internet, ça peut arriver mais c'est plus rare.

---

fictions généralistes de J.-J. Les Rêves de J.-J. N. seront ensuite repris par les Éditions Orion de Gilles Dumay en 1998 sous le titre de Visages de Mars. Je cherche du reste toujours ce qui a pu inspirer un tel titre ! Certainement parce qu'il fallait faire croire que c'était de la SF pour vendre le bouquin !

- **Claude Arz** : c'est drôle ce que tu dis parce que moi, je fonctionne avec Internet comme tu le faisais avec les fandoms. Grâce à Facebook, je rencontre des gens. Pour Nuit des Légendes, comme tu le sais, je rencontre des conteurs, des conteuses, ça crée un vivier, ça fait boule de neige. Je vis ça maintenant.

- **Philippe Marlin** : dans mon cas de figure, la presse-amateur m'a amené à créer un premier cercle, un premier club d'amis, qui dès le départ a été extrêmement riche, c'est-à-dire que j'ai agrégé un certain nombre d'individus passionnants. Je les ai déjà cités, mais je reviens sur quelques noms comme Joseph Altairac, une des grandes figures de la science-fiction française, Gilles Dumay qui est aujourd'hui directeur de la collection Présence du Futur chez Denoël, Jean-Jacques Nguyen qui était un très grand Lovecraftien, Claire Panier qui était dragonologue, Serge Le Guyader, qui habite à Bordeaux et qui est un spécialiste de l'Apocalypse religieux, Emmanuel Thibault, qui était alors à Singapour, un passionné d'ésotérisme et de spiritualités orientales. Et je n'oublie pas les nombreux artistes qui nous ont rejoints comme le Belge El Jice, le Nantais André Savéant et j'en passe et des meilleurs… tel l'immense Jean-Michel Nicollet, qui est très proche de nous.

QUAND PHILIPPE MARLIN RENCONTRE UN POÈME ET UNE LOUVE

Quelques notes, tirées de mon journal, Scènes de la vie ordinaire en Odésie :

Décembre 1993. C'est au tour de **Gilles Dumay** de me contacter et de suggérer une rencontre amicale. Gilles, c'est un poème, une cathédrale et un enzyme protéiforme. Découvert comme beaucoup d'autres amis à la suite de quelques lignes publiées dans Écrire Aujourd'hui pour faire connaître l'ODS, Gilles remplira consciencieusement et avec une régularité de métronome ma boîte aux lettres et mes colonnes éditoriales pendant plusieurs années. Le Super-Flesh de 1993 était encore déjanto-baston, avec une pincée de caca-boudin-vomi-sperme, mais déjà une superbe écriture et une thématique étincelante ; une bassine de promesses, quoi ! [51] Rendez-vous est pris chez l'ami Mouloud dont le couscous, malgré le flot des années, reste éternel et muet, ainsi que la matière [52]. Présents également à cette « première soirée » J.-J. N. et **Fabienne Leloup** [53], la première Louve de l'ODS. Si Gilles est un poème, Fabienne est assurément une élégie. Autre rejeton d'Écrire Aujourd'hui, elle nourrira mes premiers numéros de poésies hermétiques et de nouvelles dégoulinantes de sexe et d'ésotérisme.

La conversation décolle très vite, et malgré les efforts de Mouloud pour nous ramener aux plaisirs de la cuisine nord-africaine, nous nous laissons étouffer par les charmes de la poésie narco-néo-mallarméenne. (…) Le héros de la soirée sera sans conteste Michel Bulteau, un artiste dont Gilles et Fabienne soupèsent avec une gourmandise d'apprentis-pâtissiers les grandeurs ensorcelées. Jean-Jacques m'avouera plus tard que ça aurait pu être pire…(…) Cette grande période musardienne laissera pourtant une trace émouvante dans le milieu de la small press : le poézine de Gilles, Mental Machine Poems, dont l'ODS, comme d'autres, assurera la diffusion en coucou. Anecdote savoureuse sur MMP ; j'avais procuré à Gilles, par l'entremise de Christian

---

51   Les écrits de cette période ont été publiés en 2000 par Orion sous le titre *Sympathy for the Evil…*

52   Pas si éternel que ça, puisque son restaurant, qui abritera de nombreuses libations odésiennes, est aujourd'hui fermé.

53   Deux noms que nous retrouverons ensemble dans le tome 9 des *Territoires de l'Inquiétude* chez Denoël.

Bouchet[54], quelques poèmes pornographiques de Crowley. Vite publiés, bien sûr ! Mais une publication dont le bon Gilles se souviendra longtemps : un fonctionnaire zélé d'une administration obscure croira bon en effet de le poursuivre pour… atteinte aux bonnes mœurs !

LA LOUVE

Donc on voit tout de suite se fabriquer un univers un peu hétéroclite mais qui a du sens, c'est-à-dire l'attrait pour tout ce qui est ailleurs, pour tout ce qui sort des sentiers battus. Et là, je voudrais rebondir sur quelque chose d'important parce que ça a toujours été mon inclinaison, c'est ce qu'on appelle — un peu trop facilement parce que c'est galvaudé — la contre-culture.

Je n'aime pas le mot « contre » (« la contre-culture est née d'une réaction contre la culture capitaliste, bourgeoise », etc.). Ce n'est pas vraiment ça qui m'intéresse, c'est la culture qui est à côté, c'est la culture de marge, c'est la culture de ceux qu'on ne voit pas au premier plan, en sachant que ces gens-là, grâce à des instruments comme le fandom, vont pouvoir

---

54 Un thélèmite nantais, responsable des Éditions du Chaos.

se faire connaître puis, un jour, véritablement déboucher. Il y a trente-six mille exemples d'artisans de la contre-culture d'une époque qui ont franchi le mur et qui sont maintenant des ténors de la culture. La dernière fois que je suis allé à New York, je suis allé au MoMA. En y entrant, la première galerie que j'ai traversée, c'est celle d'Andy Warhol, ancien héros de la contre-culture.

Photo d'une réunion de l'ODS à ses débuts

On a démarré de cette façon. C'était super sympa. On appelait ça des « on the spot » : c'était des réunions pas programmées à l'avance, où on se retrouvait chez l'un ou chez l'autre, à tour de rôle. Ça ne se passait pas chez moi à l'époque, ça se passait chez des amis comme Christophe Thill, Jacky Ferjault, Claire Panier… On refaisait le monde, on parlait de nos lectures, on s'échangeait des textes, toujours autour d'un plat consistant préparé par celui qui nous hébergeait.

Je me souviens de Jacky Ferjault, un type absolument extraordinaire, qui est entré dans notre club. Il était jeune retraité des télécommunications, il devait avoir autour de 60 ans, donc ce n'était pas un gamin. On parlait beaucoup de Lovecraft à l'époque. Jacky Ferjault ne connaissait pas cet auteur. Il prenait des notes. On est au début des années 1990, époque où sont sortis chez Bouquins les trois tomes des œuvres complètes de Lovecraft. Jacky Ferjault les a achetés, les a défilés dans l'ordre de A à Z — ça représente des milliers de pages —, et il nous a commis, pour mon fanzine de l'époque qui s'appelait Dragon et Microchips, en trois livraisons, une étude intitulée « Impressions d'un néophyte à la lecture de Lovecraft ». Et ça, c'est un bijou !

- **Claude Arz** : j'aimerais bien lire ce texte. Il est quelque part dans tes archives ?

- **Philippe Marlin** : oui, bien sûr. C'est vraiment très bon. Jacky Ferjault est complètement tombé dans la lovecraftologie puisqu'il a publié maints articles, a dû sortir cinq bouquins sur l'Ermite de Providence aux éditions de L'Œil du Sphinx, dont un qui est un véritable délice, Moi, Howard Phillips Lovecraft. Lovecraft écrivait énormément, et il avait une correspondance gigantesque. Jacky Ferjault a fait ce tour de force de rédiger une vraie fausse autobiographie de l'auteur. En lisant ce livre, tu as l'impression que Lovecraft — qui n'a jamais écrit d'autobiographie — a rédigé celle-ci, qui est un montage que Jacky a fait sur la base de ses lettres, correspondances, articles, en écrivant lui-même de sa plume les petits liens nécessaires pour faire coulisser l'ensemble. Je parle de Jacky parce qu'il a été aussi l'un des hôtes de notre petit club, et il nous cuisinait un lapin à la moutarde dont je garde un souvenir ému... Et puis une confidence tout à fait indiscrète : notre ami est aussi un fondu de la littérature érotique et il suffit de taper « Jack Faylurjet » sur Amazon pour mesurer l'ampleur de sa production en la matière !

Jacky Ferjault

Donc on est dans les années 1990, ça commence à bouillonner. On avait un autre ami qui, lui aussi, a fait une belle carrière dans le domaine de la lovecraftologie puisqu'il vient de sortir Le Guide Lovecraft et a supervisé la traduction en français de la monumentale biographie de Lovecraft réalisée par S.T. Joshi, Je suis Providence (éditions ActuSF) : il s'appelle Christophe Thill. C'est un garçon absolument charmant, très érudit, parlant parfaitement anglais, ce qui lui a permis de participer aux conférences américaines et de rencontrer les artisans anglo-saxons du monde lovecraftien.

Et le « cercle » ne cessait de s'élargir. Un exemple : nouveau contact, début 1994, avec Sylvain Ferrieu, Le Sage, Le Fidèle et Le Juste. Sylvain dirigeait à l'époque un fanzine orienté jeux de rôle, Kaotic, fanzine super sympa, plein d'âme et de personnalité, et qui n'en finissait plus de craquer dans des vêtements trop étroits pour aller piocher dans les Terres Annexes de la SF, du Fantastique et de l'Ésotérisme. Contact noué à la librairie du feu Drugstore Saint-Germain, au rayon SF. Le lieu, sis au sous-sol, est suffisamment intime pour ne pas rater une connaissance encore uniquement « épistolaire » ! Sylvain arrive accompagné de Carole, son amie et collaboratrice de l'époque. Nous nous réfugions dans un petit restaurant grec de la rue de la Huchette et, selon une tradition bien établie lors d'un premier contact, nous restructurons l'Univers en faisant siffler les oreilles des connaissances. Franck Martin en prend pour son grade ; Franck dirigeait le fanzine Nouveaux Mondes, un énorme pavé vendu à un prix dérisoire. La clef du mystère ? Le papa était chargé de faire les photocopies au bureau à l'heure du déjeuner... Jusqu'au jour où ledit papa se mit à avoir faim... (...) Ce qui entraîna la mort du fanzine... Mais, plus fort encore, Franck s'était mis en tête de fédérer le fandom[55] et avait organisé une réunion qui avait tourné au bide ! Et Sylvain, bien sûr, était de la partie.

Outre le jeu de rôle qui ne lui a jamais lâché les basques, Sylvain est un féru de droit, discipline à laquelle il a consacré ses études. Mais pas n'importe quel droit, le Droit Primordial, celui du Graal et de la Tradition Essentielle. Il consacrera du reste à ce thème un mémoire.

Et puis on a rencontré des tas de gens absolument improbables. Une auteure américaine a participé à l'une de nos soirées, Nancy Kilpatrick. Une femme assez forte, très maquillée et habillée gore, avec une robe noire. Elle écrivait des bouquins de vampirisme hot. On avait aussi une femme délicieuse, Séréna Gentilhomme, qui habite à Besançon, dans le Doubs, près de chez Daniel Sangsue[56] du reste, qui écrivait dans la veine du fantastique gore érotique. On a passé des soirées fabuleuses avec elle. Nous a également rejoints la jeune Julie Proust, une passionnée de littérature, alors âgée de 18 ans. Lorsque nous publierons son recueil de poèmes Fantasmique et Faëries, nous demanderons à Claude Seignolle d'en faire la préface. Une façon de réunir la benjamine et le doyen dans l'amour de l'écriture !

---

55   La tentation fédérative est du reste récurrente dans la small press, et tourne à chaque fois à la déroute. Certainement parce que ses animateurs sont par définition de joyeux individualistes, par trop jaloux de leur bébé !
56   Universitaire, auteur d'un Journal d'un amateur de fantômes, La Baconnière, 2017.

Julie Proust

On avait donc les réunions pour refaire le monde, on avait les fanzines : on a sorti plus d'une centaine de numéros, avec des collections, des numéros thématiques… J'en ai deux rayons de bibliothèque… (Cf. Annexe 1).

- Claude Arz : qui finançait la fabrication de ces fanzines ?

- Philippe Marlin : c'était très simple, comme aujourd'hui : association, adhésions-cotisations. Et par ailleurs, les fanzines, c'était sur abonnement. Tu pouvais les acheter au numéro, mais j'incitais les gens à s'abonner parce que ça me faisait une rentrée d'argent qui permettait de payer les frais. C'est comme ça qu'on a fonctionné, sans problème. C'était encore la méthode artisanale, mais on sortait déjà de beaux produits sur le plan du rendu tout simplement en recourant aux services d'une boutique de photocopie.

Les publications c'était très fédérateur parce que ça attirait des gens. Quand tu commences là-dedans, c'est incroyable le nombre de jeunes — et de moins jeunes, du reste — qui écrivent dans leur coin et qui te contactent quand ils découvrent ton fanzine. Tu es vite noyé, mais c'est super sympa. Et la troisième chose qu'on a commencé à faire, ça a été des sorties. On avait un ciné-club, c'est-à-dire qu'on allait voir un film qu'on choisissait, et ensuite, on se réunissait dans un bistrot pour le commenter. C'était très simple mais passionnant. Et puis il y a eu — j'y reviendrai car ça a commencé un peu plus tard — les missions scientifiques. On a lancé ça à cette époque-là.

J'ai parlé de la contre-culture ou l'autre culture. J'y reviens parce que pour moi, c'est fondamental. J'ai croisé un type absolument extraordinaire qui est mort très jeune, à 44 ans, et qui s'appelait Michel Lancelot. C'était un géant. J'ai relu cet été son bouquin Le jeune lion dort avec ses dents (Albin Michel, 1974), qui est un manifeste de la contre-culture mais de la contre-culture comme on l'aime, c'est-à-dire qu'il inclut *Le matin des magiciens, Planète...* C'est lui qui a écrit aussi *Je veux regarder Dieu en face*. On parlera de l'ayushka aujourd'hui. Tout ça, c'est parti des années 1960-1970. Michel animait cette émission de légende sur Europe 1 qui s'appelait *Campus*.

> *Ce qu'il ne faut pas dire en fait toi tu le dis Michel*
> *Ce qu'il ne faut pas faire en fait toi tu le fais Michel*
> *Chaque soir à Campus*
> *Avec dans l'œil et dans l'oreille*
> *Les chants perdus du bout de la terre*
> *Et de Nanterre...*

Léo Ferret, à Michel Lancelot.

- **Claude Arz** : oui, bien sûr, je connais. Et j'ai vu Michel Lancelot après, à la radio 95.2, où j'intervenais. On était dans la tour Montparnasse. Il est mort brutalement, une perte effectivement.

NAONED

- Philippe Marlin : je ferme ma parenthèse, mais je voulais lui rendre hommage parce que c'est quelqu'un qui m'a marqué.

Nous sommes donc au début des années 1990, et nous arrivons à des années magiques. 1991, je l'ai déjà évoqué, je pars à Nantes, où je vais m'installer jusqu'en 1998.

- Claude Arz : où, dans Nantes ? Je connais très bien cette ville pour y avoir vécu moi-même de 1970 à 1981.

- Philippe Marlin : j'habitais dans un endroit absolument inouï, cours Cambronne, dans un appartement où s'était arrêté Napoléon Ier !

- Claude Arz : j'ai habité tout près, rue Urvoy-de-Saint-Bedan.

- Philippe Marlin : j'habitais donc cours Cambronne, juste à côté de la Médiathèque — je vais y revenir —, juste à côté de la Maison de la Poésie, juste à côté du musée de l'Imprimerie et juste à côté d'une boutique qui s'appelait COPY-TOP, où je faisais imprimer les fanzines. Donc tout était regroupé.

Et dans ma vie professionnelle, j'étais responsable de la direction des Titres, qui se trouvait à la Beaujoire. Je dirigeais un vaisseau (le bâtiment avait la forme d'un vaisseau) de 1 200 personnes. Je représentais le deuxième employeur nantais après la conurbation municipale, c'est-à-dire les écoles, les hôpitaux... En tant que deuxième employeur nantais, j'ai eu à vivre un moment extraordinaire, c'est-à-dire une crise sociale avec grève, fermeture de bâtiments... J'ai été enfermé dans mon bureau pendant trois jours... C'était une des premières grandes crises sociales qui étaient la conséquence du progrès technologique. La gestion des titres à l'origine des temps était matérielle, on découpait des coupons, etc. Tout ça a été informatisé et est devenu virtuel, ce qui fait qu'il y a eu une casse sociale énorme.

- Claude Arz : on est en 1992-93 ?

- Philippe Marlin : oui.

- Claude Arz : c'est l'année où la France a fait une croissance négative, juste avant l'arrivée de Balladur, qui redresse un peu la situation.

- Philippe Marlin : c'est un élément, l'autre élément étant ce que je viens de dire, c'est-à-dire les premières conséquences de l'informatisation. La mécanisation, la comptabilité… tout a été informatisé.

- Claude Arz : oui, bien sûr.

- Philippe Marlin : j'en ai bavé, j'ai appris la vie, et — comme je pense que mes amis syndicalistes ne liront jamais mes mémoires — je peux dire que ça m'a aussi fait comprendre que jamais je ne créerai, à titre personnel, une société utilisant de la main-d'œuvre. Le poids de ce qu'on appelle pudiquement les partenaires sociaux était inimaginable. J'ai découvert qu'être chef d'entreprise, ce n'était pas de la tarte. Je me souviens d'une bagarre entre un employé non-gréviste agressé par un délégué du personnel. J'ai mis le délégué du personnel à la porte : inspecteur du travail, enquête, contre-enquête… et il a fallu que je le réintègre parce que c'était un « personnel protégé ».

Bon, je ferme la parenthèse parce que Nantes, ce n'était pas uniquement ça. Nantes, pour moi, ce fut un certain nombre de choses dont une, évidemment tarte à la crème, mais je la cite quand même parce que j'ai passé pas mal de temps sur le sujet : Jules Verne. La découverte de la première ville de Jules Verne, du musée Jules-Verne au bout du quai.

LE MUSÉE JULES-VERNE à NANTES

Jules Verne est né à Nantes en 1828, et Nantes sait parfaitement lui rendre l'hommage qui lui est dû. Le musée Jules-Verne est situé au 3 rue de l'Hermitage et surplombe la Loire, aux confins du quai de la Fosse. Il ne pouvait y avoir de meilleur emplacement pour ce musée susceptible de passionner les petits et les grands, les littéraires purs comme les amateurs de SF, tous ceux qui aiment les voyages, les bateaux, les pays mystérieux, le rêve et l'aventure. Jour après jour, pendant des années, grâce à la générosité de la famille Verne et à celle de nombreux donateurs, la bibliothèque de Nantes s'est enrichie et peut aujourd'hui proposer ce musée unique en France, sis dans une pittoresque maison bourgeoise de la fin du XIXe siècle.

Et il s'agit véritablement d'un endroit hors du temps, où maintes merveilles se répartissent sur 11 pièces. Ici, c'est un coin du salon de Jules Verne à Amiens, à la fin de sa vie. Là, c'est la chambre du petit Jules à Nantes. L'enfant a interrompu sa lecture, une histoire de Robinson, pour regarder par la fenêtre les bateaux qui passent sur la Loire. C'est certainement ainsi que commencèrent les rêves de l'enfant ; là est sans doute le secret de l'écrivain. Et puis, dans un coin de cette autre pièce, nous pénétrons de plain-pied dans le fameux projectile de « la terre à la lune ». C'est dans cet engin – à première vue très confortable – qu'ont été embarqués le Français Michel Ardan et les deux Américains Nicoll et Barbicane. Plus loin encore, nous pénétrons à bord du Nautilus [57], du bateau-volant de Robur Le Conquérant et d'autres engins légendaires...

Parlons aussi des relations sympathiques que j'avais nouées avec le maire de l'époque, Jean-Marc Ayrault, et avec son adjoint à la culture, Yannick Guin. À la Médiathèque, il y avait un fonds Jules Verne, et en piochant dans ce fonds avec Yannick Guin, on est tombé sur un manuscrit inédit mais inachevé, qui s'appelait Un prêtre en 1839. On l'a exhumé et on l'a fait publier en coédition par Le Cherche midi et la Ville de Nantes. C'est un roman gothique qui se déroule dans une église située derrière la place Royale, l'église Saint-Nicolas. Le 12 mars 1839, un terrible accident se produit dans cet édifice. La cloche s'effondre et, dans sa chute, provoque un carnage parmi les fidèles. Le sonneur Joseph se trouve écrasé sous l'effondrement. Il était l'ami de Jules Deguay, un jeune avocat, fils de rentier nantais, qui, dans la catastrophe, sauve Anna Deltour, la fille de grotesques bourgeois. Avec son ami, Michel Randeau, Jules, soupçonnant un crime, s'attache à suivre l'enquête. Il découvre alors d'étranges personnages : Abraxa, une horrible sorcière, et son âme damnée Mordhomme, qui ont pris sous leur coupe un prêtre défroqué, Pierre Hervé, issu d'une famille de pauvres paysans...

Vraiment délicieux.

Moins connue, j'ai découvert à Nantes une petite revue littéraire qui s'appelait Sol'Air, dirigée par une jeune femme charmante, Laure Ménoreau, qui avait ses bureaux sur le quai de la Fosse et avec laquelle j'ai beaucoup travaillé. J'ai

---

57   Rien à voir avec Nantes, mais vous pouvez contempler le Nautilus EN VRAI (!) à Euro-Disney.

publié beaucoup de poèmes chez elle. On avait des relations amicales et elle avait un ami sympathique, qui résidait dans le Sud de la France, Jérémi Bérenger. Il est venu nous voir à Nantes, et j'ai découvert un auteur talentueux, poète, romancier et amoureux des chats. Il écrivait, dans le registre du « gothique », des histoires aux couleurs de l'occultisme et de l'érotisme. Pour ne rien gâcher, il était passionné par l'affaire de Rennes-le-Château. Il a rempli des kilomètres de colonnes dans Dragon & Microchips et Murmures d'Irem, dont une saga savoureuse qui portait le titre de « Rencontres avec un Supérieur Inconnu. »

J'ai également participé à la création d'une maison d'édition, Les Presses du temps, avec un autre ami, Franck B. Trois bouquins ont été publiés dans cette maison d'édition. Des bouquins magnifiques, qui coûtaient la peau des fesses. On a réédité César Cascabel et La maison à vapeur, de Jules Verne. On a également édité un roman d'espionnage de Maude Tabachnik, À l'ouest des ténèbres, qui était un roman prophétique sur le terrorisme islamique. Je me suis bien amusé avec cette petite maison d'édition, mais elle était gérée de façon romantique, alors ça a été la faillite tout de suite.

Voilà, en raccourci, mon passage nantais, qui a été fort instructif. Cette période nantaise a continué à courir pendant toute la décennie, mais la décennie a été marquée par une année particulièrement riche, l'année 1993, où je suis retourné à Rennes-le-Château, que j'avais découvert en 1973, comme je l'ai raconté plus haut. Ça m'a permis de reprendre le film.

RETOUR SUR LA COLLINE

Quand j'étais allé à Rennes-le-Château la première fois, en 1973, c'était les années Gérard de Sède, c'était la belle histoire du trésor, et déjà, mais ce n'était pas encore très net, Plantard qui commençait à truffer le paysage de faux documents. Et quand j'y suis retourné, en 1993 donc, Lincoln était passé,

L'Énigme Sacrée de Lincoln, Baigent et Leigh avait été publiée, et mon Rennes-le-Château avait complètement changé de paysage.

Il y avait toujours, évidemment, des chercheurs de trésor, mais on plongeait dans une toute autre histoire comme je l'ai déjà dit, qui était l'histoire du Prieuré de Sion, l'histoire de Jésus, de Marie Madeleine et des petits Mérovingiens. Ça devenait quelque chose de bizarroïde. C'est pour ça que j'ai écrit plus tard un petit bouquin intitulé Les deux vies de Bérenger Saunière [58], parce que là, on se rendait compte qu'il y avait vraiment deux vies du curé. Il y avait sa vraie vie, où il avait sûrement trouvé quelque chose, un petit trésor ; et puis la deuxième vie de Bérenger Saunière, c'est-à-dire la vie après sa mort, où on a commencé à raconter et à écrire n'importe quoi.

Tout ça pour dire — j'y reviendrai longuement dans les années 2000 — que Rennes-le-Château restait au bout de mon télescope comme un point chaud de la planète du mystère qu'il ne fallait pas perdre de vue.

PROVIDENCE FOR EVER[59]

1994 va être une année formidable pour moi parce que cette année-là, je vais réaliser mon fantasme. Dans le cadre de ma vie professionnelle, je suis allé assister à un congrès d'analystes financiers à Boston. J'ai immédiatement pensé : « Boston, Massachusetts, Rhode Island, Providence… Lovecraft ».

J'ai participé religieusement à mon congrès, puis je me suis pris quelques jours supplémentaires de congés. J'ai fait Boston-Providence en train (c'est à environ une demi-heure). J'étais muni à l'époque d'un fanzine belge dans lequel il y avait un bon Lovecraftien belge[60] qui avait fait un « guide

---

58   EODS, 2013.
59   On retrouvera l'intégralité de mon reportage sur le site de L'ODS : https://www.oeildusphinx.com/P_Providence.html
60   J.C. Requette, I am Providence, Phénix, 1993.

du Providence de Lovecraft ». C'était un truc ronéoté, mal agrafé, mais à l'époque, c'est tout ce qu'on avait, les études lovecraftiennes commençaient seulement à pointer le bout de leur nez.

J'étais avec mon fils, Nicolas, qui avait alors quinze ans. Nous avons arpenté le Providence de Lovecraft. C'est très marrant parce que quand on arrive à Providence par le train, la gare ressemble à un bunker souterrain, un truc en béton, complètement glauque. En sortant du train, on s'est précipité sur le kiosque à journaux pour voir s'il y avait quelque chose sur Lovecraft. Peanuts, rien du tout.

PROVIDENCE

Nous sommes partis avec mon fanzine ronéoté et on a fait le tour du périmètre. C'est vrai que le tourisme lovecraftien n'était pas organisé. On est arrivé tôt le matin, on est parti tard le soir, et on a fait tout le périple à pied. Alors je peux te dire que le soir, on était fatigué.

Les trois maisons de Lovecraft, c'était d'abord le cimetière. Un cimetière américain, c'est-à-dire très vert, avec des tombes très espacées. C'était l'été indien, on était au mois d'octobre aux couleurs de l'automne en Nouvelle-Angleterre. J'ai demandé à la gardienne, une forte dame dans sa petite baraque, si elle pouvait me donner un plan du cimetière. Elle m'a demandé :

« Quelle tombe cherchez-vous ? » Je lui ai dit : « La tombe de Lovecraft ». Elle m'a dit : « Ah, vous êtes français, vous ! Y'a que des Français pour demander la tombe de Lovecraft ! » Anecdote amusante, venait de passer au cimetière Marc J. Thomas, un jeune étudiant français en cinématographie qui réalisait un court-métrage, La transition d'Ulrich Zann, inspiré d'une nouvelle de l'auteur (La Musique d'Erich Zann). Raccourci de l'histoire, j'ai eu la chance de rencontrer le réalisateur lors d'un Colloque Lovecraft à Nancy en 2018, et nous avons évoqué avec plaisir nos souvenirs d'anciens combattants à Providence.

Après avoir trouvé la tombe de Lovecraft, on est allé se recueillir à l'hôpital où il est mort et, surtout, visiter la Brown University, c'est-à-dire l'université de Miskatonic, où est déposé tout le fonds Lovecraft, toute sa correspondance. Le souvenir que j'en ai, c'est celui de l'Amérique bienveillante, c'est-à-dire que tout était facile d'accès : tu demandes la correspondance de Lovecraft, on te sort un immense listing informatique. C'était absolument formidable.

On est rentré à Boston le soir, et le lendemain, c'était Halloween. Avec Nicolas, on s'est dit que puisqu'on avait encore deux jours, on allait aller à Salem, qui était tout près. Salem, Massachusetts. Autant Providence, c'était merveilleux parce qu'il n'y avait pas de touristes, Salem le jour d'Halloween, ce n'était pas à faire. Un Disneyland bondé de gosses, où il y a même une Maison de Dracula, tu vois le truc… Bref, aucun intérêt.

Je tenais à l'époque mon « Common Place Book », un livre de raison dans lequel je notais mes impressions, idées, projets. J'y retrouve ces quelques strophes commises lors de ce voyage :

Extraits de *Carnet de Voyage*

Au soleil rougeoyant d'un bel été indien
Providence sommeille, sommeille et s'engloutit
Dans un rêve sans fin. College Hill est déserte,

Deux écureuils perdus, cachés sous un érable
Attendent une pitance ; attendent et se prélassent...
Les manuscrits précieux de la Brown Library
Appellent le lecteur et offrent des mystères
Que nul ne vient cueillir. Midi sur le campus,
Midi sous le soleil. Je gravis, épuisé,
College Street esseulée. N'est point mort
Qui peut éternellement gésir, L'ombre n'est que furtive,
Elle accompagnera mes pas et semble murmurer
Des secrets que jadis tu m'avais révélés.
C'était Au cours des Temps, la Mort même peut mourir.
.....Swam Point Cemetary.... Tu es là chez les tiens,
L'herbe est encore grasse, le parc étincelant,
Resplendissant de vie, d'espoirs et de passions.

Toujours dans ces années nantaises entrecoupées de voyages, j'ai déjà parlé d'un pays que j'aime beaucoup, où j'étais allé dans les années 1970, la Roumanie. J'y suis retourné en 1995, sur les traces de notre vieil oncle Dracula...

- Claude Arz : ... et de Jonathan Harker...

- Philippe Marlin : bien sûr. La première Roumanie que j'avais connue était une Roumanie socialiste, bien sympathique mais socialiste. Et là, j'ai découvert une Roumanie post-socialiste, mais le socialisme était encore tout proche, c'est-à-dire que la mutation n'était pas vraiment faite : les hôtels étaient encore très socialistes, dans les restaurants le service était socialiste.... On est même allé dans un restaurant où les deux serveuses étaient sur une table en train de ronfler, et on a été obligé de les réveiller...

Ça ne nous a pas empêchés de refaire le petit trip habituel : on est allé évidemment au château de Poenari, qui est un vrai château de Vlad Tepes, contrairement au château de Bran, qui, lui, est un château utilisé par le cinéma pour en faire le château de Dracula, mais il n'en est rien. Et surtout, le plus beau, ça a été la balade en bateau dans le delta du Danube, qui est une région avec une faune et une flore exceptionnelle. Et puis on s'est fait un grand trip dans le nord de la Roumanie, à la frontière avec la Moldavie, où se trouvent toutes ces magnifiques églises orthodoxes, dorées, décorées…

Ce voyage a été aussi l'occasion de rencontrer « en vrai » deux amis roumains, Nicolae et son épouse Milhaïa, que je ne connaissais alors que par correspondance. J'avais en effet répondu à un petit mot désespéré de Nicolae, publié dans un fanzine de l'époque, où il déplorait le fait de ne pas pouvoir s'approvisionner en bons livres de SF en Roumanie. Le cœur de l'ODS a fondu et nous l'avons généreusement approvisionné de nos productions et de nos livres « en double ». S'en est ensuivie une belle amitié, faite de collaborations et d'invitations à Paris. Nicolae a créé son propre fanzine en français, *Aliens et Vampyres*, que nous diffusions. Assurément un collector !

LES ARITON

En 1998, mes aventures nantaises se terminent, et je rentre à Paris, où je vais changer de métier encore une fois, pour créer un cabinet de consulting interne, ce qui me permettra, là encore, de continuer à arpenter la France et la planète.

- Claude Arz : toujours dans la même banque ?

- Philippe Marlin : oui. Mais je ne veux pas quitter ces belles années sans rappeler que notre petit « Club Odésien » continuait à carburer. Nous avions mis à l'époque au point la formule du « Round Robin », c'est-à-dire de l'écriture collective. Je rédigeais le premier chapitre, puis « passe à ton voisin ». Il en est résulté des fascicules de légende, dont le premier avait pour titre Dark Sun sur thème d'Apocalypse. Nous aimions aussi nous croquer les uns les autres en intégrant les copains dans des nouvelles. Je donne en annexe II quelques « bonnes feuilles de nos échanges littéraires.

Je fermerai le rideau de cette décade en évoquant la belle manifestation organisée en octobre 1999 pour fêter les 10 ans de l'ODS. Nous nous sommes retrouvés à plus de 30 personnes au Fleuve Rouge, un petit restaurant franco-chinois de la rue Pradier (19e), pour célébrer l'événement. Toute la fine fleur de l'ODS était là, y compris nombre d'amis que nous n'avions jamais rencontrés physiquement. Dessins et nouvelles commémoratives pleuvaient de toutes parts dans un climat de convivialité qui permit de consolider et d'élargir le Cercle. C'est à cette époque que furent fondés nos clubs en province, dont le Cercle Odésien des Flandres avec Franck Périgny et celui de Bruxelles (une fois) avec El Jice.

LES DIX ANS DE L'ODS

(Entretien 4, le 16 septembre 2018,
à *la Médiathèque de Charleville-Mézières.)*

LES BELLES ANNÉES

La machine tourne à plein régime - Quand les lunes deviennent bleues - Une marmite bouillonnante- Hommage aux enchanteurs – L'Atelier Empreinte – La folle vague du Da Vinci Code – Rennes-le-Château, la capitale mondiale du mystère – Cracovie, ville de l'alchimie médiévale – Une ruche de personnages extraordinaires - Rencontre avec des chercheurs en ésotérisme.

- **Claude Arz :** bonjour Philippe.

- **Philippe Marlin :** salut mon cher Claude.

- **Claude Arz :** nous allons continuer nos entretiens. On va aborder aujourd'hui les années 2000. Des années riches, je sais, pour ton travail, ta création. J'aimerais juste te demander comment tu abordes ces fameuses années 2000 au niveau de tes recherches et au niveau éditorial.

- **Philippe Marlin :** si j'ai un qualificatif et un seul pour ces années 2000, ce serait de dire que la machine tourne à plein régime. J'aime bien le terme « la machine » parce que pour moi, c'est quelque chose d'important, c'est-à-dire que la machine, c'est un ensemble dans lequel toutes les Terres de l'Ailleurs se rencontrent : les créations de l'imaginaire, l'ésotérisme, les mythes et légendes, l'occultisme, bref ce que j'appelle la matière (cf supra). On secoue tout ça avec une bande d'amis, de collaborateurs motivés qui partagent les mêmes choses, et ça peut donner de beaux résultats.

La machine va tourner à plein régime, on est en pleine maturité. La machine va tourner à plein régime parce que — comme d'habitude, je ne détaille pas trop — sur le plan de ma vie professionnelle -, les années 2000 vont être des années extrêmement riches et souvent dramatiques. Il y a eu la crise des subprimes, il y a eu l'affaire Kerviel dans mon modeste établissement et il y a eu le fait que j'ai compris de moi-même que j'étais comme une boîte de conserve, et qu'une boîte de conserve a une date limite. Je me suis dit que j'avais atteint la date limite et qu'il était temps que je passe à autre chose.

Voilà pour ce qui est de la couleur des années 2000, des années riches, passionnantes, secouées.

- Claude Arz : quels sont les points importants pour ces années 2000 ?

LES ÉDITIONS DE L'ŒIL DU SPHINX

- Philippe Marlin : dans le désordre, mais peu importe, la première chose importante, ça a été la création de notre maison d'édition, les éditions de L'Œil du Sphinx, sous forme d'une SARL parce que nous étions arrivés à la conclusion que le statut associatif avait des limites sur lesquelles on allait se buter à partir d'une certaine taille. Une association, c'est un truc super sympa mais qui est flou, lâche, mou, et surtout, sur le plan financier c'est un puits sans fond. Une association, c'est un entonnoir, on met de l'argent et ça coule dans le sable, alors qu'une société, il y a un bilan, il y a un débit-crédit, il y a des recettes et des dépenses, des résultats, une banque...

- **Claude Arz** : une question à ce propos, pourquoi ce nom, « L'Œil du Sphinx » ?

- **Philippe Marlin** : ça nous ramène trente ans en arrière maintenant, lors de la création de l'association, qui était l'Association L'Œil du Sphinx. En créant la maison d'édition, nous avons repris tout bêtement le nom de l'association pour bien montrer que cette maison d'édition était son prolongement, que ce n'était pas quelque chose de plus. Pourquoi « L'Œil du Sphinx » ? Ça a été le résultat d'un brainstorming un peu foireux avec mon fils Nicolas. Il ne faut pas y voir des résonances ésotériques qu'il n'y a pas.

On a joué la prolongation d'identité mais la différenciation de structure, en sachant dès le départ (je crois que c'est inscrit dans les statuts) que la SARL était pilotée par un comité qui n'était rien d'autre que le conseil d'administration de l'association, c'est-à-dire que l'association est en fait le comité éditorial de la SARL. Ce qui ne veut pas dire qu'il n'y ait pas quelques capitalistes — bienveillants, du reste — qui ont mis un peu d'argent parce que à l'époque, on a mis 100 000 francs, ce qui était alors la taille respectable d'une micro-PME.

- **Claude Arz** : créer une maison d'édition, mais pour éditer quoi ?

- **Philippe Marlin** : comme je l'ai dit, on a créé une SARL parce qu'on avait vu les limites du statut associatif sur les plans structure, finances, organisation, etc. Mais on avait vu aussi les limites du statut associatif sur le plan des publications. Lorsqu'on était en régime associatif, les publications, c'était des fanzines, on était dans le domaine de la small press. On a publié, je le rappelle, entre 60 et 70 fanzines de 1990 à 2000. C'est dire qu'on était productifs. Et on a eu un succès certain.

Alors on s'est dit qu'il fallait qu'on passe à un support de meilleure qualité que le fanzine pour les meilleures de nos productions.

À l'époque, nos productions c'était, sur ma main droite, encourager de nouveaux talents, mais c'était aussi, sur ma main gauche, remettre au goût du jour, ressusciter, rappeler, se remémorer des grands maîtres de l'imaginaire qui nous avaient fait rêver quand on était gamins et qui s'étaient un peu délités dans la mémoire du temps.

Dès le départ, nous avons publié deux types d'ouvrages. Ma main droite, les jeunes talents : nous nous sommes lancés dans une série d'anthologies thématiques afin de publier des jeunes. Il y a eu Rêves d'Altaïr qui était une anthologie de science-fiction, Rêves d'Absinthe qui était une anthologie du fantastique décadent, sulfureux, il y a eu Rêves d'Ulthar qui était une anthologie sur les chats maléfiques, toute une série de Rêves qui ont permis de booster un peu tous ces jeunes qui nous avaient soutenus pendant la première partie de notre existence. C'est des bouquins pour lesquels j'ai un attachement personnel assez fort, ce qui fait que — je ne sais pas si on y reviendra, mais les techniques de l'édition ont beaucoup évolué depuis vingt ans —, grâce aux nouvelles techniques d'impression numérique, à la demande, etc., ce sont des bouquins que nous maintenons en vie, c'est-à-dire que je les ai mis dans notre catalogue numérique KDP-Amazon. Si tu tapes Rêves d'Ulthar sur Amazon, tu vas trouver le bouquin et tu pourras le commander. Je parle des bouquins physiques (on parlera peut-être plus tard des e-books).

Ma main gauche rassemblait tous ceux qui nous ont fait rêver et qui étaient plus ou moins oubliés, auxquels, avec mon équipe éditoriale que tu connais bien, on voulait rendre hommage. C'est comme ça que nous avons publié toute une série de bouquins sur des personnages comme Jacques Bergier, évidemment, avec des livres au format ressemblant au légendaire Planète, notamment Le Scribe de Miracles et L'Aube du Magicien, pilotés par Joseph Altairac. Toujours en ce qui concerne Bergier, nous avons republié, grâce à la complicité amicale de Christian Bourgois — paix à son âme ! — qui nous en avait gentiment donné les droits, son bouquin fabuleux qui s'appelle Admirations, où il parle de tous les auteurs extraordinaires qui l'ont fait rêver lui-même quand il était jeune. Et ce qui est extraordinaire, c'est que ce bouquin Admirations de Jacques Bergier, aujourd'hui, début février 2019, quand je regarde mes statistiques de vente, figure toujours dans le top 5 des produits de l'ODS. C'est intéressant parce que c'est un ouvrage qui avait été édité chez Christian Bourgois en 1970 et avait fait un flop total. C''est parce qu'il n'avait pas marché, du reste, que Christian Bourgois, qui était un ami mais aussi un commerçant, m'en avait donné les droits avec plaisir.

Toujours ma main gauche, ceux qui nous ont fait rêver, ce sont les grands auteurs du Fleuve Noir, notamment Richard Bessière, qui me captivait quand j'étais gamin. Richard Bessière, c'est Les Conquérants de l'Univers. Mon activité d'éditeur m'a permis non seulement de le rencontrer, mais de devenir ami avec lui. Il habitait à Béziers — paix à son âme, il est décédé il n'y a pas longtemps. On a publié un bouquin d'hommages, souvenirs, anthologie de textes peu connus qui s'appelle Une route semée d'étoiles. Richard Bessière en avait fait la préface, dans laquelle il a dit quelque chose qui m'a extrêmement touché : que je lui avais donné un nouveau souffle, que je lui avais donné envie de reprendre la plume.

L'ATELIER EMPREINTE

L'ATELIER EMPREINTE

- Claude Arz : il y a ton activité éditoriale, et dans le même temps, il y a tout ton travail dans la librairie de Rennes-le-Château. Il y a le phénomène Rennes-le-Château qui va prendre beaucoup d'espace dans ton activité de l'ODS, c'est bien ça ?

- Philippe Marlin : effectivement, la deuxième caractéristique importante des années 2000, ça a été Rennes-le-Château, et plus particulièrement la prise en main de la librairie de Rennes-le-Château, qui s'appelait alors L'Atelier Empreinte. Là, on est en 2004. Ça s'inscrit dans une très belle histoire puisque, comme je l'ai déjà raconté par ailleurs, l'affaire de Rennes-le-Château me passionne depuis très longtemps. Donc j'y allais, j'y retournais de temps en temps.

En 2003, je suis à Rennes-le-Château et je vais à la librairie L'Atelier Empreinte, qui était tenue par une charmante jeune femme, Sonia Moreu, qui me dit : « Écoute, Philippe, c'est le dernier été que je fais puisque j'ai mis la librairie en vente. » Changement de vie, couple recomposé, je n'entre pas dans les détails, enfin, elle voulait passer à autre chose. Je rentre à Paris, où je dîne avec mon fils et son épouse de l'époque, et je leur dis : « J'arrive de Rennes-le-Château. Quel dommage ! La librairie va fermer. » Et d'ajouter, sans arrière-pensée : « Quel dommage que je n'ai pas dix ans de plus, je pourrais prendre ma retraite. J'ai toujours rêvé d'être libraire. » Il y a alors une petite voix dans l'assistance, qui était celle de ma belle-fille, qui dit : « Ah, mais moi aussi, j'ai toujours rêvé d'être libraire ! »

Donc c'est comme ça qu'est partie l'aventure. J'ai racheté le fonds de commerce à Sonia Moreu, et nous avons vécu une période magnifique de libraires à Rennes-le-Château. Il faut dire que nous avons été agréablement grisés par l'ambiance économique qui avait été générée par le succès de Da Vinci Code. Nous avons connu les années fabuleuses où on se bousculait au portillon.

C'était tellement chouette que nous avons ouvert une autre librairie, toujours sous la même enseigne, L'Atelier Empreinte, à Rennes-les-Bains, qui est la station thermale au pied de Rennes-le-Château, ville différente de Rennes-le-Château. Rennes-le-Château, c'est le trésor de l'abbé Saunière, quelles que soient sa réalité et sa forme, alors qu'à Rennes-les-Bains, on était plutôt dans une capitale du new âge, un milieu néo-hippie, l'ère du Verseau, Aquarius, « Je t'ouvre les chakras », etc. Donc on a ouvert cette deuxième librairie. C'est une aventure qui a rapidement atteint ses limites — j'en reparlerai quand on évoquera les années 2010 —, mais les arbres ne montent pas jusqu'au ciel et arrive un moment où il faut savoir se couper la jambe...

Mais bon, restons sur le point positif, ça a été une expérience fabuleuse, en dehors du business stricto sensu, par la foultitude de gens que ça m'a permis de rencontrer, des gens sympathiques et avec tous un petit quelque chose de romantique. Et ça a été fabuleux aussi par le champ d'action que ça m'a donné pour organiser des conférences, des colloques, des Journées de l'Étrange...

Rennes-le-Château était devenu dans les années 2000 la capitale du mystère. Il y avait tout à Rennes-le-Château. C'était le papier tue-mouches de ma grand-mère, c'est-à-dire que ça ramassait tout : ça ramassait le trésor de l'abbé Saunière, bien sûr, mais ça ramassait aussi les Wisigoths, l'alchimie, les théologies différentes, les sociétés secrètes, j'en passe et des meilleurs... Un bouillon de culture étonnant, dans lequel il fallait savoir garder son sang-froid et son esprit critique parce que, à force de vivre 24 heures sur 24 avec des gens quand même un peu allumés, on peut facilement déraper et ne plus voir la forêt quand on a en face de soi un arbre un peu délirant.

- Claude Arz : vous aviez une stratégie dans cette librairie ? De vente, d'achat, de propositions de livres ?

- Philippe Marlin : la stratégie était simple. C'était d'abord de poursuivre la voie qui avait été ouverte par nos prédécesseurs, c'est-à-dire toute la littérature concernant Rennes-le-Château, et elle est énorme cette littérature puisque, rien qu'en langue française, j'ai dénombré pas moins de 850 bouquins sur le sujet[61], et il en est publié une dizaine tous les ans. Donc Rennes-le-Château, et puis tout ce qui tourne autour puisque la conglomération est énorme : tu as les Templiers, les Cathares, la franc-maçonnerie et les sociétés secrètes, plus tout ce qui est mythes et légendes locaux, la mythologie...

- Claude Arz : l'archéologie mystérieuse...

---

61   Cf. *La Bibliothèque de Bérenger*, Les Interdits de l'ODS, 2019.

- **Philippe Marlin** : l'archéologie mystérieuse, oui… Tu touilles dans une grosse marmite. Et le plus qu'on a voulu y apporter — qui a été un plus à succès —, ça a été les ouvrages en langues étrangères, parce que Rennes-le-Château, ce n'est pas seulement franco-franchouillard, c'est international. C'est la capitale mondiale du mystère, pas la capitale française du mystère. Tu as un public d'Europe méditerranéenne (espagnol, italien…) important qui fréquente Rennes-le-Château en permanence ; tu as un public anglo-saxon (anglais, américain, un peu australien) qui fréquente Rennes-le-Château, parce que Rennes-le-Château, c'est *Holy Blood, Holy Grail*, c'est Henry Lincoln. Rennes-le-Château a complètement explosé et dépassé le cadre franco-franchouillard grâce à notre ami Lincoln et ensuite grâce à la transformation brillante de l'essai par Dan Brown avec son *Da Vinci Code*.

- **Claude Arz** : à ce propos, tu as vu l'afflux de personnes, d'amateurs, de chercheurs qui venaient à Rennes-le-Château avec ce livre ? Physiquement, comment ça s'est passé ?

- **Philippe Marlin** : pour faire simple, Rennes-le-Château, c'est deux couches, la couche du trésor de l'abbé Saunière, à laquelle va se rajouter une couche dynastique qui est les Mérovingiens, Jésus-Christ, Marie Madeleine, la Maison de David… Ça s'enrichit, et ça prend, en 1982-1983 la forme de Holy Blood, Holy Grail (L'Énigme sacrée) de Henry Lincoln. Ça, c'est le paysage, et on voit bien qu'il y a deux choses : les chercheurs de trésors et les romantiques spiritualistes.

La force de Dan Brown, ça a été de prolonger la deuxième couche, c'est-à-dire celle de Lincoln et pas celle du trésor, sous forme d'un roman — parce que c'est un roman — dont le héros n'est pas un homme ou une femme mais une société secrète, le Prieuré de Sion. Et qu'est-ce que le Prieuré de Sion selon les légendes romantiques ? C'est une société secrète qui a été créée dans l'ombre de l'Ordre du Temple pour préserver la lignée dynastique du Christ et des Mérovingiens. Ça, c'est le *Da Vinci Code*.

Pour revenir à ta question, pour moi, ces années-là, c'est un peu l'histoire de la grenouille : si tu la mets dans un bain bouillant, elle crève tout de suite ; si tu la mets dans de l'eau froide que tu chauffes doucement, elle ne va pas se rendre compte qu'elle meure, elle va s'endormir. Et moi, j'ai vécu ces années-là comme la grenouille qui est dans un bain qu'on va chauffer doucement. C'est-à-dire que je n'ai pas vu le truc.

Le *Da Vinci Code*, c'est 2003 en américain. J'ai une amie anglaise, Stella Maris, dont je reparlerai, qui me l'avait envoyé en disant : « Ah, Philippe, lis ça, tu vas voir… ». J'étais en vacances à Nice avec ma sœur, je l'ai lu en trois nuits, en anglais. Je le trouve formidable, j'en parle à mon fils et lui dis que ce livre est étonnant. Mais j'en étais resté là. Je n'avais pas vu ce qui était en train de se produire, c'est-à-dire, avant même que ce soit traduit en français, il y avait les charters qui arrivaient − au début, un peu d'Anglais mais surtout des Américains, et encore plus des Américaines, qui venaient chercher la maison de Marie Madeleine. S'est développé tout un tourisme ésotérique dans la foulée du Da Vinci Code qui était soit à mourir de rire, soit, si on est bon commerçant, une occasion de faire des affaires, n'ayons pas peur des termes.

- Claude Arz : et à ce moment-là, tu étais déjà propriétaire de la librairie de Rennes-le-Château ?

- Philippe Marlin : oui, complètement.

- Claude Arz : on est en 2004, là ?

- Philippe Marlin : 2004, 2005, 2006.

- Claude Arz : et là, tu as vu l'afflux ? Les gens arrivaient à quelle période de l'année ?

- Philippe Marlin : ils venaient surtout en été, mais tu avais un flux permanent. Tu avais des Espagnols qui venaient en avril-mai, beaucoup d'Anglais et d'Anglaises retraités qui venaient en octobre-novembre… Il y avait toujours du monde.

- Claude Arz : et donc les gens venaient dans votre librairie acheter des livres pour enrichir leurs connaissances ?

- Philippe Marlin : bien sûr ! C'est pour ça que sur le plan édi-torial, on avait pris le tournant astucieux de nous diversifier en langues étrangères, c'est-à-dire faire rentrer des bouquins en anglais, en allemand, en espagnol, en catalan… On a même eu du chinois. Une anecdote à ce sujet. Je suis allé à Shan-ghai ces années-là et je n'ai pas pu m'empêcher d'aller traîner dans la plus grande librairie de la ville. Et « plus grande » est un euphémisme, elle a la taille des Galeries Lafayette à Paris. Comment faire pour trouver le DVC alors que tous les stands, rayonnages… étaient indiqués en chinois ? En fait, ce fut très simple : il suffisait de repérer l'emplacement où les piles de livres étaient les plus hautes !

- Claude Arz : je me souviens qu'à Rennes-le-Château, il y avait un parking avec des cars.

- Philippe Marlin : oui, et ce parking a été doublé, il y en a deux maintenant.

- **Claude Arz** : ça continue ?

- **Philippe Marlin** : non.

- **Claude Arz** : restons en 2004-2005. Tu es à la fois éditeur et libraire avec ton fils. Tes recherches sont centrées à la fois sur Rennes-le-Château, l'abbé Saunière, dont l'inventeur a été Gérard de Sède. C'est lui qui a lancé cette affaire-là vingt ans plus tôt, c'est bien ça ? Il y a eu plusieurs couches.

- **Philippe Marlin** : oui, comme je te l'ai dit, la couche trésor et la couche dynastique, qui va devenir une couche divine ou spirituelle.

- **Claude Arz** : donc ce flux, cet eldorado ésotérique va s'épuiser quand ? Tu le vois diminuer ou ça s'effondre d'un coup ?

- **Philippe Marlin** : non, ça ne s'effondre pas d'un coup, ça va commencer dans les années 2010.

- **Claude Arz** : ça dure donc assez longtemps. J'y suis allé en 2011-2012, il y avait encore du monde.

- **Philippe Marlin** : il y a toujours du monde.

- **Claude Arz** : tu m'avais invité à ta Journée du Livre et de l'Étrange. Tu avais fait une soirée sur la grande place. Il y avait du monde. Et cette Journée du Livre et de l'Étrange a duré quelques années. L'afflux a dû diminuer dans les années 2012-2013.

UNE JOURNÉE DU LIVRE

- Philippe Marlin : c'est ça, oui.

- Claude Arz : et là, vous l'avez vraiment senti ?

- Philippe Marlin : on l'a plus que senti parce que quand tu gères une boîte et que le banquier t'appelle le matin pour te dire que tu es à découvert…

- Claude Arz : et comment tu peux expliquer ça ? Pourquoi, tout à coup, ce tourisme ésotérique autour de Rennes-le-Château diminue ? Est-ce que c'est lié à Rennes-le-Château ou à la curiosité en général envers les questions ésotériques ?

- Philippe Marlin : je crois que ce n'est pas du tout lié à la diminution de curiosité vis à vis des affaires ésotériques. Je pense que le besoin de mystère est toujours là, qu'il y a toujours — heureusement ! — des chercheurs de mystère. Je pense que l'affaire de Rennes-le-Château vit trop au rythme des gros coups. Les gens qui s'intéressent à Rennes-le-Château ont été déformés par la publicité des Galeries Lafayette, à savoir « à chaque instant, il se passe quelque chose ». Or à chaque instant, il ne se passe pas quelque chose à Rennes-le-Château. On est en train de parler du Da Vinci Code, 2003, 2005.

Et puis on a connu un autre phénomène dont je parlerai dans l'entretien des années 2010 qui a été le phénomène Bugarach. Ça aussi, ça a été « à chaque instant, il se passe quelque chose ». Ça a relancé un peu la machine, mais, bien sûr, nous avons continué à mener une vie de « savanturiers » odésiens extrêmement riche, que je pourrais résumer sous le terme des « missions scientifiques ».

LES MISSIONS SCIENTIFIQUES

CRACOVIE

Les missions scientifiques, c'est quelque chose de très important à l'ODS. Ça consiste à réunir un certain nombre d'amis et à partir de façon conviviale sur les traces du mystère. On en a fait de nombreuses.

Pour ce qui est des années 2000, on a fait d'abord une superbe mission en dehors des frontières. On est allés à Cracovie, en Pologne, sur le thème du dragon, de l'alchimiste et du kabbaliste. Pourquoi ? Parce que Cracovie est une ville absolument merveilleuse, qui n'est pas sans rappeler un peu Prague, avec son ghetto. Et c'est une ville qui est pleine de légendes.

C'est une grande capitale de l'alchimie médiévale (on se souvient des pérégrinations de John Dee), et l'université de Cracovie comporte une bibliothèque particulièrement riche en manuscrits de cette nature.

Pourquoi le dragon ? Parce que Cracovie est construite autour d'une colline, la colline du Vawel, sur laquelle est bâtie la cathédrale et cette colline, et donc cette ville de Cracovie, étaient protégées par un dragon, selon la légende. Quand on entre dans la cathédrale de Cracovie, on peut voir sur le porche les défenses du dragon.

Et le kabbaliste, c'est l'aspect juif de la ville, avec son ghetto. Cracovie était un haut lieu des études kabbalistiques, c'est une ville, évidemment, qui a fortement souffert de la Seconde Guerre mondiale. On peut visiter aujourd'hui le ghetto. Sur sa grande place, qui s'appelle Kazimierz, se trouvent deux restaurants qui étaient le quartier général de La Liste de Schindler quand ce film a été tourné.

Donc voilà une mission qu'on a faite, qui était absolument passionnante. Je retrouve ce petit texte, qui résume bien mes impressions, dans mon « Common Place Book ».

CRACOVIE
OU
LE DRAGON, L'ALCHIMISTE & LE KABBALISTE

Le dragon est amer et la butte déserte,
Le dragon est transi et la Vistule gelée.
Le roi Krak sommeille et Wavel enneigé
N'est plus qu'une bâtisse de brouillard recouverte.

Le dragon est fâché et son museau fumant
Laisse sans fin échapper des volutes de rage ;
Le dragon est furieux et sa gueule sauvage
Déverse des flots de feu en un long cri sanglant.

Yossef le kabbaliste, dans son cabinet noir
Consulte les sefirots et prononce sans y croire
Le Nom secret de Dieu, le mot des origines.

Twardowski, l'alchimiste, surveille l'athanor
Qui rougeoie doucement des lumières du dehors.
Et Cracovie frissonne d'une terreur divine.

- Philippe Marlin : donc, je suis dans les missions scientifiques. Je ne vais pas trop développer pour le moment, je vais simplement citer quelques têtes de chapitres parce qu'on en a fait tellement dans les années 2000. On a fait par exemple une mission à Gisors, en Normandie, sur le trésor des Templiers et comment le mystère de Gisors se rattache, via le Prieuré de Sion, au mystère de Rennes-le-Château.

Toujours dans les têtes de chapitres, on a fait une magnifique mission avec France Culture en Écosse, sur le Loch Ness. On avait affrété un cruiser avec sonar et tout ce qu'il fallait pour aller traquer Nessie. C'était une mission à double casquette puisqu'on en a profité pour aller voir le plus bel édifice religieux que j'ai jamais visité, la chapelle de Rosslyn, une merveille pure.

Nous sommes allés aussi — tu vas tout de suite comprendre pourquoi cela nous a fait vibrer — dans la région de Vichy, à Glozel, où il y avait le père Émile Fradin qui était toujours en vie, et où nous avons assisté à un colloque absolument invraisemblable sur les origines de la langue gauloise

- Claude Arz : tu as dû alors rencontrer Robert Liris.

- Philippe Marlin : peut-être.

- Claude Arz : il était le président des Amis de Glozel, à l'époque.

- Philippe Marlin : quelques titres encore pour te faire saliver. Nous avons fait une mission scientifique sur les traces d'Otto Rahn en Ariège. Quelque chose de grandiose. Nous avons fait une mission Pommes bleues à Gérone, en Espagne, en Catalogne, sur le thème de la kabbale. Et encore bien d'autres. Tout ça pour dire que nous sommes mobiles. Et les missions scientifiques, c'est formidable parce qu'on réunit des amis de façon très conviviale, on les prépare (chacun part avec un petit booklet dans la collection « Les interdits de l'ODS » qui donne la problématique, les points d'histoire qu'il faut avoir en tête...).

- Claude Arz : « Les Interdits de l'ODS » ? Tu en as publié combien ?

- Philippe Marlin : je te donne la liste en annexe III.

- Claude Arz : ce sont donc des documents préparatoires. Et est-ce que vous avez fait des documents après ?

- Philippe Marlin : après, ça entre dans la mécanique classique, c'est-à-dire que ça donne lieu, en général, à un article.

- Claude Arz : ça m'intéresse beaucoup, je viendrai un jour chez toi pour consulter ces documents. C'est drôle parce que à l'époque, moi, je traversais la France pour mon livre Voyages dans la France mystérieuse. On aurait pu se croiser autour de ces thèmes et d'autres. Vous n'avez pas fait la Vallée des Merveilles ?

- Philippe Marlin : je l'ai faite, mais en famille, avec ma sœur, il y a très longtemps.

COLLOQUE BERGIER (2008)

C'était aussi l'époque des grandes conférences thématiques, comme celle de 2008 à la Médiathèque de Saint-Germain en Laye où je t'ai rencontré pour la première fois. Il s'agissait alors de rendre hommage à Jacques Bergier, pour le trentenaire de sa disparition, en compagnie de Pat Clot, le président des Amis de Jacques Bergier, et de nombreux contributeurs dont Elina Pauwels, la femme de l'écrivain, et de Jeannine Modlinger, qui fut la secrétaire de Jacques Bergier à l'époque de Planète. Elle nous a fait une très émouvante intervention sur « Jacques Bergier était un homme ». Je retiendrai sa phrase au sujet des camps de concentration : « Il a su transformer sa haine en un amour infini ».

Mon Village à L'heure du Da Vinci Code

- Claude Arz : donc, nous sommes dans ces années 2000, il y a cette activité éditoriale, les événements autour de Rennes-le-Château. Quel personnage t'a fait le plus d'impression dans ces années-là autour de Rennes-le-Château ? Tu as rencontré beaucoup d'auteurs, tu as rencontré des conférenciers, des poètes, des fouineurs, des aventuriers... Quelles sont les personnes ou quelle est la personne qui t'aurait le plus marqué dans cette période et qui t'aurait peut-être éclairé un peu mieux que les autres sur cette question de Rennes-le-Château ?

- Philippe Marlin : dans la rubrique « Les personnages les plus extraordinaires que j'ai rencontrés », dans la sous-rubrique « Rennes-le-Château », en fait, j'en ai trois que je vais citer sans les classer.

Le premier, c'est Jean-Luc Robin, vraiment un ami très fidèle, qui était restaurateur à Rennes-le-Château, où il tenait

La Table de l'Abbé. C'est lui qui avait lancé les cycles de conférences du vendredi à Rennes-le-Château (j'ai pris la suite puisque, hélas, il a disparu en 2008 ; quand il est mort, je me suis dit : « On ne peut pas laisser ça en état, donc on va le continuer »). C'était un personnage d'une gentillesse extraordinaire, qui était un bon cuisinier — c'était son métier —, mais aussi un bon écrivain, il avait une belle plume. Et c'était, évidemment, un passionné de Rennes-le-Château, autour duquel il a fabriqué toute sa vie. Un peu comme nous, un passionné critique, avec beaucoup de réserve. Mais aussi beaucoup d'amour pour tout ce qui se passait sur la colline. Il a publié aux éditions Sud-Ouest un magnifique bouquin sur Rennes-le-Château, *Rennes-le-Château, le Secret de Saunière* (2005).

Henry Lincoln

Le deuxième personnage extraordinaire, sans le classer non plus et qui est dans un autre registre, c'est Henry Lincoln, un Anglais qui est un type formidable, le papa de *L'Énigme sacrée*. C'est presque dramatique puisque Henry Lincoln arrive aujourd'hui au crépuscule de sa vie, il s'oriente vers les 90 ans. Il a consacré toute sa vie à Rennes-le-Château. À l'origine des temps, il était comédien. Il a joué dans Chapeau melon et bottes de cuir version anglaise, il a joué dans Le Docteur Who, et il était grand reporter à la BBC. Et c'est en tant que reporter à la BBC qu'il a découvert Rennes-le-Château, auquel il a consacré trois émissions de légendes sur la chaîne. On peut dire qu'il est complètement tombé dans la soupe, et il ne s'en est jamais remis, d'où L'Énigme sacrée et des foultitudes d'autres bouquins. Il est passé ensuite à la géométrie sacrée. Il a brassé des tonnes d'hypothèses. C'est un homme qui est extrêmement touchant parce que, comme je l'ai dit — et je n'aime pas dire ça —, il arrive à la fin de sa vie et il n'a pas percé le mystère. Il se dit : « J'ai flingué ma vie pour un truc qui, finalement, n'existe peut-être pas. » Et quand on parle avec lui, c'est extrêmement touchant.

Toujours dans la famille de Rennes-le-Château, la troisième personne est en fait un couple, Antoine Captier et Claire Corbu, qui sont vraiment l'image des enfants du pays. Le grand-père d'Antoine Captier était le carillonneur de l'abbé Saunière, et le père de Claire Corbu, Noël Corbu, est celui qui a obtenu par viager de Marie Dénarnaud le domaine de l'abbé. Ce sont des gens du cru, des gens extrêmement honnêtes, qui racontent ce qu'ils savent, ce qu'ils ont vu et ce qu'on leur a raconté pratiquement en direct, et qui sont extrêmement sains parce qu'ils te remettent les pendules à l'heure. Ils replacent l'affaire de Rennes-le-Château sur ses justes rails, qui ne sont rien d'autre qu'un curé qui n'a sûrement pas trouvé le trésor des Wisigoths ou l'Arche d'Alliance mais qui a fait une découverte sympathique dans une grotte autour de Rennes-le-Château, où les évêques d'Alet-les-Bains, commune toute proche, avaient planqué leurs richesses avant de partir en exil en Catalogne après la Révolution française.

Je voudrais encore, sur ce sujet, aborder « la planète zharbie » que j'ai été amené à côtoyer, parfois avec naïveté. Je suis entré en relation, au début de cette décade, avec un personnage folklorique que nous appellerons Dédé la Maquette. Un chercheur fort sympathique, mais un mythomane incroyable. Très érudit, fort documenté, il nous racontait de belles histoires auxquelles nous ne demandions qu'à croire. D'autant qu'il était le « fabriquant » de faux documents, de faux artefacts, de belle qualité. Il nous racontait notamment qu'il avait trouvé dans une brocante de la région une maquette topographique, un objet religieux du XIXe siècle, représentant Jérusalem et indiquant l'emplacement du tombeau de Jésus. Cette maquette était accompagnée de lettres de l'abbé Saunière donnant les précisions nécessaires au fondeur pour réaliser son « testament théologique ». Car, et ce n'est que le début de l'histoire, le relief représenté par la maquette correspondait exactement à celui de la région d'Opoul-Périllos où résidait le chercheur (Durban Corbières). Et de nous produire de belles photos représentant un mur de roche avec un gros bouchon en pierre, entrée, bien sûr, du caveau sacré. Pour parachever le tout, il exhibait un vieux document notarié, le rapport Courtade, précisant que la parcelle du terrain concerné ne pouvait être cédée car abritant une sépulture royale.

Cette affaire fit grand bruit dans le Landerneau des chercheurs et traversa allégrement les frontières. J'avais une amie anglaise, Stella Maris, qui finança un voyage à Londres pour que Dédé puisse faire part de ses découvertes à un parterre de zharbis anglais. Je faisais partie du voyage comme traducteur. Un séjour haut en couleur, d'autant plus que c'était le moment du congrès du Fortean Times.

De retour en France, et pour remercier Stella, Dédé me donna un petit cadeau à lui remettre. Il s'agissait d'une statue égyptienne d'Isis la Noire, trouvée dans la région d'Arques. Nous sommes bien sûr sur le dossier de « la présence des Égyptiens dans les Pyrénées ». Il avait simplement demandé à Stella de lui en faire un moulage. Notre jolie Anglaise se pointa au British Museum pour réaliser la copie. Quelle ne fut pas sa surprise lorsque le conservateur lui expliqua que c'était un objet relativement récent, vraisemblablement fabriqué lors de la vague d'égyptomania qui secoua la France au retour de la campagne de Napoléon Ier.

Ce fut le début de la fin pour notre bon Dédé. L'enquête montrera aussi que la fameuse maquette était un objet de série, conçue pour un jésuite français de Jérusalem, le père Émile Dubois, à des fins d'éducation religieuse. On peut du reste en voir un exemplaire au musée de la Flagellation dans cette ville.

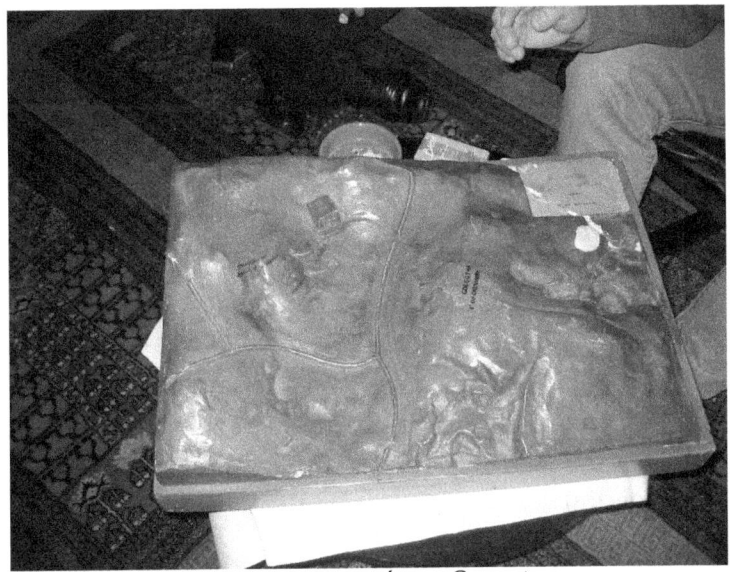

La maquette de l'abbé Saunière

- **Claude Arz** : toujours dans ces années 2000, il y a cette production éditoriale, Rennes-le-Château, et puis tu continues quand même à faire des recherches dans des matières différentes. C'est à cette époque-là que tu lances La *Gazette Fortéenne* avec Rivera.

Les Lunes Bleues

- **Philippe Marlin** : c'est effectivement dans ces années-là qu'on va lancer *La Gazette Fortéenne,* qui a été pour moi un truc formidable. La Gazette Fortéenne n'était rien d'autre qu'une approche approfondie de tous les sujets étranges auxquels je m'intéressais, mais étudiés sous l'angle qui est le mien, c'est-à-dire sous l'angle fortéen : on n'est pas des zététiciens, on ne jette rien à priori à la poubelle, mais on n'est pas des croyants, on n'absorbe pas tout, et à chaque fois, on se pose la question.

- Claude Arz : on observe « la procession des damnés », comme disait Charles Fort.

- Philippe Marlin : si tu veux. Donc, ça a été les années Gazette Fortéenne, qui ont connu des hauts et des bas parce que — je n'entre pas dans le détail — le directeur de publication, à la fin, était très fatigué par ce travail, qui est un travail colossal. Il faut d'ailleurs rendre hommage à tous les gens qui ont travaillé pour La Gazette Fortéenne, notamment pour produire des articles originaux qui, souvent, étaient des traductions d'articles anglais ou américains, et il fallait se payer le boulot de traduction.

La défection du directeur de collection d'une part, et d'autre part le besoin immodéré que j'ai de poursuivre ce genre de recherche fait qu'aujourd'hui, nous sommes en train, avec Emmanuel Thibault, de relancer La Gazette Fortéenne. Nous préparerons un numéro 6, à notre rythme, qui sortira quand on pourra, mais qui sortira et dont je suis sûr que je serai fier.

- Claude Arz : ah, c'est bien ! Ce n'est pas encore à cette époque-là que commence l'aventure d'Historia Occultae ? C'est dans les années 2010 ?

- Philippe Marlin : oui, c'est ça.

- Claude Arz : d'accord. Donc on en reparlera.

- Philippe Marlin : oui, on en reparlera la prochaine fois car c'est aussi tout un ensemble.

- Claude Arz : revenons donc aux années 2000. Pendant cette période, tu rencontres des auteurs, que tu vas éditer. En matière de parapsychologie, c'est à cette époque que tu rencontres aussi un autre homme, Yves Lignon.

- Philippe Marlin : ah, Yves Lignon ! Il sera le premier dans ma galerie des personnages extraordinaires que j'ai rencontrés. J'ai rencontré Yves Lignon un peu avant la reprise de L'Atelier Empreinte, au début des années 2000. Il m'avait contacté pour me dire qu'il était en train d'écrire un livre — qu'il n'a jamais terminé, du reste — sur Rennes-le-Château. Je lui ai dit que ça m'intéressait et qu'il fallait qu'on se rencontre.

L'été 2002 je crois, j'étais à Rennes-le-Château, et le père Lignon avec Marie-Christine débarquent en gare de Carcassonne. Je vais les chercher, et on va passer une semaine ensemble à arpenter le Razès et au-delà. C'est là qu'on est devenus des amis. C'était des moments délicieux, malgré son caractère de cochon — qui ne fait qu'accroître son charme. Avec Lignon, on a vécu des années absolument fabuleuses, notamment à Rennes-le-Château puisque c'était l'un des grands artisans des conférences, des colloques et autres Journées de l'Étrange.

- Claude Arz : donc Rennes-le-Château dans ces années 2000, c'est une vraie ruche où tu rencontres des amateurs de phénomènes insolites, des ufologues, des alchimistes, des parapsychologues, des amateurs d'archéologie mystérieuse.

Vu de l'extérieur, je sens que cette période est un tournant pour toi. Quelle impression ressort de toutes ces expériences ?

- **Philippe Marlin :** il en ressort des choses assez simples, il en ressort que la vie est formidable et qu'elle mérite d'être vécue. Ce qui résulte de tout cela, c'est que dans l'existence, tu as deux possibilités : la première, c'est de dire « tout fout l'camp, c'est la fin du monde... », l'eschatologie noire, et puis, à la limite, mieux vaut rester au lit le matin. La seconde : tu peux regarder une marmite, et tu as une marmite qui est bouillonnante. Dans cette marmite bouillonnante, évidemment, il y a des tas de déchets, des grumeaux, ce sont les fous, les timbrés, les machins-trucs... Tu élimines, et il reste le cœur de la soupe, le caviar de la soupe, qui est un nectar extraordinaire, qui s'appelle les dessous de l'histoire, qui s'appelle l'ufologie, qui s'appelle la physique quantique, qui s'appelle l'intelligence cosmique, qui s'appelle la réalisation de la conscience, le néo-chamanisme, le néo-paganisme... Tu touilles tout ça, et tu te dis « Oh, putain ! ... »

Finalement, Rennes-le-Château m'a permis d'entrer dans cette marmite. Rennes-le-Château n'est qu'une portion de caviar dans ma marmite, mais ce petit caviar participe au goût de l'ensemble. C'est ce que ça m'a apporté, c'est que ça a enrichi ma marmite. Ce sont assurément des belles années.

- **Claude Arz :** Rennes-le-Château a été en quelque sorte une porte vers les nouveaux enchantements. Si je te dis comme ça, yeux dans les yeux : « Philippe, tu es un enchanteur », qu'est-ce que tu réponds ?

- **Philippe Marlin :** je ne réponds rien parce que je n'en sais rien. J'aime bien quand on me dit que je suis un enchanteur, que je suis beau, que je suis grand... mais ça ne me dit rien. Je préfèrerais que tu me dises : « Philippe, toi, au moins, tu as suivi ta légende personnelle. » Ça, ça a du sens pour moi. Ensuite, que cette légende personnelle permette d'enchanter d'autres personnes, j'en suis très content, bien sûr ! Mais ce n'est pas le but de ma démarche.

- Claude Arz : d'accord. Sur cette période, tu as donc publié. Quels sont les livres dont tu es le plus fier de les avoir édités ?

- Philippe Marlin : c'est difficile de choisir parmi une masse qui doit représenter une centaine de titres sur cette période. C'est difficile de trier ses bébés, mais les choses dont je suis le plus fier, dans un ordre aléatoire, c'est Admirations de Jacques Bergier, évidemment, de façon collective La Gazette Fortéenne, bien sûr, et d'avoir approché l'œuvre d'Heuvelmans, la cryptozoologie.

- Claude Arz : en dehors des gens que tu as publiés, as-tu rencontré pendant cette période des années 2000 des chercheurs, des gens qui t'ont paru crédibles et ouvrir des pistes autour de l'ésotérisme qui n'avaient pas été explorées jusque-là et qui ont ouvert des portes aussi pour toi ?

- Philippe Marlin : oui, il y en a plusieurs, bien sûr. Dans les affaires dites de Rennes-le-Château, il y en a un que je connais bien, qui s'appelle Jean-Marie Villette, qui a une très belle approche de cette conurbation Rennes-le-Château/ Rennes-les-Bains, Saunière et Boudet, mais qui a un défaut, c'est d'être extrêmement lent à l'écriture, donc je ne sais pas si on pourra publier un jour ses recherches. Dans les années 2010 et jusqu'à aujourd'hui, il y a des gens extraordinaires comme Rémi Boyer, qui est un chercheur ésotérique. Pour moi, il y a deux jumeaux pratiquement, c'est Rémi Boyer et

Jean-Michel Nicollet, deux cherchants plutôt que chercheurs, qui sont arrivés, sur ce dur chemin qui est celui de l'initiation, à des niveaux que je ne connaissais pas, c'est-à-dire qu'ils ont approché quelque chose de fondamental.

- Claude Arz : tu parles d'initiés. Toi, tu es un chercheur, peut-être un enchanteur, un éditeur c'est sûr, mais est-ce que tu te vois comme un initié ?

- Philippe Marlin : je ne sais pas répondre à cette question. En fait, l'initiation, c'est un sujet qui est extrêmement compliqué. Je vois la difficulté que Rémi Boyer et Jean-Michel Nicollet ont à faire partager leur expérience − ce n'est pas qu'ils ne veulent pas le faire[62]. Je pense qu'à partir d'un certain stade, l'expérience, l'aventure est devenue tellement personnelle, tellement individuelle que tu ne peux pas la traduire avec des mots. En fait, c'est quoi l'initiation ? C'est quelque chose de très simple. On le retrouve dans toutes les philosophies finalement, ce n'est rien d'autre que d'essayer de rechercher et surtout de retrouver l'étincelle divine, faute de dire mieux, qui est au fond de toi. Ça, c'est une expérience qui est incommunicable. Il faut relire Aimé Michel, qui a bien parlé de tout ça dans *Planète*.

- Claude Arz : tu sais que beaucoup de sociologues, d'anthropologues soupçonnent l'ésotérisme de liens avec des labyrinthes souterrains politiques glauques, on va dire tout simplement d'extrême droite. Comment toi, en surfant dans ces mondes-là, as-tu évité ces dérives ?

---

62   Voir notamment les numéros 10 et 11 d'*Historia Occultae*.

- Philippe Marlin : la collusion à laquelle tu fais allusion est pour moi une connerie monumentale. Pourquoi ? Parce que, si on se résume, l'ésotérisme, c'est quoi ? Je n'aime pas le terme « ésotérisme », du reste, je préfère le terme « occultisme » parce que l'occultisme, c'est du concret, tandis que « ésotérisme », ça recouvre n'importe quoi. Et dans le n'importe quoi recouvert par l'ésotérisme, il y a une chose qui est permanente et vieille comme l'homme, qui est « le chemin à suivre pour devenir l'égal de Dieu ». C'est ça, un ésotérisme mal compris. Les gens qui entrent là-dedans ont finalement, souvent, la tentation de déraper sur le côté droit parce qu'être l'égal de Dieu, avoir toute la puissance, c'est contrôler son prochain, régir la planète à son image, etc. C'est ça, la dérive ésotérique.

On parle toujours de l'ésotérisme de la droite, et il y a des wagons de bouquins sur le sujet ; par contre, sur le sujet de l'ésotérisme de la gauche, il y a très peu de bouquins. Il y en a pourtant un excellent, de Gérard de Sède, qui s'appelle L'occultisme dans la politique, de Pythagore à nos jours (Robert Laffont, 1994). C'est un bouquin franchement de gauche. Je pense que les notions de gauche et de droite n'ont aucun sens ; par contre, a vraiment un sens tout ce qui a une couleur brunâtre. On peut être occultiste de droite, de gauche, du milieu. Le problème de la couleur brune, c'est un tout autre sujet. C'est un ésotérisme mal compris qui peut y amener.

- Claude Arz : n'oublions pas que Jean Jaurès s'intéressait tout particulièrement à la médiumnité et à l'occultisme. Camille Flammarion aussi, bien entendu.

PM Mandarin

- Philippe Marlin : à cheval entre les années 2000 et 2010, je voudrais encore te dire quelques mots sur la Chine. Ma vie professionnelle m'a amené à bourlinguer dans les petites rues de Singapour, dans les bouges de Hong Kong et les tripots de Bangkok et Taipeh, mais je ne connaissais pas le Mainland. Un concours de circonstances, privée et professionnelle, m'a amené à découvrir les deux faces de la Chine.

La Chine d'En Haut parce que j'ai été désigné pour représenter ma banque dans une association réunissant de grandes entreprises du CAC 40 travaillant avec Pékin. Une expérience étonnante qui m'a apprise qu'il fallait toujours avoir un rétroviseur avec soi lorsqu'on traite des affaires… On ne sait pas où est le piège, mais il est là !

La Chine d'En Haut, toujours, ayant été désigné par le président de ma banque pour préparer une petite équipe mixte (Européens et Asiatiques) dans l'hypothèse où l'on pourrait racheter une banque dans le pays. Il en est résulté la création d'un petit club formidable, Le Lotus Bleu, qui réunissait ses membres autour de thèmes culturels : la médecine chinoise, la calligraphie, la musique, le jeu et, bien sûr, la gastronomie.

La Chine d'En Bas, parce que j'ai une amie chinoise qui

travaille dans un restaurant à Paris, Nanie de Belleville. Elle m'a emmené plusieurs fois visiter son pays. Et visiter la Chine avec un « local », c'est assurément une source de découvertes permanentes. Sa famille habite dans la province du Shandong et son papa est paysan ; il s'adonne à la culture des pommes. Une famille simple, pauvre, mais qui a le cœur sur la main. Et il faut savoir ce que la pauvreté veut dire en Chine. C'est certes un pays communiste, mais qui n'a pas de sécurité sociale, d'hôpitaux publics, d'Éducation nationale. Il faut payer, toujours payer, même pour entrer dans l'Armée Rouge, ce qui est rigoureusement impossible si on ne passe pas par le « graissage de pattes ».

L'autre grand paradoxe de la Chine est que le pays, pour être marxiste, déborde de spiritualité. J'en ai déjà brièvement parlé. Chaque maison a son petit autel taoïste où l'on vénère les ancêtres, et les temples sont pleins à craquer.

- Claude Arz : écoute Philippe, nous venons de passer 1 h, 13 minutes et 40 secondes ensemble pour cet entretien sur tes années 2000. On continuera une prochaine fois pour les années 2010 ?

- Philippe Marlin : évidemment ! Je te laisserai, comme à la fin de la précédente décade, en évoquant une nouvelle grande manifestation, « Les 20 ans de l'ODS ». Nous avons changé de décor : cette fois, c'est un hôtel particulier du 8e arrondissement, déniché par Jean Hautepierre, qui va nous héberger. Formule conférence-buffet, pour le plus grand plaisir de la bonne quarantaine de convives. Un rassemblement d'autant plus sympathique que d'anciens membres de l'ODS, des compagnons de route d'origine, sont venus nous rejoindre. Côté conférence, après mon discours-fleuve à la Castro, 20

ans au service de l'Imaginaire [63], Jean Hautepierre nous a
parlé de « Poe et l'ésotérisme » ; le même Jean, en compagnie
d'Emmanuel Thibault, a récité divers poèmes de votre
serviteur ; Jacky Ferjault a présenté ses magnifiques toiles
illustrant « Le Mythe de Cthulhu » ; j'ai proposé sous forme de
« slide show » une galerie de portraits « légèrement trafiqués »
des figures marquantes de l'ODS. Et ma sœur Katherine, très
appréciée de nos adhérents pour ses buffets de légende, a
dévoilé une fois encore l'étendue de ses talents culinaires.

PHOTO DES 20 ANS

(Entretien 5, le 4 février 2019,
rue du Cotentin, Paris.)

---

63   Publié dans « Les Interdits de l'ODS », 2009.

L'exploration des terres de l'Ailleurs

Les pique-niques philosophiques - Banquier : endgame - L'affaire du Pech d'En Couty - Bugarach, un parfum de fin du monde - Le Pot-au-feu des Survivants – « Transylvania Express » - Dracula's Market - Nom de code : « Secret bancaire » - L'institut Noésis – Les caissons de Hugo Soder - À la rencontre de John Dee - L'exploration des Terres de l'Ailleurs - Du Poe à grandes brassées.

- Claude Arz : bonjour Philippe.

- Philippe Marlin : bonjour Claude.

- Claude Arz : on arrive à la fin de nos entretiens. Aujourd'hui, on va aborder les années 2010-2020, ces années qui sont à mon sens (c'est dans ces années que je t'ai connu) des années de maturité. Que se passait-il au début des années 2010 pour ton travail et tes recherches ?

- Philippe Marlin : aujourd'hui, nous sommes le jeudi 4 avril 2019, et ça fait un an que notre amie Geneviève Béduneau nous a quittés. Je veux d'abord commencer cet entretien en évoquant sa mémoire, simplement pour dire que, au-delà des frontières invisibles, nous lui gardons énormément d'affection et d'admiration.

Au début des années 2010, la chose importante, que j'ai déjà évoquée dans notre dernier entretien mais qui vient alors de se produire, c'est que, comme il est indiqué sur les boîtes de conserve, la date limite de consommation était arrivée. Donc j'ai quitté mes activités professionnelles — en 2009 très exactement —, ce qui fait que les années 2010 sont une décade durant laquelle je me suis consacré à plein temps à ce qui m'occupait déjà beaucoup. Il y en a qui appellent ça la retraite, mais pour moi, c'est au moins aussi garni que la vie précédente.

Pour ces années 2010, beaucoup de choses, que je vais essayer de classer par thématiques. Mais avant d'entrer dans le vif du sujet, je voudrais évoquer rapidement un grand moment d'amitié, les « pique-niques philosophiques » que nous organisons tous les mardis en été dans la forêt de Calan, sur le plateau de Sault. Il y a l'adorable Charly Samson, un écrivain toujours très productif du haut de ses 90 ans, et sa charmante épouse Camina, tarologue réputée ; autre pilier, notre parapsychologue suisse Hugo Soder et sa femme Catherine ; Pierre et Josette, les conspirationnistes-gourmets de Montignac ; et, au gré de leurs passages dans le Midi, nous rejoignent Lauric Guillaud et Isabelle, Octonovo, Cyril et beaucoup d'autres. Nous refaisons bien sûr le monde quand nous ne nous livrons pas à des joutes littéraires. Telle cette fameuse réunion où Charly et moi avons donné un récital de nos poésies personnelles, en essayant de ne pas perturber la sieste de Lauric.

La première thématique, dont j'ai parlé à chaque entretien, du reste, c'est Rennes-le-Château, dont je vais encore parler aujourd'hui, non pas parce que c'est notre dernier entretien, mais parce que mon histoire sur le sujet se termine. Comme je l'ai déjà dit, Rennes-le-Château, c'est un peu les Galeries Lafayette : « À chaque instant, il se passe quelque chose ». Mais quand les Galeries Lafayette sont en grève, il ne se passe plus rien et le soufflé retombe. « À chaque instant, il se passe quelque chose », on va commencer par là.

Le Soleil se Couche Sur la Colline Envoûtée

Il y a eu deux événements marquants, l'un en 2011, qui a été l'affaire du Pech d'En Couty. C'est quelque chose qui m'a valu de passer au JT de 20 h sur TF1, un moment important pour moi, évidemment ! Pourquoi je me suis retrouvé sur TF1 ? Tout simplement parce que trois chercheurs avaient déclaré avoir trouvé le trésor des Wisigoths dans un souterrain à proximité de Rennes-les-Bains, au lieu-dit du Pech d'En Couty. C'est quelque chose qui a fait énormément de bruit, dont on a parlé un peu partout dans la presse et qui nous a valu une descente de reporters de TF1. Ces trois chercheurs disaient avoir trouvé le trésor des Wisigoths dans un boyau obstrué, sur la base de documents « extrêmement scientifiques » comme La vraie langue celtique de Boudet, comme le tableau de Poussin et comme les tableaux du chemin de croix de l'église de Rennes -le-Château... !

À LA UNE DU PARISIEN

Quand trois chercheurs découvrent le trésor du Razès, il y en a évidemment deux de trop. Donc ces trois chercheurs se sont étripés de façon extrêmement violente. L'un des trois a fait un chantage au suicide... Ça a été quelque chose à la fois de dramatique et de ridicule. Ridicule, parce que, comme on l'a compris, les bases qui ont amené à trouver cet endroit sont des bases romantiques. Et puis, évidemment, trouver un boyau dans lequel on sait qu'on ne pourra jamais entrer parce qu'il est trop étroit, parce qu'il est situé sur un terrain privé et qu'on n'aura jamais l'autorisation de faire sauter tout ça, a fait que le mystère reste complet.

- Claude Arz : donc, soyons clairs, le trésor n'a pas été trouvé ?

- Philippe Marlin : soyons clairs, le trésor n'a pas été trouvé...

- Claude Arz : c'était juste une annonce ?

- Philippe Marlin : c'était une annonce, mais à Rennes-le-Château dans cette dernière décade, ça a été un événement important.

- Claude Arz : d'accord.

- Philippe Marlin : l'autre événement extrêmement important, qui a traversé Rennes-le-Château mais surtout qui a embrumé toute la région, ça a été la fin du monde. Cette fin du monde, avec son point focal qui était le Bugarach, nous a perturbés, mais de façon souriante, pendant deux années, jusqu'à l'échéance finale du mois de décembre 2012. Comme tu le sais, ça a fait la une de tous les journaux, il y a eu des films... À l'époque, je tenais la librairie de Rennes-les-Bains, et j'ai vu défiler tous les corps de métier des médias, Le Point, L'Express, les journaux régionaux... jusqu'à une télévision roumaine, une télévision coréenne... Enfin, on avait vraiment tout le monde qui venait enquêter sur cette histoire.

Cette histoire, elle est intéressante parce qu'il faut voir d'où elle vient. Elle vient du mois de novembre 2010, quand est sorti le film Apocalypse 2012. Je l'ai vu à l'époque, un film catastrophe plutôt bien fait, avec la scène finale où une partie de l'humanité va être sauvée en partant dans des grands vaisseaux pour aller se réfugier au cap de Bonne-Espérance. C'était joli.

Nous sommes à Bugarach, où il y a Monsieur le Maire, Monsieur Delord, et un copain journaliste à L'Indépendant, qui est le journal local. Discussion entre les deux compères. Le journaliste dit : « Tu as vu ce film sur la fin du monde ? On en parle partout maintenant. La prophétie maya, etc. » Et le maire de Bugarach, qui est un papy sympathique et plein d'humour, de répondre : « On n'a rien à craindre ici. Avec le Bugarach, on est protégé. » Et alors, que fait mon ami journaliste ? (On est en fin d'année et il y a peu de grain à moudre pour remplir les colonnes.) Il sort le lendemain ou le surlendemain un magnifique article dans L'Indépendant : « Déclaration du maire : à Bugarach, on sera préservé de la fin du monde ». Et c'est parti !

C'est très intéressant sur le plan socio-psychologie et anthropologie. Je pense à Véronique Campion-Vincent, je pense à toi aussi, je pense à la rumeur d'Orléans. Comment cela a fait pour se répandre ? Pour l'histoire du Pech d'En Couty dont je parlais précédemment, il y a eu le même phénomène, mais c'est resté au niveau national, avec une double page du Parisien. En ce qui concerne le Bugarach fin du monde Apocalypse 2012, là, le phénomène est complètement international. Donc ça a attiré pendant deux années des foules de curieux qui venaient dans la région pour poser des questions, essayer de comprendre, « Est-il vrai que… ? ». Tout ça animé par une faune locale que l'on trouve entre Rennes- les-Bains et le Bugarach, qu'on appelle les Pailloux, des néo-hippies. Tout ça a fabriqué une mayonnaise bizarre, qui s'est soldée le jour de la fin du monde.

Le jour de la fin du monde, le 21 décembre, j'avais prévu un certain nombre de choses, entre autres de monter l'opération « Mort à crédit ». Rennes-le-Château, Rennes-les-Bains, le Bugarach, tout ça marche ensemble et est à proximité l'un de l'autre. Avec la complicité du maire de Rennes-le-Château, on avait mené une opération « Mort à crédit » qui consistait à organiser une grande soirée pour attendre la fin du monde avec le raisonnement suivant : s'il n'y a pas de fin du monde, on sera toujours en vie, et donc on sera bien content de payer le restaurant ; et si c'est la fin du monde, on aura bien bouffé et on n'aura rien payé. Donc « Mort à crédit ». Dans les deux cas, tu gagnes. Nous avons donc fait un superbe repas. Yves Lignon était là et − une anecdote − c'est ce jour-là où j'ai eu mon premier contact avec Bob qui « disait toute la vérité » à l'époque, et encore aujourd'hui, je crois…

- Claude Arz : oui, bien sûr ! Bob est toujours là avec sa webradio BTLV (Bob Dit Toute la Vérité).

- Philippe Marlin : Bob m'avait téléphoné, ainsi qu'à Yves Lignon, pour assister en direct à la fin du monde.

- Claude Arz : ah oui ?

- Philippe Marlin : donc, il n'y a pas eu de fin du monde. Nous sommes allés à Bugarach, évidemment, qui était complètement quadrillé, contrôlé, fermé. Il y avait la police, la gendarmerie, les CRS, les flics à cheval, les pompiers… Il y avait toutes les télévisions du monde, avec les grands camions américains, CBS, ABC, NBS et autres, et leurs antennes paraboliques. C'était extraordinaire. Et puis il y avait quelques curieux et/ou allumés. C'était très drôle parce que en fait, ça ressemblait un peu à un carnaval, ça ressemblait à Disneyland. Il y avait même des protestataires de l'aéroport de Notre-Dame-des-Landes qui étaient venus faire « un lâcher de moutons » !

Il n'y avait pas énormément de curieux, mais il y avait beaucoup de journalistes. Une station de radio locale, par exemple, avait installé une sorte de studio au Relais de Bugarach qui est le point boissons du coin. Mais les journalistes s'ennuyaient ferme car ils n'avaient rien à se mettre sous la dent, alors à la fin, ils s'interviewaient les uns les autres. Je me souviens de cette scène absolument magnifique avec les journalistes d'une radio locale qui interviewaient une consœur japonaise, envoyée par une chaîne de télévision nippone pour assister à la fin du monde. La pauvre se demandait ce qu'elle foutait là…

Et puis, il y avait aussi, c'est très amusant (il y a toujours des profiteurs), de fort jolies filles — on est au mois de novembre, il fait froid — complètement dépoitraillées, hyper bien maquillées, qui cherchaient les télévisions qui auraient pu éventuellement s'intéresser à elles. On ne sait jamais…

Donc voilà quelques images de cette fin du monde folklorique. Nous avions fait la veille au soir l'opération « Mort à crédit » et nous avons payé notre dîner, mais on n'allait pas en rester là et le lendemain, comme on était contents d'être encore en vie, on a organisé dans un autre restaurant de Rennes-le-Château l'opération « Le Pot-au-feu des Survivants » — qui a eu beaucoup de succès, on devait être quarante.

- **Claude Arz :** ce pot-au-feu était prévu à l'avance, alors ?

- **Philippe Marlin :** oui, on se doutait que la fin du monde allait foirer…

- **Claude Arz :** juste un point. Tu te souviens que je suis allé là-bas quand tu as organisé un colloque « Rennes-le-Château » au pied du Bugarach. Et j'y ai rencontré Pous, dont j'ai un enregistrement où il m'expliquait que dans les sous-sols du Bugarach, il y avait de grands vaisseaux avec les Sauriens congelés qui attendaient un réveil, un déclic qui allait survenir (on devait être en 2011). Il m'a expliqué que ces Sauriens congelés dans leurs vaisseaux interplanétaires étaient des survivants de la grande bataille des Atlantes il y avait 40 000 ans du côté des pyramides d'Égypte…

- **Philippe Marlin :** c'est une bonne précision parce que Jean-Michel Pous est une figure locale. C'est un grand romantique…

- **Claude Arz :** un romantique excentrique !

- **Philippe Marlin :** … qui exploite une veine très classique dans la région qui est de dire que sous le Bugarach, il y a plein de choses. Et tout ça vient de l'époque Jimmy Guieu. Lorsqu'il enquêtait sur Rennes-le-Château, il avait un ami au domaine de la Salz, accolé au Bugarach, qui lui avait dit qu'il entendait des bruits bizarres la nuit, et il en avait déduit à l'époque que c'était un atelier de réparation de soucoupes volantes.

- **Claude Arz :** mais Pous a été plus loin.

- **Philippe Marlin :** il a même été extrêmement loin. Une des dernières conférences que j'ai faites à Rennes-le-Château était une conférence sur Jules Verne, que Fanny Bastien m'avait demandé d'organiser dans le cadre du Festival du Film insolite. Au cours de ma conférence, qui avait attiré énormément de monde, j'avais parlé de Jules Verne et du Razès puisque cet auteur a écrit un bouquin qui fait allusion à Rennes-le-Château, à Rennes-les-Bains et au Bugarach[64]. Et à la fin de cette conférence, Jean-Michel Pous est intervenu pour dire : « Tu sais que sous le Bugarach, il y a un lac souterrain ? Et dans ce lac souterrain, on a le grand Cthulhu qui attend de se réveiller. »

- Claude Arz : ah oui, d'accord...

- Philippe Marlin : je termine sur Rennes-le-Château et ses conurbations. J'avais dit pour présenter ce sujet qu'à chaque instant, il se passait quelque chose. Donc c'était Bugarach, Pech d'En Couty. Et quand il ne se passe rien, le soufflé retombe. Donc le soufflé est retombé à partir de 2013-2014 jusqu'à aujourd'hui, c'est-à-dire qu'il ne se passe plus grand-chose. On n'a pas trouvé de nouveau trésor, Cthulhu ne s'est pas réveillé... Le risque, dans ce type de contexte, c'est d'inciter certains individus à faire n'importe quoi pour tenter de « relancer » la machine. Ainsi, telle association locale n'avait-elle pas trouvé mieux que d'organiser en 2015 un colloque « Mystérieuses Connexions », en invitant un politico-ésotériste douteux, Alexander Douguine[65], que certains appellent « le Raspoutine de Poutine » ! Heureusement, suite à diverses pressions, sa venue a été annulée et il n'a pas pu venir nous expliquer que l'âme de Rennes-le-Château vibrait à l'unisson avec le cœur de la Sainte Russie !

Mon histoire castelrennaise s'achève sur un merveilleux

---

64   Clovis Dardentor, réédité par EODS, 2007.
65   Chantre de l'Eurasisme et fondateur d'un parti national-bolchevique.

souvenir et une grande tristesse : nous avions deux librairies là-haut, et nous avons dû les fermer parce que je suis aussi un gestionnaire et un homme de finances et qu'il y a des moments dans la vie où il vaut mieux se couper un bras que voir son corps disparaître. C'est ce qu'on appelle un règlement judiciaire, une faillite et une fermeture.

- Claude Arz : parce qu'il y avait moins de monde qui venait ?

- Philippe Marlin : il y avait beaucoup moins de monde et il y avait aussi une concurrence de plus en plus difficile. La principale, on la connaît tous les deux parce qu'on en est de gros clients, c'était Amazon… Donc il fallait arrêter les dégâts.

Voilà pour Rennes-le-Château sur cette dernière décade, Rennes-le-Château pour lequel j'ai toujours une grande passion. C'est une histoire qui m'intéresse toujours beaucoup, non pas quant au fond, sur lequel je me suis déjà expliqué, mais par son contexte et par le fait que c'est une affaire qui continue à attirer tous les corps de métier de l'étrange, avec de nouvelles hypothèses tous les jours. Rennes-le-Château , c'est un jeu sur lequel chacun apporte sa nouvelle pièce, et ça fabrique une picture absolument remarquable. Donc j'ai beaucoup de sympathie pour l'affaire de Rennes-le-Château sur un plan socio-psychologique, j'ai beaucoup de sympathie pour son contexte, le contexte de l'époque de l'abbé Saunière — le contexte des curés de la fin du XIXe siècle – début du XXe siècle, c'est extraordinaire —, et j'ai énormément de sympathie parce que c'est une région merveilleuse. Conclusion : j'y ai gardé une grande maison où je retourne régulièrement.

- Claude Arz : Rennes-le-Château, c'est comme l'histoire de la Bête du Gévaudan. Il y a cinq ou six livres par an qui sont publiés depuis plus de cinquante ans. C'est le même phénomène.

- Philippe Marlin : comme je l'ai déjà dit, les bouquins sur Rennes-le-Château en langue française, j'en ai quelque chose comme 850 sur mon fichier, et en moyenne, il en sort dix par an. Et dans mes cartons d'éditeur, j'en ai deux en suspens.

- Claude Arz : sur cette période des années 2010-2020, y a-t-il d'autres thèmes, d'autres domaines que tu as développés, enrichis, travaillés ?

- Philippe Marlin : il y a beaucoup de thèmes. J'en propose un sur lequel j'avais commencé à parler lors de notre précédent entretien, le thème dit des « missions scientifiques ». J'ai beaucoup d'attachement à ce genre de manifestations qui, je le rappelle, sont des voyages ou des visites typiquement odésiens. L'ODS, c'est quoi ? La passion et la recherche sur des sujets de contre-culture. Le tout dans une ambiance conviviale, entre amis qui savent à la fois en profiter sur le plan culturel et qui aiment partager de bons moments.

TRANSYLVANIA EXPRESS

Sur cette décade, on a fait beaucoup de missions scientifiques. J'en citerai trois. La première — c'est du reste une destination où nous avons fait plusieurs missions scientifiques —, « Transylvania Express », en 2011. Ça a été un nouveau pèlerinage en Roumanie, articulé comme à chaque fois sur deux choses : l'amitié et le sang. L'amitié, c'est de retrouver Nicolae Ariton que j'ai déjà présenté. Professeur désormais à la retraite, il se consacre à l'histoire de sa belle ville de Tulcea et est devenu « l'érudit local ». Chaque fois que nous allons voir cet ami, nous cédons à la tentation de faire une petite croisière sur le Danube. On monte à trois, quatre ou cinq sur des petites barcasses branlantes, et on découvre une faune et une flore absolument exceptionnelles, avec une étape incontournable sur un îlot où nous dégustons une bouillabaisse du Danube.

Donc, l'amitié et le sang. Pourquoi le sang ? Parce que à chaque fois, nous faisons un petit pèlerinage pour rendre nos hommages à notre cher oncle Vlad Tepes. Cette fois, le pèlerinage s'articulait autour de trois lieux : Bran, où se trouve le château de Bran, un château absolument merveilleux, le dernier château de la monarchie roumaine, donc qui appartenait à la famille royale roumaine, et qui est considéré comme le château de Dracula alors que Vlad Tepes n'y a jamais mis les pieds. Pourquoi a-t-il été immortalisé comme château vampirique ? Parce que dans le film Nosferatu, on voit Nosferatu avec ses griffes qui grimpe ou qui descend le long du mur du château. J'ai dû aller une dizaine de fois en Roumanie, et à chaque fois, je suis retourné à Bran. J'ai vu l'évolution de Bran au fil du temps, une évolution à la Disneyland, c'est-à-dire avec des boutiques, etc. Et maintenant, il y a un Dracula's Market, donc un grand marché, où l'on vend des pieux, de la vodka rouge, de l'ail...

- **Claude Arz :** à ce propos, j'ai remarqué que tu avais chez toi une malle dans laquelle il y a des pieux de Dracula. Ils viennent de là ?

- **Philippe Marlin :** la malle ne m'appartient pas. Elle appartient à quelqu'un de très célèbre qui est toujours en vie, qui a fêté ses 100 ans il n'y a pas longtemps, c'est Henri Vernes, le papa de *Bob Morane*.

- **Claude Arz :** ah, d'accord !

- Philippe Marlin : si Henri lit un jour mes mémoires, je lui aurai rendu la paternité de cette malle qui lui appartient, et pas à moi, hélas !

- Claude Arz : revenons à cette mission scientifique en Roumanie.

- Philippe Marlin : la première étape, c'était donc Bran, dont je viens de parler. La deuxième étape, c'était Poenari, un vrai château de Dracula, qui se trouve au-dessus des gorges de l'Argès, en pleine Transylvanie noire : des routes escarpées, des fleuves bouillonnants... et tout en haut d'une petite montagne, les ruines du château de Poenari qui était un véritable château de Vlad Tepes..

SNAGOV

La troisième étape de notre « Transylvania Express », c'était à la périphérie de Bucarest, un endroit qui s'appelle Snagov. C'est un lieu de villégiature des habitants de Bucarest comme le bois de Boulogne ou le bois de Vincennes pour les Parisiens. Au milieu, il y a un lac, et au centre du lac, il y a une île, et sur cette île, il y a un monastère, le monastère de Snagov. Ce monastère est toujours « vivant », abritant toujours des popes, et on y va pour se recueillir, devant l'autel, sur le tombeau de Vlad Tepes, éclairé d'une petite bougie rouge. Il y a des panneaux explicatifs à la mémoire de Vlad Tepes parce que, comme tu le sais, Vlad Tepes est un héros en Roumanie puisqu'il a défendu le pays contre les Turcs, etc., et c'est aussi un héros de l'indépendance nationale. C'est intéressant de le dire parce que c'est certainement l'une des raisons de la fabrication de la légende de Vlad Tepes l'Empaleur et le Sanguinaire. Ce n'était sûrement pas un gars très commode, mais en tant que nationaliste, il avait fermé les frontières, donc stoppé net le commerce avec les États voisins et les États allemands. Et c'est dans les chroniques allemandes, rédigées par des ennemis de Vlad Tepes, que l'on apprend que c'était un vilain qui empalait ses ennemis.

Cette tombe de Vlad Tepes est intéressante aussi parce qu'on a fait des recherches, on a ouvert le tombeau, et on a trouvé quelques ossements mais aucune trace d'une tête de squelette. Ce qui veut dire — et ça rejoint la légende — que Vlad Tepes a été décapité et enterré sans sa tête pour éviter justement que le vampire ne se recompose. Il y a un bouquin de fiction remarquable qui reprend cette thématique, L'Historienne et Drakula, d'Elizabeth Kostova (XO, 2006), qui traite exactement de cette affaire : retrouver la tête de Vlad Tepes.

- Claude Arz : un roman extraordinaire, sans doute l'un des meilleurs romans de ces vingt dernières années.

- Philippe Marlin : Eh oui ! Il est des livres au parfum entêtant. Cet ouvrage sent bon la poussière ambrée des vieilles bibliothèques, l'odeur craquelante des manuscrits rarissimes, l'humidité acide des cryptes oubliées et le glucose écœurant de l'hémoglobine encore chaude !

Je vais citer deux autres missions scientifiques que nous avons faites. Une que tu connais bien puisque tu y as participé : « Les Ardennes mystérieuses »[66].

- Claude Arz : ah oui ! Sur les traces des Quatre fils Aymon…

- Philippe Marlin : les Ardennes, mon pays d'origine, mon pays natal, le pays de mon cœur, où nous avons fait une mission historico-gastronomique puisque je me souviens qu'on avait bien mangé.

- Claude Arz : une excellente mission. J'ai appris beaucoup de choses avec des érudits qui nous accompagnaient, et j'en garde un excellent souvenir.

- Philippe Marlin : nous sommes allés sur le site légendaire des Quatre fils Aymon. C'est une région qui est riche en apparitions mariales, et nous avons aussi été visiter quelques endroits comme Beauraing, côté belge, où il y a eu des apparitions et où l'on retrouve un peu la même philosophie qu'à Lourdes, et Banneux, toujours côté belge, où il y a eu d'autres apparitions mariales.

Nous avons fait également une mission extrêmement intéressante dont le nom de code était « Secret bancaire ». C'était un nom de code pour que personne ne se doute de ce qu'on allait faire dans ce pays qui est la Suisse.

---

66   Le compte-rendu de cette mission a été publié dans *Historia Occultae* n° 5.

- Claude Arz : ah, d'accord ! ...

Mission « Secret Bancaire »

- Philippe Marlin : c'était une mission formidable, pilotée par Hugo Soder, notre ami suisse de l'ODS, avec un certain nombre de thématiques. L'une d'elles était Sherlock Holmes car, comme chacun le sait, c'est en Suisse que Sherlock Holmes a disparu, lors d'un combat avec Moriarty, dans les chutes du Reichenbach. Et comme chacun le sait, Sherlock Holmes n'est pas mort puisque les protestations des amateurs du détective ont obligé Conan Doyle à reprendre la plume, et il a expliqué que la chute de Sherlock Holmes n'avait pas été mortelle et qu'il s'était réfugié quelque part pour se refaire une santé. Donc, ça, c'est à Meiringen, en Suisse. Et à Meiringen, on trouve un petit musée Sherlock Holmes avec la reconstitution de son petit cabinet.

PM et Sherlock Holmes à Meiringen

La Suisse est doublement sherlockienne puisque, dans une autre petite ville, Lucens, il y a un grand musée Sherlock Holmes. Pourquoi à Lucens ? Parce que dans cette ville, il y avait un château qui a été acheté par le fils de Conan Doyle. Et le fils de Conan Doyle avait commencé à monter un musée, qui est devenu très important et a été récupéré par la Municipalité de Lucens, qui a donné à l'association qui s'en occupe un beau local. On y trouve également la reconstitution du cabinet, ainsi que de l'appartement du détective, avec beaucoup de pièces historiques et, surtout, avec une grande table rectangulaire, une immense table en bois, qui était la table où Conan Doyle recevait ses amis. Sur cette table, il y a des petites plaques gravées avec les noms des amis qu'il recevait. Moi, j'étais à l'une des extrémités de la table, côté étroit, et la plaque que j'avais sous les yeux était la plaque de Bram Stoker.

- Claude Arz : ah, génial ! La boucle se refermait, en quelque sorte...

- Philippe Marlin : la mission scientifique « Secret bancaire » en Suisse, c'était donc Sherlock Holmes, mais aussi la parapsychologie parce que à Genève, il y a l'institut Noésis, qui est grosso modo l'IMI (Institut Métapsychique) suisse. Il était florissant à l'époque, il l'est un peu moins aujourd'hui parce que c'est une fondation qui était financée par Odier, un grand banquier suisse, qui est décédé. Le père Odier était un passionné de tout ce qui est décorporation, voyage astral, NDE... Noésis s'est spécialisé dans ce genre de travaux. L'institut est géré par deux ingénieurs, dont Sylvie Dethieullaz qu'on voit souvent avec Jocelyn Morrison dans ses colloques sur la conscience. C'est un endroit également où se trouvent en démonstration pour expérience les fameux caissons de Hugo Soder. Il y a deux caissons « de relaxation », que nous avons évidemment expérimentés. L'un des caissons a la forme d'une mini-navette spatiale et l'autre la forme de ces sucriers que l'on pouvait voir autrefois dans les bistrots. C'est une grande boulle avec un fauteuil à l'intérieur. Moi, j'ai testé la navette spatiale. Ça a été une expérience assez redoutable.

- Claude Arz : c'est-à-dire ?

- Philippe Marlin : tu entres dans le truc, tu t'allonges, on te met des capteurs, le but étant de mesurer tes émissions d'ondes alpha, bêta… On ferme la porte (moi qui suis plutôt claustrophobe, ça fait un peu « enterré vivant » ; le remède est alors de fermer les yeux). Tu es enveloppé de musique planante et tu te laisses aller. Tu es filmé pendant ce temps. Quand j'en suis sorti, Hugo Soder m'a montré les photos, et sur l'une d'elles, c'est vraiment ton serviteur dans une chambre mortuaire : les yeux fermés, le teint cireux…

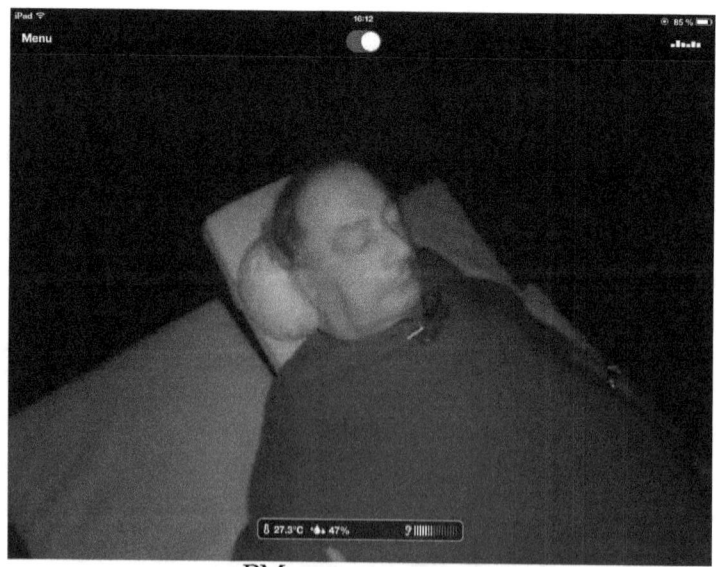

PM dans le caisson

Cette mission scientifique nous a trimballés aussi à Interlaken où se trouve le parc von Däniken à la gloire des anciens astronautes, un Disneyland absolument merveilleux. Tu vois la dalle de Palenque, tu survoles les pistes de Nazca, tu te promènes en sous-marin dans les ruines de l'Atlantide, etc. Ce n'était du reste qu'une révision puisque nous avions déjà consacré, en 2004, une mission complète sur cette thématique.

Pour être complet, on ajoutera que notre équipe de savanturiers s'est rendue enfin à Gruyères, non seulement pour déguster une fondue, mais surtout pour visiter le musée dédié à H. R. Giger. Peintre et sculpteur de talent, ou lui doit bien sûr le monstre d'Alien pour le film de Ridley Scott, mais aussi plusieurs éléments du décor du film Dune que Jodorowsky ne terminera jamais, faute de finances. Citons encore son Necronomicon et ses inquiétantes créatures biomécaniques. Giger décédera quelques mois après notre visite de la façon la plus stupide qui soit, en tombant dans son escalier.

- Claude Arz : comment fais-tu le lien entre ces missions scientifiques, ton intérêt profond pour le réalisme fantastique, le mouvement Planète, tes recherches sur les phénomènes fortéens. Est-ce qu'il y a des passerelles entre tous ces éléments ?

- Philippe Marlin : je ne pense pas que ce soit une histoire de passerelles ni de lien, je pense qu'on est dans la même matière.

- Claude Arz : mais comment qualifier cette matière ?

- Philippe Marlin : je l'appelle tout simplement « l'exploration des Terres de l'Ailleurs ». Ça va de l'ufologie à l'alchimie en passant par le voyage astral. Et je déforme toujours un peu ma matière en y ajoutant de la littérature de l'imaginaire.

- Claude Arz : j'allais t'en parler.

L'exploration des Terres de l'Ailleurs

- Philippe Marlin : ça résonne entre les deux. Cette mission en Suisse, par exemple, elle est éloquente puisqu'on y fait de la parapsychologie, on y fait du von Däniken, mais on y fait aussi du Sherlock Holmes parce qu'on est dans le domaine de l'imaginaire.

- Claude Arz : donc tu es quelque part aux frontières entre un imaginaire augmenté et ces recherches sur la parapsychologie, le paranormal, l'ufologie... ou tu fais le lien entre les deux ?

- Philippe Marlin : je suis en plein lien. Pour moi, le lien, c'est la reliance (cf supra).

- Claude Arz : revenons à tes missions scientifiques.

- Philippe Marlin : un petit mot sur une mission très courte puisque c'était un long week-end à Londres à la rencontre de John Dee[67]. Nous sommes allés en petit comité à Londres car il y avait au musée d'Histoire naturelle une exposition non pas sur John Dee lui-même mais sur sa bibliothèque. C'est ça qui m'avait attiré. Chacun connaît John Dee, ce grand érudit,

---

67　　Le compte-rendu de cette mission a été publié dans *Historia Occultae* n° 8,

magicien pour les uns, espion pour les autres, de la fin du XVIe – début du XVIIe siècle, qui était très proche de la reine Élisabeth Ire. Ce personnage habitait à côté de Londres, à Mortlake. Il avait développé une bibliothèque extrêmement importante, qui était la bibliothèque de l'honnête homme érudit de l'époque, et il avait proposé à la reine Mary de transférer sa bibliothèque à Londres pour en faire un grand centre d'études, mais la reine ne l'a pas suivi. Donc sa bibliothèque est restée à Mortlake qui était déjà devenu rapidement un centre de recherches pour de nombreux étudiants européens.

Puis John Dee est parti avec son acolyte Edward Kelly, un médium, faire le tour des capitales européennes sur le thème de l'alchimie. Et pendant ce temps, sa bibliothèque de Mortlake a été pillée. Et il y a des érudits, des chercheurs, qui se sont mis sur la piste des bouquins de John Dee, qui en ont retrouvé dans des collections privées… La bibliothèque de John Dee contenait 3 000 volumes. Près de 2 000 volumes ont été retrouvés.

Une centaine de ces ouvrages faisait l'objet de cette exposition qui était passionnante parce que on y trouvait tous les grands classiques de la philosophie, des mathématiques (John Dee était un grand mathématicien ; il a écrit un ouvrage encore célèbre aujourd'hui, une *introduction à la géométrie d'Euclide*), on y trouvait aussi tous les grands classiques d'alchimie et d'astrologie de l'époque, les œuvres de l'abbé Trithème, notamment sa fameuse *Stenographia,* d'Henri-Corneille Agrippa de Nettesheim et autres, et, bien sûr, un certain nombre des manuscrits de John Dee lui-même, dont Monas Hieroglyphica, un traité sur la théorie du Tout. Tous les philosophes, c'est bien connu, veulent démontrer la théorie du Tout !

J'ai beaucoup de tendresse pour ce personnage. Sa réputation sulfureuse de magicien de la reine Elizabeth d'Angleterre lui a valu de prendre une place de choix dans les domaines de l'ésotérisme romantique et de l'imaginaire occulte. Lovecraft voit en lui le traducteur en langue anglaise du *Necronomicon*, Umberto Eco en fait un personnage clef du *Pendule de Foucault*, tout comme Gustav Meyrink dans *L'Ange à la fenêtre d'Occident* ou Jean Ray dans *Le studio rouge* (une aventure d'Harry Dickson). Quant à Ian Fleming, il a utilisé son personnage pour créer le fameux James Bond, sans doute parce que la rumeur a couru que John Dee était un espion au service de la Reine. Il aurait été, de surcroît, pour certains, l'auteur (ou le détenteur) du fameux Manuscrit de Voynich. La liste n'est pas exhaustive et tout se passe comme si les disciplines « romantiques » avaient voulu donner à John Dee une place que l'Histoire et la Science lui ont refusée.

- **Claude Arz :** en t'écoutant, Philippe, et en entendant ta grande érudition, je me pose une question : combien de temps consacres-tu à la lecture chaque jour ? Combien de livres lis-tu par an ?

La Bibliothèque Infernale

- **Philippe Marlin :** c'est difficile de répondre. Je lis énormément, mais je lis deux genres de choses. D'une part, je lis des bouquins que j'ai envie de lire, par exemple sur John Dee. En ce moment, je suis en train de relire du Poe...

- **Claude Arz :** ce cher Edgar...

- **Philippe Marlin :** je relis du Poe à grandes brassées pour me remettre en tête un certain nombre de choses en vue du Salon des Littératures Maudites qui va avoir lieu en septembre 2019 à Charleville-Mézières. C'est un délice. J'ai relu Eureka, entre autres. J'apprécie plus particulièrement chez cet auteur la révolution qu'il apporte dans le traitement du fantastique, procédant pour lui d'une tension potentiellement explosive entre l'imagination et la raison. On est proche de la démarche de Charles Fort ou de celle du réalisme fantastique. On flirte également avec le cheminement suivi par les grands génies des mathématiques (Cantor, Riemann, Lobatchevski) et les pères de la relativité et du quantisme. On ne peut s'empêcher de penser encore à Lovecraft, dont le poète de Baltimore fut une source d'inspiration importante.

Donc, d'une part il y a les livres que je lis parce que j'en ai envie, et d'autre part, il y a les wagons de manuscrits que je reçois en tant qu'éditeur. C'est difficile de quantifier cela. En matière de manuscrits, il faut d'abord faire un tri, puis il y a ceux que tu retiens car pouvant être édités. Je n'entre pas dans la technique de l'édition, mais ça prend beaucoup de temps parce qu'il faut les traiter sur Antidote, corriger la typographie, etc. Ce travail d'éditeur sur manuscrit, ça me prend entre deux et trois heures par jour. Et je ne peux pas en faire plus car c'est extrêmement fatiguant visuellement. Ensuite, il y a la lecture pour le plaisir, l'information, la culture. Je lis entre deux et trois bouquins par semaine.

- Claude Arz : en comptant tout, ça te fait en moyenne quatre à cinq heures de lecture par jour. C'est énorme. Au fait, à combien évalues-tu le nombre d'ouvrages que tu as dans ta bibliothèque ?

- Philippe Marlin : j'ai deux réponses à cette question : quantitative et géographique. J'ai trois bibliothèques géographiques. J'en ai une à Paris, la plus grande. J'en ai une à la maison près de Rennes-le-Château, qui est très importante et comprend essentiellement des ouvrages sur Rennes-le-Château, sur les Templiers, les cathares et l'histoire régionale ; tout ça s'étale sur des étagères sur deux pièces, dans lesquelles j'ai tous les bouquins que j'ai pu sauver de la bibliothèque de Bérenger Saunière, des originaux. Et mon troisième lieu géographique, c'est les Ardennes, où j'ai aussi une petite bibliothèque « souvenirs d'enfance ». Voilà pour la géographie.

Maintenant, le nombre. J'ai un logiciel sur Mac qui s'appelle Delicious Library, un logiciel absolument merveilleux, où l'on peut classer sa bibliothèque. Et en plus, ça marche avec code barre. Donc, évidemment, pour les bouquins récents qui ont un code barre, ça te scanne automatiquement la couverture, la quatrième de couverture... C'est classé par thèmes, etc. Sur Delicious Library, aujourd'hui, j'ai très exactement 5 200 livres. Ces 5 200 livres sont la partie visible de l'iceberg. Je m'explique : quand tu te lances dans ce travail, tu mets à jour quotidiennement, mais tu as le reliquat, des vieux bouquins. Donc, en officiel, j'en ai 5 200, auxquels je pense qu'il faut en ajouter environ 5 000 autres pour avoir à peu près la taille de ma bibliothèque.

- **Claude Arz** : donc environ 10 000 livres. C'est énorme. Et parmi eux, tu dois avoir des pièces rares.

- **Philippe Marlin** : j'ai des pièces rares. Entre autres, comme je viens de le dire, les bouquins de la bibliothèque de Bérenger Saunière qu'on a pu sauvegarder. J'ai des vieux traités d'alchimie, de démonologie, etc.

- **Claude Arz** : c'est extraordinaire. Bien, Philippe, je te propose maintenant d'aborder ton rôle d'éditeur. Tu as donc monté ta maison d'édition, l'ODS, tu vas nous en parler. Et tu vas nous parler de tes productions. J'aimerais tout particulièrement que tu nous parles de *La Gazette Fortéenne et de Historia Occultae*.

L'Éditeur Dément

- **Philippe Marlin :** sur le plan éditorial, je rappelle que la maison d'édition ODS (Œil du Sphinx) a été créée en juin 2000, donc il y a presque vingt ans. Ce qui veut dire (on a arrêté les comptes hier soir avec notre ami Didier, administrateur, expert-comptable et érudit époustouflant) que la maison d'édition vit toujours, bien qu'étant une petite structure. Elle vit toujours et on est autour de 200 bouquins publiés. Nous avons les livres, qui peuvent se classer en deux catégories : les études d'une part et la fiction d'autre part, les ouvrages de réflexion et les ouvrages d'imaginaire pur. Je rappelle qu'à l'origine, on avait créé cette maison d'édition pour donner un support de meilleure qualité que nos fanzines de l'époque, d'une part à nos jeunes talents, et d'autre part à tous les grands anciens qui nous avaient fait rêver quelques décades auparavant. Voilà la philosophie de notre maison d'édition. Les ouvrages publiés peuvent prendre la forme d'un bouquin classique ou la forme d'une revue ou d'une anthologie.

Wendigo

Dans les revues et les anthologies, je voudrais en citer trois pour ne pas y passer des heures[68] ! Une revue, qui s'appelle Wendigo, est consacrée aux littératures de l'imaginaire, et plus précisément à la science-fiction et au fantastique. Elle a trait à des auteurs généralement anglo-saxons (ce sont des traductions) de la fin du XIXe – début du XXe siècle, c'est-à-dire

---

68   Nous avons publié d'autres revues qui ont cessé de paraître, le public n'étant pas au rendez-vous : *L'Escaboucle Bleue* (revue de fictions holmésiennes), *La Feuille de la Compagnie* (revue d'études tolkiennistes). Nous avons également abandonné les séries *Dragon & Microchips*, *Murmures d'Irem* et *Le Bulletin de l'Université de Miskatonic,* car faisant double emploi avec nos autres productions éditoriales.

grosso modo l'époque Lovecraft et conurbation. Cette revue est dirigée par Richard D. Nolane, et nous arrivons au numéro 5. C'est une revue qui a beaucoup de succès et qui a un look intéressant puisque nous avons imité la couverture d'un pulp, c'est-à-dire une revue populaire, de la fin du XIXe – début du XXe siècle, qui s'appelait Weird Tales. Un pulp fiction qui a publié tous les grands auteurs de l'époque, Lovecraft, Robert E. Howard, Abraham Merritt…

La Gazette Fortéenne

Ensuite, nous avons deux revues qui ont trait à ce que j'appelle « l'exploration des Terres de l'Ailleurs ». La première, déjà évoquée, explore les terres fortéennes, on l'appelle La Gazette Fortéenne. On a sorti 5 volumes, de 400 à 500 pages chacun. C'est donc une revue de bibliothèque, qui traite de tous les sujets fortéens, que ce soit l'ufologie, la cryptozoologie, la parapsychologie et autres grands mystères. C'est une revue, comme je l'ai déjà indiqué, qui est tombée un peu en sommeil parce que le directeur de publication s'est épuisé et a quitté le navire.

Avec Emmanuel Thibault, autre collaborateur dynamique, nous sommes en train de la reprendre en mains et nous avons un grand projet pour le début de l'année prochaine. On va ressortir La Gazette Fortéenne — qui s'appellera certainement La Nouvelle Gazette Fortéenne, on va lui donner un nouveau look — à l'occasion des soixante ans de la publication du Matin des magiciens. Tu sais que Le Matin des magiciens a compté beaucoup dans ma culture et, de façon plus générale, dans la culture de l'ODS. Ce Matin des magiciens aura soixante ans en janvier 2020, d'où l'occasion de faire un numéro un peu spécial qui serait formé de deux parties. Une première partie qui serait ce que j'appellerais « un rappel du Matin des magiciens aux Magiciens du nouveau siècle », en référence au bouquin sorti en novembre 2018 qui se voudrait un nouveau *Matin des magiciens*, ce qui est fort discutable — et je le discuterai, du reste, dans cet article que je signerai. Et une deuxième partie avec diverses collaborations, dont une que l'on souhaite de ta part, qui serait sur le thème : nous sommes toujours des gens optimistes, et il faut continuer à ouvrir les fenêtres et à traiter de tous les sujets, même les plus bizarroïdes, la tête froide, en gardant son sens critique, mais parler du langage des extra-terrestres, par exemple, c'est un sujet qui nous intéresse.

HISTORIA OCCULTAE

- Claude Arz : et du statut juridique des extra-terrestres…

- Philippe Marlin : et de leur statut juridique… Donc ça, c'est notre projet, sur lequel je travaille d'arrache-pied, comme tu le sais. Voilà pour notre première revue d'exploration des Terres de l'Ailleurs.

Notre deuxième revue d'exploration des Terres de l'Ailleurs s'appelle *Historia Occultae*. Comme son nom l'indique, nous sommes là dans le domaine de l'ésotérisme, ou plutôt de l'occultisme. Je préfère, comme tu le sais, le terme « occultisme » à « ésotérisme » parce que l'ésotérisme, ça ramasse tout et n'importe quoi, y compris l'ouverture des chakras et les cristaux. Nous, on n'est pas du tout dans ce domaine new âge, on est dans le domaine des sciences occultes, en partant du principe que les sciences occultes, ce ne sont peut-être pas vraiment des sciences mais une discipline complexe et compliquée qui mérite des investigations précises. On trouve dans *Historia Occultae* des études sur les grands écrivains occultes, sur l'aspect occulte des nouvelles religions, sur les sujets paramaçonniques…

C'est une revue qui a 10 numéros aujourd'hui. Elle a été

fondée par Dominique Dubois, un ami qui est gravement malade et qui a passé la main à Geneviève Béduneau, qui nous a quittés il y a un an aujourd'hui. Elle est maintenant dirigée par Emmanuel Thibault. Nous préparons le onzième numéro, qu'on espère sortir à la rentrée. C'est une revue qui marche bien dans les cercles concernés, les cercles ésotériques ou occultistes, et je ne suis pas peu fier d'avoir entendu un jour Antoine Faivre, une grande figure de l'histoire et de l'étude de l'ésotérisme, me dire qu'*Historia Occultae* était la meilleure revue sur le sujet aujourd'hui, ce qui est flatteur et ce qui est une reconnaissance parce que c'est une revue qui n'appartient à aucune chapelle, qui ne relève d'aucune obédience, qui est totalement libre de sa parole.

Voilà pour nos revues. Nous avons par ailleurs des anthologies thématiques. Là, on est dans le domaine des littératures de l'imaginaire. On en a fait une sur l'Atlantide, une autre sur Outre-Mort, les expériences de NDE, on en a fait une sur Rennes-le-Château, avec des fictions castelrennaises… On a sorti beaucoup de numéros de fiction.

ÉDITE

Pour conclure sur le plan éditorial, une chose importante, c'est qu'en 2014, nous avons racheté une maison d'édition qui était en difficulté et qui a fait faillite (nous avons racheté la marque et les contrats). Il s'agit de la maison d'édition Édite, qui était dirigée par Jean-Christophe Pichon, l'un des fils de l'écrivain et philosophe Jean-Charles Pichon. Cela nous a amenés à enrichir notre catalogue d'à peu près 200 titres supplémentaires. La maison d'édition Édite avait été créée en même temps que celle de l'ODS, en 2000. Jean-Christophe Pichon s'est fait un point d'honneur de publier beaucoup d'œuvres de son père, qui sont des œuvres complexes mais passionnantes.

Jean-Charles Pichon est un grand méconnu en matière de littérature, pour des raisons que je n'ai pas encore percées. Peut-être était-il trop rébarbatif ? Contrairement à d'autres grandes figures de l'époque sur le même créneau — je pense à Raymond Abellio qui, lui, est un écrivain reconnu, il y a eu un tas de bouquins et d'études sur lui —, Jean-Charles Pichon est resté dans l'obscurité. Nous avons pris la suite, et en partenariat avec l'association des Protes de Thélème (qui gère le fonds pichon) on continue à publier ses œuvres et essayons de le promouvoir.

JEAN-CHARLES PICHON. UNE ŒUVRE QUI RESTE À DÉCOUVRIR.

Inexplicablement méconnu aujourd'hui, Jean-Charles Pichon (1920-2006) a conçu une œuvre prolifique, multiforme, souvent dérangeante, voire iconoclaste, jusqu'aux confins de la métaphysique et de la spiritualité.

Jean-Charles Pichon, un théoricien de la Machine de l'éternité ? Sans doute, mais il fut d'abord un poète. Plusieurs centaines de poèmes, écrits entre 1940 et 1951, l'attestent. Ils habitent ses textes et rythment son écriture jusqu'à ses derniers écrits. Il fut aussi un dramaturge, accueilli par les théâtres parisiens, un scénariste, un dialoguiste, salué par Jean-Luc Godard. Un journaliste engagé s'opposant aux impostures de son époque. Et un critique littéraire. Rappelons qu'il fut aussi un autobiographe corrosif, un romancier sans étiquette (naviguant entre le polar et le fantastique), également un essayiste, préfigurant ses œuvres ultérieures.

À partir des années 1960, sous l'impulsion de son éditeur Robert Laffont, puis de Jacques Bergier et de Louis Pauwels qui l'inviteront à publier aux éditions Planète, il élabore, encyclopédiste et visionnaire, des ouvrages sur l'histoire des dieux, des civilisations et des mythes : une immense fresque sur les cycles et les rythmes du temps, reliant toutes les connaissances de l'humanité, de la Kabbale à la mécanique quantique.

Dès les années 1980, il tente de « démonter » la construction mathématique, mythique ou ésotérique d'œuvres majeures (Ézéchiel, Platon, Lao-Tseu, La Kosmopoïa, Huysmans, Kant, Jung, Jarry, Roussel, le Sepher Yetsirah, Heidegger, Paracelse, Beckett, Hodgson, Mallarmé, Melville, Teilhard de Chardin, Valéry, Dumézil, Daumal, Poe, Hawthorne, Tchaïkovski, Stubbs, Potocki, etc.). De 1996 à la fin de sa vie, il compose et construit ce qu'il nomme « La Machine universelle ».

Ce rapprochement avec « la galaxie Pichon » nous a amenés à pénétrer dans un univers qui est parallèle à celui de l'ODS, ce qu'on appelle « Berder ». Berder, c'est une association, Les Portes de Thélème, qui, à l'origine, faisait sa réunion annuelle sur l'île de Berder, dans le golfe du Morbihan. On a continué à appeler ces réunions « Les rencontres de Berder ». C'est une manifestation annuelle, au mois de juin en province, maintenant prolongée au mois de décembre à Paris, et qui regroupe des gens intéressés par l'œuvre de Jean-Charles Pichon mais aussi par les réflexions philosophiques et métaphysiques. C'est un cénacle qui complète bien l'ODS, et le côté Berder s'enrichit de ce que l'ODS peut apporter. De nombreux amis, outre nous deux, sont venus proposer leurs contributions, comme Geneviève Béduneau, Jean Hautepierre, Hayet Ayad, Jocelin Morisson, Yann Minh, Emmanuel Thibault...

UNE RENCONTRE DE BERDER
(GENEVIÈVE BEDUNEAU, PM, JEAN-CHRISTOPHE PICHON, BERNARD PINET)

- Claude Arz : je voudrais revenir sur tes trois revues, *Wendigo, La Gazette Fortéenne et Historia Occultae.* Où peut-on les trouver ?

- Philippe Marlin : cette question rejoint le problème plus général de la distribution et de la diffusion. Pour des raisons qui m'appartiennent et qui font que nous sommes toujours en vie aujourd'hui, on n'a pas voulu s'adjoindre les services d'un distributeur professionnel parce que nous sommes trop petits et c'est extrêmement casse-gueule. Donc, comment sommes-nous diffusés ? De façon très simple. Première chose, L'Œil du Sphinx a un site internet (www.oeildusphinx.com), qui a une boutique en ligne sur laquelle on peut commander nos revues et nos bouquins, que l'on règle par PayPal, carte bleue...

Deuxième chose, nous sommes sur le réseau Amazon, on peut commander toutes nos revues et tous nos bouquins chez ce « Monstre ». Par ailleurs, nous sommes sur les réseaux

informatiques des libraires qui s'appellent Electre et Dilicom.
Donc quand tu vas dans une librairie et que tu commandes
un bouquin, le libraire, s'il ne l'a pas, va taper sur Dilicom
ou sur Electre et va pouvoir le commander. 90 % des libraires
en France ont accès à ces réseaux informatiques et vont donc
pouvoir trouver nos publications sans problème.

Enfin, nous avons en ligne directe un réseau d'environ
400 libraires indépendants qui reçoivent un avis de parution
chaque fois que nous sortons un bouquin, et qui peuvent le
commander et s'approvisionner. Donc on trouve nos revues
et nos bouquins facilement.

- Claude Arz : très bien. Une autre question : tu dis que *Historia
Occultae* connaît un certain écho. As-tu des chiffres à donner
sur les ventes ?

- Philippe Marlin : oui, bien sûr. On travaille sur un système
d'impression numérique. On a complètement changé de
philosophie. Avant, on travaillait avec un imprimeur classique,
ce qui faisait que quand on imprimait un bouquin, il fallait
le tirer au minimum à 300-500 exemplaires pour amortir les
coûts. Et si le bouquin ne marchait pas, on remplissait les
caves. Donc ça, c'est terminé. Maintenant, on travaille en
impression numérique, donc à la demande. Si on sort un
bouquin demain matin, on va en tirer 50 ou 100 exemplaires…
De surcroît, notre imprimeur numérique fait partie du groupe
Amazon et le livre se retrouve directement sur leur catalogue,
les commandes étant traitées immédiatement par leurs soins.

- Claude Arz : *Nuit des Légendes 1,* par exemple.

- Philippe Marlin : *Nuit des Légendes 1.* Je vais en tirer une vingtaine d'exemplaires pour répondre à la demande physique, c'est-à-dire pour les personnes et les libraires qui ne le commanderont pas sur Amazon. Et quand j'aurai épuisé mon stock, je repasserai une commande. Et ça, je le fais deux ou trois fois par mois, ce qui évite de remplir mes caves.

- Claude Arz : d'accord. Et tu en vends combien à peu près ?

- Philippe Marlin : le plus gros tirage, c'est la BD (parce qu'on fait de la BD aussi), la BD sur Rennes-le-Château des frères Captier et de Michel Marrot, on était (on a rendu les droits) à 3 000 ou 4 000 exemplaires. Les numéros 8 et 9 d'*Historia Occultae*, ça doit être 500 exemplaires chacun. Ce qui est à la fois peanuts et énorme parce que 500 exemplaires pour ce type de littérature, c'est beaucoup.

- Claude Arz : d'accord. Autre question, toujours sur ces revues que tu publies, *La Gazette Fortéenne* et *Historia Occultae*, as-tu des retours, est-ce que tu reçois du courrier, des mails ? Comment penses-tu que c'est perçu ?

- Philippe Marlin : quand un bouquin ou une revue sort, on va en faire de la promotion. La première des promotions se fait sur notre blog, qui s'appelle *Le Bibliothécaire*, et que je double sur Facebook. Le Bibliothécaire est consulté entre 500 et 1 000 fois par jour. Donc l'information existe. Si tu tapes « Historia Occultae » sur Google, ça va te renvoyer au Bibliothécaire, à Facebook, etc. À partir du moment où tu es sur ces réseaux sociaux, tu as obligatoirement, de temps en temps, quelqu'un qui va réagir. En général, les réactions sont positives, et quand elles sont négatives, elles sont toujours peu ou prou inspirées par l'idée suivante : vous êtes trop critiques, vous êtes des vilains débunkers et vous n'avez rien compris. On est souvent face à des conspirationnistes, et ça, il y en a pas mal.

- Claude Arz : au niveau de la chronologie, on était arrivés aux alentours de 2015, après le Bugarach, etc. Alors, aujourd'hui, en dehors de l'hommage que tu veux rendre au Matin des magiciens à l'occasion de ses 60 ans et de La Nouvelle Gazette Fortéenne, quels sont les projets que tu peux développer ?

LES SALONS DE L'ÉTRANGE

- Philippe Marlin : on a beaucoup d'autres topics. Il y en a un qui me tient à cœur, même si les choses de la vie ont fait que je ne l'ai pas réuni depuis quelques mois, c'est ce qu'on appelle à l'ODS *Le Laboratoire de l'Impossible*. Ça consiste à réunir entre dix et quinze amis — pas plus parce qu'on fait ça chez moi, dans mon salon, où on ne peut pas être cinquante — pour réfléchir, travailler sur un sujet (tu es toi-même passé à la moulinette).

La liste des sujets qu'on a abordés est infinie. On a traité d'un sujet extraordinaire qui était la parapsychologie pratique, avec Emmanuel Thibault, notamment, pour nous faire des expériences ayant trait à la manipulation du corps, à l'expression corporelle. C'était vraiment génial. On a fait des choses très ésotériques avec Yves-Fred Boisset, un grand occultiste qui était le dernier responsable de la revue de Papus, L'Initiation. Il est venu nous faire une histoire des Rose-Croix et il est revenu nous faire un topo sur un ésotériste que j'apprécie beaucoup, Saint-Yves d'Alveydre. Saint-Yves d'Alveydre et son Archéomètre, encore un fou comme je les aime, qui rêvait de fabriquer la théorie du Tout. Joseph Altairac nous a fait une contribution remarquable sur l'ésotérisme nazi. Jacky Ferjault nous a fait une présentation graphologique de l'écriture de Lovecraft. Antoine Téchenet (tu étais là) nous a parlé d'un livre ésotérique qui n'existe pas mais qui existe quand même, qui est *Le Culte des goules,* un livre dans la conurbation des livres imaginaires de Lovecraft. Geneviève Béduneau nous a parlé de Nicolas Poussin et l'alchimie… Et nous en avons beaucoup d'autres sous le coude.

- Claude Arz : j'avais évoqué Régis Blanchet au cours d'un « Laboratoire de l'Impossible ».

- Philippe Marlin : Régis Blanchet et le druidisme, oui, bien sûr. Il y a eu aussi Fabienne Leloup qui nous a parlé de la littérature décadente.

Au Salon des Littératures Maudites

Donc ça, c'est notre petite boîte « Le Laboratoire de l'Impossible ». Évidemment, on a une grosse boîte qui est celle des manifestations organisées. Il y en a eu des wagons et des collections à Rennes-le-Château, mais je n'y reviens pas. Nous avons quelque chose de relativement nouveau (2016) qui est le Salon des Littératures Maudites, de notre ami Thibaut Canuti, tous les ans en septembre à Charleville-Mézières. Thibaut Canuti a bien voulu me nommer parrain de cette manifestation, dont nous sommes en train de préparer l'édition 2019. Après nous être mis sous le patronage de Lovecraft, de Bergier, de Conan Doyle, nous allons cette année nous placer sous le patronage d'Edgar Allan Poe. C'est une belle manifestation, sympathique, érudite...

- Claude Arz : populaire...

- Philippe Marlin : populaire, où les tonneaux de bière sont percés en permanence...

- Claude Arz : un gros succès, avec des contributeurs de bon niveau.

- Philippe Marlin : tous les ans, je participe aussi à un salon qui est plus confidentiel mais intéressant, le Salon de la Littérature populaire, à Elven, dans le Morbihan, qui en est à ses treize ou quatorze ans d'existence ; donc un salon qui tient la route. Tous les ans, il y a un thème, évidemment. Le dernier, c'était « La Grande Guerre et le roman populaire » ; on a traité aussi de Fantômas, des vampires, des médecins maudits, etc. C'est une belle manifestation qui, cerise sur le gâteau, est ponctuée le samedi midi par une dégustation de saucisses aux choux !
La dernière famille de manifestations à laquelle on participe

— ça pourra surprendre un certain nombre de nos amis, d'éditeurs, de lecteurs —, ce sont les Salons Maçonniques du Livre. Quand je dis ça, on me demande : « Toi, tu es maçon ? » Je ne le suis absolument pas. Ce n'est pas faute d'avoir été sollicité plus d'une fois. Je ne suis pas maçon pour des raisons de principe, parce que je suis un être libre. Mais ça, ça n'engage que moi. Il n'empêche que nous participons aux Salons Maçonniques du Livre. Pourquoi ? Parce que ces salons réunissent des obédiences maçonniques mais aussi des éditeurs. Et la maison d'édition Édite, de Pichon, que nous avons rachetée, était dans le circuit du livre maçonnique. Donc l'ODS en a hérité, et à ce titre, l'ODS est membre du comité d'organisation du livre maçonnique de l'IMF. Qu'est-ce que l'IMF ? C'est l'Institut Maçonnique de France.

Ce qu'il faut savoir, c'est que la franc-maçonnerie, comme toute société humaine, c'est une caricature, c'est éclaté entre plus d'une dizaine d'obédiences. Il y a les grands ceci, les petits cela, les féminins, les mixtes… Face à ce morcellement, nos amis maçons ont eu l'intelligence de créer une espèce de confédération qui s'appelle l'Institut Maçonnique de France et qui sert, justement, à organiser ce type de manifestations afin que ça ressemble à des manifestations maçonniques, c'est-à-dire englobant tout le monde. Et donc, le conseil d'organisation de l'IMF auquel je participe réunit les différentes obédiences, plus trois ou quatre éditeurs, dont l'ODS. Il y a une grande manifestation à Paris, en général autour de la Toussaint, à La Bellevilloise, qui est le Salon Maçonnique du Livre de Paris. Une manifestation énorme : 5 000 visiteurs. C'est gigantesque. Et nous participons à un certain nombre de Salons Maçonniques du Livre en province. Là, c'est plus familial. Il y a quinze jours, on était à Blois. Très sympa. On participe aussi à celui de Nantes, qui est co-organisé par notre ami Lauric Guillaud.

(Entretien 6, le 4 avril 2019,

rue du Cotentin, Paris.)

Passions Littéraires

Lovecraft ou la métaphysique du néant – Le frisson cosmique d'Edgar Poe – Les aventures géographiques de Sir Arthur Conan Doyle - Colin Wilson et la quête de la conscience.

- **Claude Arz :** bonjour Philippe.

- **Philippe Marlin :** bonjour Claude.

- **Claude Arz :** aujourd'hui, samedi 6 avril, nous sommes chez toi, rue de la Villette, à Paris. On va aborder des questions spécifiques. J'aimerais tout d'abord que tu nous évoques tes passions littéraires, les auteurs qui t'ont marqué dans ta vie, que tu expliques pourquoi, que tu évoques peut-être une œuvre qui t'a marqué plus particulièrement au cours de ta longue vie d'érudit et de chercheur.

- **Philippe Marlln :** vaste question pour laquelle je vais devoir faire une sélection, ce qui est quelque chose de dramatique ! Je vais te parler d'un certain nombre d'écrivains qui m'ont marqué, en sachant qu'ensuite, on parlera certainement des personnages intéressants que j'ai rencontrés. Donc je vais essayer de ne pas trop faire double emploi. Et on retrouvera dans la catégorie « Personnages » un certain nombre d'écrivains qui étaient des amis.

Je vais évoquer en premier lieu des écrivains que j'ai connus par les livres. Celui que je cite toujours en premier, que je mets toujours en haut de la pile, c'est mon ami Lovecraft, qui m'a profondément marqué. C'est un écrivain que j'ai découvert par Le matin des magiciens et Planète puisque Lovecraft est cité à six reprises dans Le matin des magiciens et qu'il sera à la une du premier numéro de Planète, avec un article de légende de Jacques Bergier sur ce grand écrivain venu d'ailleurs.

Pourquoi Lovecraft m'a-t-il marqué ? Pour des tas de raisons. D'abord, parce que j'aime la littérature fantastique d'une façon générale, et je pense que Lovecraft est l'un des grands représentants de ce courant. Mais ça va bien au-delà du fantastique parce que, au-delà de son œuvre, Lovecraft a touché à des questions vraiment métaphysiques. Il faut savoir que Lovecraft était un écrivain matérialiste pur et dur. Sur le plan religieux, c'était un écrivain de formation protestante à la nord-américaine, mais il est très vite devenu athée, c'est-à-dire qu'il a rejeté la religion. Et il a développé au travers de son œuvre quelque chose d'assez incroyable que j'appelle « la métaphysique du néant ». Jusqu'à Lovecraft, l'homme était au centre de l'univers, soit parce qu'il était le fils de Dieu, qu'il avait une étincelle divine, soit tout simplement, et même chez les athées, parce que, ayant rejeté Dieu, il restait le centre du monde, et on le voit bien dans l'existentialisme, par exemple.

Avec Lovecraft, c'est complètement différent. L'homme n'est plus rien. L'homme est une poussière dans l'univers, ballotté entre des anciens dieux qui sont en train d'agoniser parce que plus personne n'y croit et des créatures assez bizarroïdes qui ne sont pas des dieux mais qui ne sont pas non plus des « humains », qu'on appelle les Grands Anciens. Le plus célèbre d'entre eux, bien sûr, c'est Cthulhu. Et toute l'histoire cosmique est l'histoire d'affrontements entre les anciens dieux qui survivent difficilement et ces créatures « malfaisantes » que sont les Grands Anciens, que les anciens dieux ont confinés dans un certain nombre d'endroits de la terre — Cthulhu, par exemple, sous les océans —, où ils attendent que des humains éveillés, des poètes, des peintres, des tribus primitives les invoquent et les réveillent. Donc l'homme est éjecté, l'homme est une poussière insignifiante, ballotté entre deux familles de créatures qui le dépassent et pour lesquelles il n'est rien.

On voit bien que ce matérialisme, ce néantisme cosmique débouche sur un pessimisme métaphysique qui pourrait conduire à l'anéantissement, au suicide, parce que, finalement, pourquoi vivre dans ces conditions ? Ce n'est pourtant pas le cas chez Lovecraft parce que dans sa pensée, l'homme est sauvé par la beauté, par l'art, par la recherche esthétique. C'est l'émotion esthétique qui lui donne le sens de sa vie et qui fait que, malgré ce néant métaphysique, la vie vaut la peine d'être vécue.

- Claude Arz : à propos de Lovecraft, quels sont les textes que tu as préférés dans son œuvre ?

- Philippe Marlin : en fait, si on résume rapidement l'œuvre de Lovecraft, qu'est-ce qu'on trouve ? Des poèmes, (Lovecraft était un grand poète), des contes et nouvelles de terreur, on trouve un cycle qui a une cohérence — c'est-à-dire qu'on retrouve des personnages, on retrouve des dieux, on retrouve des créatures —, qui est le cycle de Cthulhu, et on découvre — chose qu'on ne sait pas toujours — un cycle d'heroic fantasy (Lovecraft est certainement le père de l'heroic fantasy) qu'on appelle Démons et merveilles. Voilà l'œuvre de Lovecraft. Je passe sur sa colossale correspondance et ses études, dont une remarquable, Épouvante et Surnaturel en Littérature.

Si tu me demandes de cliquer dans cet ensemble d'œuvres, j'en sortirais deux : une qui est dans le cycle de l'heroic fantasy *Démons et Merveilles,* qui est la quête de Randolph Carter, un jeune Américain — une transposition de Lovecraft — qui va partir en rêve (c'est un voyageur onirique ; le rêve est très important chez Lovecraft) à la découverte d'un monde souterrain fabuleux qui s'appelle « Les contrées du rêve », pour essayer de retrouver la trace des anciens dieux. Il va mener toute une quête de fantasy avec des bestioles étranges, et à la fin des fins, quand il va arriver au but, les dieux vont le renvoyer dans son foyer en lui disant : voilà, tu as trouvé la vérité, et la vérité, c'est la Nouvelle-Angleterre, c'est Boston où tu es né, et hop ! retour à l'envoyeur, retour chez lui. Donc on voit bien le cycle, c'est, comme dirait Pichon, une machine, c'est-à-dire c'est un ensemble qui se boucle sur lui-même et qui repart à l'origine.

Il est du reste intéressant de voir, dans la dernière nouvelle de ce cycle, À travers les Portes de la *Clef D'argent* (en collaboration avec E. H. Price, 1932), comment l'auteur introduit une nouvelle donnée métaphysique : à l'origine de tout, il y a l'Être ou encore l'Archétype Universel. Et chaque chose, chaque individu, n'est qu'une des phases de l'infinité de phases comportant l'Archétype Suprême. Et il suffit de changer l'angle de son observation pour se retrouver ailleurs. Il s'agit d'un texte important qui résonne étrangement à la lumière de la physique quantique et des mathématiques de l'impossible. On sent poindre la thématique de « On a retrouvé Dieu » au travers des équations, un Dieu qui n'est pas celui de la Bible, mais une Intelligence Cosmique que d'autres appelleraient le Grand Architecte de l'Univers. Et Carter, qui est devenu Zbauka, le magicien de Yaddith, demande à l'Être de l'aider à changer son angle d'observation pour revenir à Boston.

Le deuxième texte important de Lovecraft, évidemment, c'est *L'Appel de Cthulhu,* qui est le grand classique. Dans cette œuvre, il y a un certain nombre de personnes éveillées, il y a un peintre, il y a des poètes, qui perçoivent des appels étranges et qui vont se mettre en quête de la source, de l'origine de ces appels et vont déboucher, quelque part dans le Pacifique, sur une créature monstrueuse qui s'appelle Cthulhu et qui va resurgir des flots et de la cité de R'lyeh. Cette œuvre est extrêmement importante. C'est une œuvre fondatrice puisqu'elle va générer un culte, elle va susciter une descendance absolument incroyable. Une descendance littéraire, évidemment, parce que beaucoup d'écrivains vont s'approprier cette créature de Cthulhu. Mais une descendance qui va aussi se traduire par un jeu de rôle formidable, *L'Appel de Cthulhu*, qui est, avec *Donjons et Dragons*, le grand jeu de rôle actuel. Les créatures lovecraftiennes vont également se diffuser dans la culture populaire, c'est-à-dire la culture musicale, la musique de marge, dans le cinéma et même – parce qu'il y a des timbrés partout – dans l'ésotérisme. J'ai fait, du reste, une petite étude sur l'occultisme et les Grands Anciens[69].

LE NECRONOMICON

Lovecraftien, je suis également un libermaléficonaute passionné et je ne peux oublier de citer sous ce registre le livre culte inventé par le Prince Noir de Providence ! Tout comme Cthulhu occupe une place bien particulière dans le Panthéon, le *Necronomicon* est sans conteste le point d'orgue de la bibliothèque lovecraftienne. *Al Azif* ou le Necronomicon apparaît pour la première fois dans la Cité sans Nom (1921). Attribué au poète arabe Abdul Alhazred qui vécut au Yémen vers l'an 700 de notre ère, il se présente comme la véritable bible du Mythe. L'auteur aurait rapporté des ruines de Babylone, des souterrains de Memphis et du grand désert d'Arabie d'odieux secrets concernant les

---

69   Voir notamment *Les Littératures Maudites 2016*, EODS 2017.

Grands Anciens, et plus particulièrement Yog –Sothoth et Cthulhu. Il aurait consigné ces révélations dans un manuscrit, « relié en peau humaine », avant de disparaître mystérieusement, dévoré, selon la légende, par les créatures du dehors. Lovecraft, afin de donner plus de crédibilité à son invention, rédigea *l'Histoire du Necronomicon* (1927), un texte très érudit qui force le lecteur à adhérer.

- Claude Arz : tu as participé à faire connaître Lovecraft en France depuis une vingtaine d'années. Ta maison d'édition, l'ODS, a publié un certain nombre de textes autour de Lovecraft. Peux-tu m'en citer un ou deux ?

- Philippe Marlin : c'est vrai que Lovecraft est l'un des multipattes de mes productions éditoriales. Je citerais deux auteurs, le premier qui est un ami très proche, Jacky Ferjault, membre fondateur de l'ODS et dont j'ai déjà longuement parlé. Rappelons qu'il nous a donné deux « vraies-fausses autobiographies », *Moi, Howard Phillips Lovecraft* (2004) et *Moi, Howard Phillips Lovecraft à New York* (2017), ainsi que trois études, l'une sur *Les livres de Lovecraft* (2014), une autre sur *Lovecraft et la politique* (2008) et la dernière sur Lovecraft et l'Art (2018).

Lauric Guillaud

Dans la famille Lovecraft, un autre auteur dont je suis aussi très proche et que tu connais bien, c'est Lauric Guillaud[70], un universitaire spécialisé en littérature anglosaxonne, qui a passé une partie de sa carrière aux États-Unis et qui est un passionné de littérature fantastique et de Lovecraft, évidemment. Il nous a donné un bouquin, *Lovecraft : Une Approche Généalogique de l'Horreur au Sacré*. Un titre joli, mais qu'est-ce que ça veut dire ? En fait, il s'agit d'une étude sur les influences littéraires de Lovecraft. Comment Lovecraft, sur le plan de la littérature, est devenu ce qu'il était, quels ont été ses grands influenceurs — parmi lesquels on trouve, évidemment, notre ami Edgar Poe.

- Claude Arz : je ne vais pas te poser la question rituelle sur la polémique « Lovecraft et ses opinions politiques » parce qu'il y a assez de bouquins là-dessus, et puis ce n'est pas tout à fait l'objet. Ce que j'aimerais, c'est que tu me parles d'une deuxième passion, d'un deux[ième] auteur qui t'a influencé, que tu as admiré.

- Philippe Marlin : on reste dans la même famille, et je viens de le citer, il s'agit bien sûr d'Edgar Poe, auquel j'ai déjà fait allusion au sujet de son grand poème métaphysique, *Eurêka*. Poe est un monstre qui a un certain nombre de caractéristiques qui font que c'est quelqu'un de très proche de Lovecraft, ou plutôt Lovecraft était très proche de lui ; il n'est donc pas étonnant qu'il ait été marqué par son œuvre. D'abord, Edgar Poe, comme Lovecraft, est un écrivain qui est mort très jeune. Lovecraft est mort à 47 ans, Edgar Poe à 40 ans. Ils étaient tous deux des Américains très marqués par le passé « aristocratique » de l'Amérique. Ils ont galéré pratiquement toute leur vie parce que sur le plan financier,

---

70   J'ai commis avec Lauric un petit ouvrage sur Le Polar Ésotérique (EODS 2016).

Lovecraft était pauvre et Poe a beaucoup ramé et, finalement, n'a jamais été bien riche. Et ce sont des écrivains fantastiques qui font toucher du doigt ce que j'appelle la terreur cosmique, c'est-à-dire qu'est-ce que je fabrique dans l'univers ?

On l'a vu, chez Lovecraft, cette terreur cosmique est très pessimiste. C'est fondamentalement différent chez Poe. Poe a un frisson cosmique, mais ce frisson cosmique, lui, il le transforme en une métaphysique qui n'est pas une métaphysique du néant mais qui est une métaphysique qui reste déiste. Et je reviens sur ce texte absolument extraordinaire, que j'ai relu il y a quelques jours, qui s'appelle Eurêka. Je l'avais lu quand j'étais adolescent et je n'y avais rien compris parce que c'est un texte très difficile. Eurêka est, grosso modo, un traité de métaphysique que ne nierait pas la science d'aujourd'hui puisque *Eurêka*, c'est la genèse de l'univers, c'est le Big Bang, c'est la relativité, c'est l'énergie, c'est le temps et l'espace qui se confondent, et c'est, derrière tout ça, l'intelligence cosmique. C'est-à-dire qu'on est dans la famille de Raymond Ruyer, mais on est aussi dans la famille de ce que j'appellerais la théologie laïque, à laquelle on débouche lorsqu'on s'interroge sur la relativité générale et sur le quantisme.

En dehors de ça — qui est très important pour qui veut comprendre Poe —, c'est un écrivain merveilleux. J'ai longtemps rêvé sur *Les Aventures d'Arthur Gordon Pym*, un roman haletant d'aventures maritimes qui débouche sur l'Indicible. Ce texte est d'autant plus marquant que d'autres grands noms de la littérature chercheront à le prolonger, Jules Verne avec Le Sphinx des glaces et Lovecraft avec les Montagnes de la folie. J'adore également ses contes policiers et ses enquêtes, et notamment celles mettant en scène le chevalier Dupin, qui est en quelque sorte un précurseur de Sherlock Holmes. Sherlock Holmes a une intelligence déductrice à partir des faits, c'est-à-dire à partir de l'observation. Dupin a une intelligence déductrice pure, c'est-à-dire qu'il peut arriver à des conclusions rien qu'en te regardant et en discutant.

On parlerait aujourd'hui de mentalisme. Il y a une très belle introduction dans Double assassinat dans la rue Morgue sur la technique de la déduction. C'est quelque chose de jouissif. Poe, je l'ai dit, c'est aussi un grand poète. Je ne vais pas m'étendre sur Le Corbeau…

- Claude Arz : *Never more…*

- Philippe Marlin : … mais quelle merveille ! D'autant qu'en tant que fidèle libermaléficonaute, je n'ai pu résister au charme sulfureux de l'ouverture du poème : le narrateur médite en effet *sur maint curieux volume d'une doctrine oubliée.* Traité d'occultisme ? Livre imaginaire comme le *Mad Trist* évoqué dans *La Chute de la Maison Usher ?* Donc voilà quelques mots sur Edgar Poe, que nous allons retrouver à Charleville-Mézières au mois de septembre, à l'occasion du Salon des Littératures Maudites.

- Claude Arz : Lovecraft, Edgar Poe, un couple majeur. Qui ajouterais-tu dans ta galerie d'auteurs fétiches ?

LE CABINET SHERLOCK HOLMES À CHARLEVILLE

- Philippe Marlin : puisque j'ai parlé de Dupin et de Sherlock Holmes, je vais ajouter Conan Doyle, évidemment (héros du Salon des Littératures Maudites, comme Lovecraft et Edgar Poe). Conan Doyle est un personnage truculent parce que c'est un personnage multifacette. Quand on parle de Conan Doyle, on pense immédiatement à Sherlock Holmes, évidemment, mais Conan Doyle, c'est beaucoup d'autres choses. Du reste, il avait créé Sherlock Holmes un peu à titre alimentaire. Et à un moment de sa vie, il a trouvé que Sherlock Holmes commençait à le bouffer un peu trop, donc il l'a fait mourir dans les chutes de Reichenbach à Lucens, comme je l'ai expliqué quand j'ai parlé de notre mission scientifique en Suisse. Cela dit, Conan Doyle a été obligé de le ressusciter car sa mort avait déclenché un tollé de protestations, jusqu'au Parlement britannique qui voulait créer une commission parlementaire pour élucider les conditions de la mort de Sherlock Holmes !

- Claude Arz : la fiction rencontrant le réel…

- Philippe Marlin : en dehors de Sherlock Holmes, il y a une autre œuvre remarquable de Conan Doyle, complètement différente, c'est la saga du professeur Challenger du Monde perdu. Là, on est dans un tout autre registre, celui des grandes aventures géographiques, à la recherche d'un pays, d'une région perdue au fin fond de l'Amazonie, où subsisteraient encore des créatures préhistoriques. Conan Doyle met en scène le professeur Challenger, un érudit britannique qui a un très mauvais caractère mais un cœur gros comme un ballon, qui est fortement décrié par la communauté scientifique parce que personne ne veut le croire et qui, finalement, apportera la preuve de ses découvertes à l'Académie royale des Sciences de Londres. Et ses collègues seront obligés de s'incliner puisque la preuve qu'il a rapportée n'est rien d'autre qu'un ptérodactyle !

Il y a beaucoup d'autres œuvres de Conan Doyle, qui sont beaucoup moins connues. Son truc, c'était en fait le roman historique. Il a commis plusieurs sagas historiques, comme celle de Sir Nigel qui se déroule au Moyen Âge ou du Brigadier Gérard à l'époque napoléonienne, mais qui n'ont pas percé le mur de la reconnaissance et qui sont oubliées aujourd'hui.

Enfin, on ne peut pas quitter Conan Doyle sans évoquer sa passion pour le spiritisme. Conan Doyle était quelqu'un qui a rejeté la religion chrétienne dans laquelle il avait été élevé. Il s'est qualifié lui-même d'agnostique. Et il était complètement travaillé, perturbé, par la mort, ou plus exactement par la question : y a-t-il quelque chose au-delà de la mort ? Donc, sa recherche, sa hantise, c'était l'âme, la conscience. Il n'a pas trouvé de réponse satisfaisante à cette question dans la religion (il avait pourtant été élevé chez les jésuites). Il a fait un essai en franc-maçonnerie, qui l'a aussi complètement déçu. Et il a découvert le spiritisme — Cardec, Léon Denis —, dans lequel il s'est complètement investi. Conan Doyle a donné moult conférences, il faisait partie de la Société spirite, et il est même allé jusqu'à ouvrir une librairie spécialisée dans le spiritisme dans le Strand, à Londres. Au total, un personnage passionnant qui nous fait passer de Sherlock Holmes aux ptérodactyles, des romans historiques au spiritisme.

Et pour conclure sur Conan Doyle, je dirais, parce que c'est important, que c'était un grand patriote, qui a joué un rôle important dans l'histoire britannique de la Première Guerre mondiale puisqu'il a été appointé comme historiographe officiel de la guerre de 1914-1918 pour compte de la Grande-Bretagne. Et il a sorti une œuvre en je ne sais pas combien de tomes sur l'Angleterre dans la Grande Guerre.

- Claude Arz : toujours dans cette galerie des auteurs que tu admires et qui t'ont marqué, veux-tu en citer un dernier que tu considères important dans ton panthéon des auteurs ?

- Philippe Marlin : mon panthéon est tellement garni ! ... Je vais en citer un plus récent, qui est un auteur qui m'a beaucoup marqué, un coup de cœur. Les écrivains que j'admire, ce sont aussi des écrivains accompagnateurs. Je reviens à Lovecraft, il m'a accompagné toute ma vie. Celui dont je vais parler maintenant, c'est Colin Wilson, un écrivain anglais. Lui aussi m'a accompagné jusqu'à aujourd'hui. Il est décédé récemment, en 2013. C'est un écrivain que j'ai découvert, là encore, avec *Planète* (il n'est par contre pas cité dans *Le matin des magiciens*).

Colin Wilson rejoint un certain nombre de thématiques qui me sont très proches. La première, c'est ce que j'appelle la contre-culture. Pourquoi la contre-culture ? Parce que Colin Wilson a passé sa jeunesse dans les années 1950 à Londres en faisant des petits boulots, en squattant à droite et à gauche, pour essayer de réaliser sa passion, sa légende personnelle, qui était la littérature. Évidemment, jeune sans argent, perdu à Londres, en n'ayant pas toujours un toit pour dormir, il passait ses journées dans les bibliothèques municipales ou au British Museum pour travailler.

Il a commis un bouquin qui s'appelle *Adrift in Soho* (« Soho, à la dérive », 1961), où il raconte ces années, qui sont les belles années de contre-culture, c'est-à-dire des rencontres avec des poètes, des artistes désargentés qui cherchent tous à percer. Ce livre, du reste, a donné lieu l'année dernière à un film magnifique. On est dans une période intéressante, qui est la période de l'étouffement sartrien, on est dans une période où n'existe pas mais se profile une révolte qui prendra la forme de 1968, on est à la période où Le Matin des Magiciens est en train de s'écrire, on est à la période de Ginsberg et de la Beat Generation, on est dans une marmite bouillonnante qui est bien décrite dans *Soho, à la dérive* et qui va donner lieu à la production du premier ouvrage d'étude, de réflexion de Colin Wilson, qui s'appelle *The Outsider* (1956). Ce livre a été traduit en français chez Gallimard sous un titre bizarroïde, *L'homme en dehors,* ce qui ne veut pas dire grand-chose. Je préfère *L'Outsider,* au moins on y voit clair. *The Outsider,* c'est le problème de cette jeune génération d'écrivains et d'intellectuels qui n'arrivent pas à percer parce que le mur académique, universitaire et la calcification, disons, sartrienne pour résumer mais c'est un peu exagéré, forment une espèce de chape de plomb qui empêche tous ces jeunes talents d'émerger.

Ensuite, Colin Wilson va partir dans une quête fantastique, qui rejoint *Le Matin des Magiciens, Planète* et tous les courants de pensée actuels (je pense à Jocelin Morisson, Romuald Leterrier, Philippe Guillemant...) qui sont la quête de la conscience. Qu'est-ce que la conscience ? Est-ce que la conscience est un produit biologique de la machine physique humaine ou est-ce que c'est quelque chose d'autre, qui survit ? Colin Wilson va étudier cette problématique de deux façons, la première étant une approche que j'aime beaucoup. Colin Wilson disait en effet : « N'est pas véritable philosophe l'écrivain qui n'a pas écrit de roman. » Il traite de sa recherche bien souvent sous forme de romans, qui sont des romans extraordinaires, avec toute une branche de sa production qu'on appellerait du roman policier. Pourquoi du roman policier dans cette quête de la conscience ? C'est assez simple : Colin Wilson est fasciné par le criminel. Il est fasciné par les serial killers. Et toute sa recherche, c'est d'essayer de comprendre ce qui se passe dans la tête d'un criminel qui devient une bête sauvage.

Colin Wilson a aussi toute une approche lovecraftienne. C'est un grand admirateur de Lovecraft, et ce qui l'intéresse chez Lovecraft, que j'ai évoqué mais que je n'ai pas détaillé quand j'ai parlé de lui, c'est le rêve. Lovecraft était un grand rêveur qui, dit-il dans sa correspondance, a trouvé dans les songes beaucoup de thématiques de ses fictions. Et Colin Wilson est fasciné aussi par le rêve. Et tout ça rejoint cette interrogation fondamentale qui est : est-ce que nous utilisons toutes les possibilités de notre esprit, est-ce qu'on ne peut pas approcher des formes élargies de la conscience ? C'est pour ça que je disais que ça rejoint tout un courant de pensée actuel.

Et j'aime aussi beaucoup Colin Wilson parce que c'est

un farceur. C'est un farceur qui a commis, avec deux autres compères, deux livres imaginaires (c'est le libermaléficonaute qui parle !). Ce sont des livres qui n'existent pas mais qui vont exister quand même sur le papier. Ce sont, sans surprise, des livres lovecraftiens. Le premier, c'est bien évidemment le fameux *Necronomicon*[71], dû à l'Arabe Abdul Alhazred, qui est une création purement littéraire de Lovecraft mais que Colin Wilson va se mettre à écrire avec deux compères pour faire croire à son existence. Le texte ne présente rigoureusement aucun intérêt, mais ce qui est passionnant dans le *Necronomicon* de Colin Wilson, c'est l'étude qu'il fait autour de « Lovecraft, la magie et les sciences occultes ». Et quand on sait que l'ouvrage est postfacé par Joseph Altairac…

Et Colin Wilson a écrit un autre livre imaginaire avec ses compères, qui, lui, n'a retenu l'attention de personne, *Le texte de R'Lyeh*[72]. Un autre livre improbable dans la collection Lovecraft, qui ne présente aucun autre intérêt, là encore, que par ses annexes. Celle de Colin Wilson est amusante parce que c'est une annexe sur l'Atlantide et les continents disparus. Le lien entre le livre imaginaire de Lovecraft et l'Atlantide est ténu, mais c'est tout à fait intéressant.

Il me faut terminer sur ce que je considère comme le chef-d'œuvre de l'écrivain anglais. Après *The Outsider*, Colin Wilson nous donne avec *L'Occulte* (1971) son second livre fondamental. Il explique qu'il avait été sollicité par son éditeur pour rédiger une histoire de la magie, et que très vite son investigation l'a conduit à dépasser le cadre événementiel pour l'intégrer en une vaste synthèse sur les pouvoirs inconnus de l'homme. « Histoire de la magie », pour ce qui la concerne, est une partie fort bien faite, dans la mesure où elle est truffée

---

71   *Le Necronomicon de Georges Hay / Colin Wilson* a été édité par Nelville Spearman en 1978, traduit par Belfond en France (1979), puis publié par J'ai Lu l'Aventure Mystérieuse (1983), Belfond en a fait une nouvelle édition (1996) et repris par le Pré aux Clercs (2008). Les deux dernières éditions sont postfacées par Joseph Altairac.

72   *The R'Lyeh Text ou les pages secrètes du Necronomicon*, 1995, avec George Hay et Robert Turner (Skoob books, 1996).

de réflexions personnelles de l'auteur qui rendent la galerie des portraits qu'il nous présente particulièrement vivante. Mais l'essentiel n'est pas là. Pour bien comprendre la pensée de l'auteur, il faut s'arrêter sur « les fondamentaux ».

- Colin Wilson est croyant. Ce n'est pas le Dieu du catéchisme qui l'habite, mais une évidence plus profonde qu'on désigne aujourd'hui sous le nom de *principe anthropique,* véritable révolution où la physique rejoint la cosmologie. Il nous indique qu'il y a intention dans la conception de la vie. La vie n'est pas un accident, elle n'est pas le fruit du hasard, elle n'est pas le produit fortuit de circonstances anormales. Elle est le résultat inévitable de la plus simple application de la physique ; l'univers est conçu pour créer la vie.

- La conscience humaine participe de cette intentionnalité et nous ne l'exploitons que très partiellement. L'auteur revient régulièrement sur ces limites, faisant la jonction avec l'Étranger englué dans une banalité quotidienne qui bride sa créativité. Il donne de nombreux exemples de personnes ayant réussi à « défoncer la barrière », notamment dans le domaine des Arts et de la poésie.

Il est ensuite facile d'opérer la jonction avec l'occultisme. La notion de « pouvoirs occultes » ne veut rien dire et les magiciens étudiés sont soit des mystificateurs, soit des individus baignant dans un niveau de conscience supérieur qu'il appelle la Faculté X. Il montre bien que cette immersion peut être volontaire (provoquée) ou totalement transparente chez l'opérateur qui n'en n'a aucune idée. Il rejoint de surcroît en filigrane les principales avancées de la physique moderne, notamment sur la contraction de l'espace-temps, pour expliquer des phénomènes comme la prescience, la voyance ou le *remote viewing.*

Il manque évidemment une partie concrète à cette démonstration : comment faire pour ouvrir la Porte ?…

Donc voilà pour ce qui est de Colin Wilson, un écrivain qui, là encore, a tendance à tomber dans l'oubli. Cela dit, il y a une Société des Amis de Colin Wilson — dont je fais partie, évidemment, comme à toutes ces sociétés secrètes importantes — qui fait un colloque annuel à l'université de Nottingham. Et ce colloque donne lieu à quelque chose que j'aime beaucoup (je n'en ai pas parlé dans nos productions éditoriales, ça me permet de réparer l'oubli), c'est la publication des *Actes*. Ça renvoie à une réflexion plus générale : je pense que tous les colloques, réunions, conférences, etc., méritent de laisser des traces en étant publiées. Il faut préserver la mémoire de l'érudition !

Ta question initiale portait sur quatre auteurs, et bien évidemment tu me fends le cœur. Je dois présenter mes excuses les plus sincères à tous ces autres grands géants de l'Ailleurs que je n'ai pu citer : Gustav Meyrink et son magnifique *Golem*, Jorge Luis Borgès et sa *Bibliothèque de Babel*, Jean Ray et son *Malpertuis*, Claude Seignolle enfermé dans son *Château de l'Étrange*, Philip K. Dick et son élevage de *Moutons Électriques* ou encore Frank Herbert, mon fournisseur exclusif d'épice !

- Claude Arz : dans cette sélection de quatre auteurs dont tu viens de parler, Philippe, il n'y a pas d'auteurs français. Pourquoi ?

- Philippe Marlin : réponse simple. J'ai déjà longuement parlé de Jules Verne et viens de citer l'immense Claude Seignolle. J'ai également fait référence à tous ces auteurs français du Fleuve Noir Anticipation & Angoisse, Rayon fantastique et Présence du Futur qui ont alimenté le jeune rêveur sur les sentiers de la science-fiction. En bonus, je te signalerai que je suis un grand admirateur de Serge Brussolo, certainement parce que ses héros sont souvent des êtres en rupture avec la société, proches de la déchéance la plus totale, et les moindres efforts qu'ils entreprennent pour s'en sortir les enfoncent généralement un peu plus encore. La plupart des romans de Serge Brussolo sont empreints d'un fatalisme viscéral teinté d'humour noir. Ses thèmes les plus abordés, tous genres confondus, sont le corps humain, ses transformations et ses mutations, la dégénérescence inéluctable de tout système sociétal, l'illusion religieuse, l'enfermement et la folie sous toutes ses formes.

- Claude Arz : une autre question. Il n'y a pas de femmes auteures dans ta galerie ?

- Philippe Marlin : les femmes auteures dans le domaine du fantastique, il y en a beaucoup dans les productions contemporaines, et notamment dans le domaine de la fantasy, qui n'est pas un de mes domaines de prédilection. Par contre, il y a une auteure qui m'a beaucoup marqué, elle aussi, qui s'appelle Christia Sylf (une Française !), et que j'ai eu la chance de rencontrer. Christia Sylf, comme nos amis Lovecraft et Poe, est morte très jeune. Elle a écrit toute une saga, une espèce de chronique de l'histoire de l'humanité remontant aux origines des origines : *Kobor Tigan't* (1969) et sa suite, *Le Règne de Ta* (1971), se déroulent il y a 30 000 ans, pendant le règne des Géants, une mythique race pré-Atlantéenne qui nous aurait précédés. Sylf continue sa saga avec un troisième ouvrage, *Markosamo le Sage* (1973), cette fois avec une histoire mettant en scène la réincarnation de ses principaux personnages, mais se déroulant il y a 20 000 ans, à l'époque de l'Atlantide. Un quatrième volume, *La Reine au cœur puissant* (1979), poursuit l'épopée des précédents personnages dans un nouveau conte se déroulant dans la Chine ancienne, 2 000 ans av. J.-C. De nombreuses « suites » étaient prévues, qu'elle n'aura pas eu le temps d'écrire...

Pour la petite histoire, Robert Laffont, son éditeur, est tombé sous le charme de Christia Sylf, et surtout sous le charme de ses productions littéraires, et a ouvert une collection spéciale pour elle (Les Portes de l'Étrange), des ouvrages à la couverture dorée. Je crois qu'il y a eu plusieurs volumes, qui ont été réédités il n'y a pas longtemps. J'ai toute la collection dans le Sud. Il existe aussi une association des Amis de Christia Sylf — dont je fais partie comme de toutes ces sociétés secrètes importantes —, qui se réunit — pourquoi pas ? Il fallait le faire — à Rennes-le-Château.

- Claude Arz : parmi les auteures, il y a eu pour moi une femme très importante, c'est Angela Carter. Une écrivaine anglaise fantastique unique… Une autre question : les univers qui te plaisent tournent plutôt autour de ce qu'on appelle, faute de mieux, le fantastique, les machines à rêver. Tu n'évoques pas les domaines psychologiques, l'autofiction… Pourquoi es-tu centré sur le domaine du fantastique ?

- Philippe Marlin : le fantastique est à la source de ma culture, *Bob Morane* et Le Fleuve Noir Anticipation m'ont appris à lire ! Mais les origines de ma culture, c'est aussi tout ce qui tourne autour de l'occultisme.

- Claude Arz : je mets l'occultisme dans les machines de l'imaginaire.

- Philippe Marlin : ça peut l'être. Mais pour moi, c'est quand même assez différent. Et en ce qui concerne les univers psychiques, je viens d'en parler avec Colin Wilson, j'en ai parlé aussi au sujet de Noésis en Suisse. Ce sont aussi des questions qui me perturbent. Là, on est dans un autre domaine, qu'on a assez peu évoqué au fond, tu as raison, qui est le domaine du fortéanisme. On touche ici au problème du statut des para-sciences. Force est de constater que l'ufologie et la parapsychologie échappent pour l'essentiel au domaine scientifique, certainement parce qu'elles concernent des phénomènes « insaisissables ». Ces phénomènes ne peuvent être étudiés rationnellement, faute de pouvoir les intégrer dans une mécanique causale et reproductible. Nous n'avons en fait pour matière première que des témoignages. Je pense que le statut du témoignage est entièrement à revoir. Comment ne pas considérer comme « preuve de fait » les innombrables récits de personnes qualifiées comme ceux analysés, en matière ufologique, dans l'excellent *Rapport Cometa (Les OVNIS et La Défense*, J'Ai Lu, 2006) ou dans l'ouvrage de Leslee Kean (*OVNIs*, Dervy, 2014) ?

- Claude Arz : une dernière question sur cette galerie de passions littéraires. Ton œuvre à toi ? Je sais que tu écris. Qu'est-ce que tu écris ? Peux-tu nous parler de ton œuvre personnelle ?

Les Écrits du Marlin Bleu

- Philippe Marlin : je suis quelqu'un qui aime écrire, qui aime formaliser (cf annexe 3, Bibliographie). Je ne vais parler que de ce qui a été publié, parce que mes tiroirs sont remplis de dossiers avec la mention « en cours » ! J'ai publié un bouquin qui s'appelle *Le Bibliothécaire du Razès*...

- Claude Arz : un excellent livre.

- Philippe Marlin : ... dans lequel j'essaie de faire la synthèse de l'affaire de Rennes-le-Château. Toujours dans la famille de Rennes-le-Château, j'ai publié un petit bouquin qui s'appelle *Les deux vies de Bérenger Saunière*, la vie de son vivant et la vie post-mortem. Dans un tout autre domaine, j'ai publié un bouquin qui a eu beaucoup de succès en son temps, qui s'appelle *Les bonnes tables du Bibliothécaire*. Je ne suis pas gourmand mais gourmet, j'aime les bonnes choses. C'est un livre sur les restaurants où il fait bon d'aller rêver avec un bouquin quand on est seul, en dégustant des mets de qualité, ou avec des amis pour refaire le monde. J'ai publié un ouvrage qui a fait un flop sauf auprès de quelques amateurs, qui s'appelle *L'affaire du Monastère Dynamité*. Un livre pourtant très intéressant sur une histoire identique ou parallèle à celle de Rennes-le-Château, qui s'est passée à peu près à la même période, dans le département de l'Ariège, avec un prêtre jésuite qui s'appelait le révérend père de Coma. Pourquoi le *Monastère Dynamité* ? Je ne vais pas raconter ici l'histoire en détail, mais après le décès du révérend père de Coma, l'évêché de Pamiers a fait dynamiter ses constructions pharaonesques. On est dans la même histoire que celle de Saunière, c'est-à-dire le trafic de messes. J'ai publié une petite réflexion de géopolitique qui s'appelle *The Watan Origin* sur laquelle je reviendrai. J'ai publié en co-signature avec Lauric Guillaud un bouquin sur le polar ésotérique...

- Claude Arz : ... un livre excellent !

- Philippe Marlin : d'autant que Lauric nous a donné une conférence dont l'intitulé était « Le Polar Ésotérique, un nouveau *Matin des Magiciens* » ! Il est vrai que le thriller ésotérique est une de mes nourritures favorites et que j'avais commis, en 2001, c'est-à-dire avant la parution du *Da Vinci Code*, une petite note pour permettre à mes amis de réaliser leur « thriller de l'été ». Je la reproduis en annexe 4.

Ensuite, il y a trente-six mille collaborations à trente-six mille choses, qui sont des préfaces, des postfaces, des articles dans des actes de colloques, et notamment dans les actes de colloques du Salon des Littératures Maudites de Charleville- Mézières.

- Claude Arz : justement, parlons-en. Chaque année, quand tu inaugures, le vendredi soir, le Salon des Littératures Maudites, tu fais une conférence sur la figure tutrice du Salon. J'aimerais savoir comment tu travailles pour préparer ces conférences inaugurales.

- Philippe Marlin : j'ai une méthode que j'utilise beaucoup pour toutes mes conférences qui ont trait à un personnage. Je commence par noter sur une feuille de papier sa biographie (date de naissance, famille, œuvres, mort). Je me remets en tête le schéma de sa vie, et c'est très important pour ne pas faire des contributions un peu désincarnées. Ce n'est pas inutile de savoir que son père était alcoolique, que sa sœur s'est suicidée, que sa femme a eu une pneumonie… Ensuite, je reprends les œuvres du personnage (je ne relis évidemment pas tout, mais je ne m'interdis pas de relire quelques belles pièces ; pour ce qui est de Poe, j'ai relu *Double assassinat, Le Scarabée d'or, Eurêka, Gordon Pym*…, puis je fais un travail assez personnel à partir des fiches Wikipédia. J'ai du mal à travailler longtemps sur ordinateur, j'ai besoin de support papier. Et Wikipédia offre une possibilité magnifique, c'est de créer pour trois sous son petit booklet imprimé. Je regroupe tous les articles qui m'intéressent sur le personnage en question, c'est-à-dire, schématiquement, sa biographie, quelques études et, ce qui est important, le résumé de ses œuvres. Je tire mon petit bouquin, dont j'ai toute une collection… Une sorte de Bibliothèque de l'Impossible ! J'en donne en annexe 5 le catalogue, car il est tout à fait représentatif de mes travaux sur ces dernières années.

- Claude Arz : j'ai vu ça…

- Philippe Marlin : j'ai donc le schéma de la vie du personnage sur lequel je vais faire une conférence, je me suis rafraîchi la mémoire par la relecture de quelques nouvelles, j'ai mon bouquin très analytique de Wikipédia, et avec tout ça, je classe mes idées. Par exemple, pour ma conférence inaugurale du Salon des Littératures Maudites de 2018 sur Conan Doyle, j'ai classé mes idées sur « le père de Sherlock Homes, mais un romancier sur beaucoup d'autres thématiques et un spirite convaincu ».

- Claude Arz : tu travailles de façon manuscrite ou sur écran ?

- Philippe Marlin : je travaille sur écran.

- Claude Arz : ensuite, tu imprimes et tu corriges sur papier ?

- Philippe Marlin : absolument. Sur le plan technique, il faut savoir autre chose. Tu as dit dans un précédent entretien que j'étais un grand lecteur, ce qui est vrai. Je suis un grand lecteur qui a une horrible manie, j'en ai déjà parlé, c'est de faire une fiche de lecture sur tout ce qu'il lit. Cette fiche de lecture, ça peut être cinq lignes comme ça peut être trois pages. Ce qui fait que j'ai une base de données extraordinaire, que je croise avec la base de données de ma bibliothèque. J'ai sur ordinateur un logiciel qui s'appelle *Delicious Library* qui permet de classer sa bibliothèque. Tu as une case libre, et dans cette case, je mets ma fiche de lecture. Ce qui fait que quand je travaille, je divise toujours mon écran d'ordinateur en deux. J'ai une partie qui est ma feuille Word sur laquelle j'écris mon article et j'ai une partie qui est ma bibliothèque, et je vais de l'une à l'autre.

- **Claude Arz :** c'est un travail préparatoire important. Et combien de temps mets-tu pour préparer ce type de conférence ?

- **Philippe Marlin :** j'ai du mal à répondre à cette question parce que ce n'est pas du temps complet. Le problème, c'est que j'aime bien connaître les sujets très en amont, et la préparation, c'est un de mes arrière-fonds de travail. Ce que je peux dire, c'est que ça prend beaucoup de temps.

Les mille contributions de Geneviève Béduneau, un personnage de légende - Joseph Altairac, un érudit rationaliste à l'ODS - Conversation avec le parapsychologue Yves Lignon - Les 9 Milliards de noms de Dieu, *de Dominique Filhol.*

- Claude Arz : tu as fait beaucoup de rencontres, Philippe, des rencontres de chercheurs dans ces domaines multiples qui te passionnent. Peux-tu nous donner quelques exemples de rencontres importantes pour toi ?

- Philippe Marlin : le premier exemple, c'est Geneviève Béduneau, qui nous a quittés il y a un an, comme je l'ai déjà signalé. Elle fait partie des personnages de légende. Une petite dame bardée de diplômes. Elle avait fait deux doctorats, un de théologie orthodoxe et un autre sur les mythologies romaines, et en avait préparé un troisième sur le Saint-Suaire de Turin. Il y a dans ses archives une thèse sur ce fameux Saint-Suaire, qui reste à exploiter. Bardée de diplômes et accidentée de la vie puisqu'elle a fait des choix personnels qui, évidemment, ne sont pas à juger, mais qui ne l'ont pas amenée à ce que sa formation universitaire d'une part, et surtout son intelligence hors du commun, lui auraient permis d'avoir assez facilement.

- Claude Arz : quand et où l'as-tu rencontrée ?

- Philippe Marlin : la rencontre avec Geneviève Béduneau, c'est une rencontre Internet à l'origine. Nous avions un site Web sur Rennes-le-Château, avec un forum de discussion. Une personne se met à intervenir sur le sujet de Rennes-le-Château sous le pseudonyme d'Yragaëlle (cf. p. 203), en faisant des contributions invraisemblables de deux pages, truffées d'histoire, de références. On a fini par convenir qu'il fallait percer le mur de l'anonymat, et nous nous sommes rencontrés — je crois que c'était en 2006. Geneviève Béduneau est tombée tout de suite dans la « soupe » de l'ODS puisque toutes nos activités correspondaient à ce qui l'intéressait.

Geneviève Béduneau a fait une première apparition lors de notre Congrès fortéen de 2006. Elle est devenue une amie très proche et une contributrice de tout premier plan. Elle s'intéressait à tout. C'était une grande passionnée de Rennes-le-Château, et elle s'intéressait à l'histoire, à la mythologie et aux arrière-plans métaphysiques de la mythologie, les théories des cycles, notamment. Elle était passionnée d'ufologie et elle contribuait à un autre forum de discussion (Magonie) qui est le forum de Richard D. Nolane. De façon très concrète, à L'Œil du Sphinx, elle s'est très vite imposée, ce qui fait qu'elle est entrée rapidement au conseil d'administration parce qu'on avait besoin d'elle, elle nous apportait beaucoup. Entre autres choses, elle a pris en mains la revue *Historia Occultae* dont elle est devenue la directrice suite au départ du précédent responsable, Dominique Dubois, pour des raisons de santé. Geneviève a repris brillamment les choses en mains.

Il faut savoir que Geneviève Béduneau participait à toutes nos manifestations, et quand je dis « participait », ça veut dire qu'elle venait faire une contribution. Elle a contribué pratiquement à tous nos colloques annuels d'études et de recherches sur Rennes-le-Château, elle a contribué aux deux derniers colloques fortéens, elle a contribué à nos « Réunions de Berder » autour de Jean-Charles Pichon, elle allait contribuer au Salon des Littératures Maudites de septembre 2018, et elle participait à toutes les autres réunions « on the spot », c'est-à-dire ponctuelles, que nous pouvons organiser. Tu l'as vue ici, au « Laboratoire de l'Impossible », nous parler de Poussin et l'alchimie. Elle avait participé au colloque « Imaginaire et maçonnerie[73] » sur « Leo Taxil et les Illuminati ». Ses champs d'intervention étaient absolument invraisemblables.

Geneviève Béduneau avait fait un testament en faveur de l'ODS pour que nous assurions la conservation et la gestion de ses archives. Et nous avons ouvert une nouvelle collection qui est « Les archives de Geneviève Béduneau », avec un premier tome qui vient de sortir [74] sur les runes et un second tome qui se prépare sur sa vision de la géopolitique.

Voilà pour notre amie Geneviève Béduneau. Paix à son âme ! C'était une belle femme.

- **Claude Arz :** une question à son propos. Qu'est-ce que Geneviève Béduneau t'a apporté ?

- **Philippe Marlin :** voilà une bonne question parce qu'elle m'a apporté tellement de choses que j'ai du mal à les classer. En dehors des thématiques, elle m'a vraiment montré ce qu'était, finalement, le fortéanisme, c'est-à-dire la curiosité critique. C'est quelque chose d'extrêmement précieux. Tout est intéressant, mais attention, il ne faut pas faire n'importe quoi, il faut garder la tête froide. Elle m'a conforté dans quelque chose que j'avais déjà au fond de moi, mais ça a été un bel exemple. Maintenant, sur les thématiques, je dirais qu'elle a certainement réveillé en moi l'intérêt pour l'ufologie. C'est une discipline qui m'a toujours intéressé, comme tu le sais, mais c'est vrai que — c'est un peu comme en parapsychologie — c'est une discipline où l'on a l'impression de tourner en rond. Certainement que Geneviève a réveillé en moi cet intérêt en disant qu'en dehors du fait qu'on tourne

---

73   EODS 2016.
74   EODS 2019

en rond, qu'on ne peut rien prouver, ça reste quand même l'une des interrogations majeures de l'humanité. Il y a là un problème, et ce problème, on ne peut pas l'évacuer. Je donne en annexe VI l'éloge funèbre que j'avais préparé pour notre amie de cœur.

- Claude Arz : une deuxième rencontre importante dans ta vie, un deuxième personnage ?

JOSEPH ALTAIRAC

- Philippe Marlin : je vais maintenant citer un personnage que tu connais bien, qui, Dieu merci, est vivant, que je vais rencontrer lundi prochain, c'est Joseph Altairac. C'est certainement un modèle d'érudition en matière de littératures de l'imaginaire. C'est un personnage qui a un esprit très critique, c'est un rationaliste pur et dur, que j'ai rencontré il y a bien longtemps sur la thématique de Lovecraft. Même si aujourd'hui, il dit qu'il n'y a plus rien à gratter chez Lovevraft, que ça ne l'intéresse plus, c'était un grand lovecraftien dans les années 1990, et il avait son propre fanzine, sa propre petite revue qui était *Les études lovecraftiennes*.

À l'origine des temps, on est aux États-Unis, on a toute une bande d'amis autour de S. T. Joshi qui vont publier une revue qui est *Lovecraftian Studies*. Et Joseph Altairac a acclimaté à la sauce française les *Lovecraftian Studies* en Études *lovecraftiennes* et en faisant ce qu'il fallait faire et ce qui était remarquable, à la fois en reprenant des articles américains traduits en français et en suscitant des contributions franco-françaises. Et c'est notamment dans les colonnes des Études *lovecraftiennes* qu'on voit apparaître et se développer un garçon étonnant qui s'appelle Michel Murger.

Joseph Altairac, c'est aussi et surtout la littérature de science-fiction. Il a tout lu, c'est un fou intégral, un fou comme on les aime, qui vient de sortir cet énorme bouquin de 4 000 pages qui fait 4 kilos, en deux tomes, avec son compère Guy Costes, qui s'appelle *Rétrofictions*. C'est une encyclopédie des productions de l'imaginaire depuis l'origine des temps — qu'il situe à Rabelais et son *Pantagruel* — jusqu'aux années 1950, avant le néo-âge d'or de la science-fiction française avec le démarrage du Fleuve Noir Anticipation, Présence du futur, Rayon fantastique, etc.

Joseph est un personnage extrêmement érudit sur des tas d'autres sujets que la science-fiction. C'est un ami très proche. Il est membre du conseil d'administration de l'ODS, un élément très précieux qui rend beaucoup de services. C'est l'un de nos très efficaces lecteurs-correcteurs sur les manuscrits en voie de publication, extrêmement pointu, pinailleur comme il faut l'être quand on fait un travail de lecture-correction. Nous nous voyons régulièrement sous forme d'un « on the spot », c'est-à-dire un dîner où l'on refait le monde. Le prochain aura lieu lundi. Et puis, last but not least, Joseph est quelqu'un pour qui le mot « copain » a une véritable signification !

- Claude Arz : donc, un rationaliste à l'ODS ?

- Philippe Marlin : un rationaliste à l'ODS. Mais attention, avant Joseph Altairac, j'ai cité Geneviève Béduneau et j'ai parlé de sa curiosité critique, c'est-à-dire que Geneviève Béduneau ne croyait pas aux fariboles.

- Claude Arz : mais elle n'était pas une rationaliste comme peuvent l'être certains essayistes positivistes. Elle s'intéressait à des domaines qui sont souvent interdits, cachés, les fameux faits maudits.

- Philippe Marlin : j'aimerais citer un autre personnage, et je m'excuse par avance auprès de tous ceux que je ne citerai pas (et ils sont légion !), mais tu m'obliges à faire un tri. J'aimerais citer Yves Lignon, déjà évoqué. Un ami de cœur, assez désarmant parce que lui aussi, c'est un rationaliste critique, mais un rationaliste critique qui s'intéresse à tous les phénomènes bizarres en investiguant sur le terrain. Et à lui aussi, je collerai l'étiquette d'or très précieuse à l'ODS qui est celle de « fortéen » : je m'intéresse à tout, mais attention… Yves Lignon est un personnage déconcertant parce qu'il a son franc-parler et il a la langue parfois un peu fourchue, pour ne pas dire un peu brutale, ce qui fait qu'il n'a pas que des amis, il s'est mis beaucoup de monde à dos. Mais il n'empêche que c'est un type à qui les terres d'Ailleurs devraient un jour élever une statue. Il a apporté énormément de choses, et notamment dans le domaine de la parapsychologie, qui est vraiment son domaine, même s'il en déborde largement, avec une méthode d'enquête de terrain. C'est un enquêteur de terrain sur les maisons hantées, les Dames blanches…

La critique que je fais à Yves Lignon — critique que j'ai écrite dans ma préface à l'un de ses bouquins —, c'est qu'il collectionne, il analyse, il juge, mais il n'a jamais cherché à en tirer des lois générales. Il me dit : « Non, ça, c'est pour les philosophes. » Je lui réponds que ce n'est pas un problème de philosophie, ce n'est même pas un problème scientifique, mais quand on a passé sa vie à investiguer au-delà des frontières du normal, on doit quand même avoir un sentiment, on doit quand même avoir des intuitions. Je lui dis : « Yves, le temps passe pour nous tous, il faut qu'un jour tu fasses quelque chose qui ne soit pas une collection de Dames blanches mais qui soit une réflexion, les réflexions d'un parapsychologue, comme l'a fait très bien Rémy Chauvin, pour ne pas citer Aimé Michel. »

- Claude Arz : quand as-tu rencontré Yves Lignon ?

- Philippe Marlin : je l'ai rencontré, je crois l'avoir déjà dit, au début des années 2000, avant qu'on ne reprenne *L'Atelier Empreinte*. Comme Geneviève Béduneau, je l'ai rencontré par les forums de discussion sur Rennes-le-Château. Il est intervenu sur un sujet et m'a dit qu'il préparait un livre sur Rennes-le-Château. Je lui ai dit que ce serait sympathique qu'on se rencontre. Et il est venu passer une petite semaine à Rennes-le-Château, où j'étais. Je me souviendrai toujours de cette scène où j'étais à la gare de Carcassonne, attendant que nos amis sortent du passage souterrain. Et je vois Yves Lignon qui, sur le plan physique, est un petit bonhomme, avec une casquette et une pipe, et à ses côtés, Marie-Christine, sa très fidèle épouse. Nous avons passé une semaine de rêve dans le Razès. Nous sommes allés à Cucugnan. On a rencontré un type très folklorique, un mythomane qui s'appelle André Douzet, célèbre pour sa « maquette de l'abbé Saunière » (cf. supra). On a rencontré un écrivain de romans policiers sherlockiens, Jean-Paul Cabot, et beaucoup d'autres. Nous avons forgé ensemble une très sérieuse sympathie.

Yves s'est beaucoup investi dans toutes nos activités castelrennaises. On a créé avec lui à Rennes-le-Château l'association sur les recherches thématiques (ARTBS) qui donnait lieu à un colloque annuel, il participait souvent à nos conférences du vendredi... Bref, il était très présent et très actif. Jusqu'au jour où son épouse, Marie-Christine, est tombée gravement malade. Yves est devenu beaucoup moins disponible, surtout géographiquement, c'est-à-dire qu'il ne pouvait plus beaucoup s'éloigner de sa maison. Ce qui fait qu'on se voit un peu moins, à mon grand regret. Yves Lignon est une belle personne. (Cf. annexe VII)

- Claude Arz : une dernière rencontre importante pour toi.

DOMINIQUE FILHOL

- Philippe Marlin : puisque tu me contrains à trancher, je vais parler d'un petit jeune que j'aime bien et que tu connais aussi. C'est Dominique Filhol. Je l'ai connu également par Rennes - le -Château, sur la thématique dont j'ai longuement parlé dans notre dernier entretien qui était celle de Bugarach. Il est venu faire tout un travail sur ce sujet, qui a donné lieu à un film qui est vraiment une très belle production (*L'énigme de Bugarach,* 2012). Dominique a grandi, a mûri. Il avait une petite boîte de production à l'époque, Mercure Films. Ensuite, il s'est un peu dispersouillé en cherchant un certain nombre de sujets auxquels s'accrocher.

Dominique Filhol nous a donné récemment un court-métrage absolument remarquable qui s'appelle *Les 9 Milliards de noms de Dieu*, d'après la nouvelle d'Arthur C. Clarke. Une nouvelle reprise intégralement dans *Le Matin des Magiciens* et qui est un bijou. C'est l'histoire de moines tibétains qui vont recourir aux services d'une grosse boîte informatique pour mettre en mémoire toutes les combinaisons possibles de l'alphabet pour écrire le nom de Dieu. Et on voit dans ce monastère perdu au fin fond du Tibet la machine (à l'époque, c'est une machine à cartes perforées) qui crache des noms, des noms et des noms. Il y a deux informaticiens qui sont là à demeure pour surveiller que tout se passe bien. Un jour, ils discutent avec un moine à qui ils demandent : « Mais pourquoi vous faites ça ? C'est quand même un peu absurde. » Et le moine répond : « Non, parce que c'est Dieu qui nous l'a demandé. Et quand nous aurons réuni tous ses noms, les temps seront arrivés et le monde n'aura plus de raison d'être. » Donc, la machine crache, crache, crache, et elle va arriver au terme de son analyse. Un des informaticiens dit à l'autre : « Tu sais, moi, je ne crois pas à leurs histoires, mais enfin, quand même… » En fait, ils ont la trouille. On les voit sur le balcon du monastère. Le père supérieur sort en disant : « Voilà, le travail est terminé, nous avons tous les noms de Dieu. » C'est la nuit. Ils sont là, sur le balcon. Et c'est la dernière phrase de la nouvelle : « L'une après l'autre, les étoiles s'éteignirent dans les cieux. » C'est une merveille qu'a remarquablement bien traitée Dominique Filhol. C'était mon petit jeune outsider de ma liste.

DANS LES JARDINS SECRETS DE PHILIPPE MARLIN

L'hypothèse OVNIS – NDE, une conscience hors du corps –
La conviction de l'intelligence cosmique

- Claude Arz : pour clore cette série d'entretiens, Philippe, je vais te poser une petite série de questions auxquelles je te demanderai de répondre de façon synthétique mais efficace, comme tu sais le faire. Quelle est ton intime conviction, premièrement, sur les OVNIS ?

- Philippe Marlin : sur l'ufologie, mon intime conviction est simple. Le problème n'est pas un problème de croyance, c'est une question de certitude. Je pense que c'est un phénomène réel, et je le pense d'autant plus que j'ai été moi-même témoin en 1973, quand je travaillais à Lavelanet, en Ariège. Je l'ai raconté. Ma conviction, c'est que tout se passe comme si on était observés, comme si on était analysés, comme si on était étudiés par quelque chose qui est intelligent, qui fait preuve d'intentionnalité. On ne sait pas d'où ce quelque chose vient, on ne sait pas où il ira, mais il est évident qu'il s'intéresse aux activités humaines et qu'il est d'autant plus intelligent qu'il sait prendre la couleur du temps. C'est-à-dire qu'au fil de l'histoire, ce qu'on appelle OVNI a une dominante qui correspond à l'ambiance du temps. Aujourd'hui, cette couleur, c'est la science-fiction et les engins interplanétaires. Notre ami Bertrand Méheust a écrit des choses intéressantes sur le sujet et, maintenant à la retraite, il reprend la plume avec plus de liberté pour nous donner son intime conviction. Ce livre s'appellera *La Postérité du Sabbat* et nous allons très prochainement le publier.

- **Claude Arz :** ça rejoint un peu la conception de Jacques Vallée.

- **Philippe Marlin :** c'est la conception d'Aimé Michel, de Jacques Vallée et du mouvement qu'on appelle OVNIS Conscience. Un petit aparté sur le sujet. J'ai écrit, comme tu le sais, un modeste essai en 2016 sur la géopolitique, The Watan Origin. C'était un travail préparatoire à la réunion « Berder 2016 », dans lequel je voulais faire le point sur l'éternel débat civilisationnel « Fin ou Renouveau » à la lumière de mon optimisme viscéral (cf. annexe VIII).

Je me suis toujours intéressé à la géopolitique, et j'ai eu la chance de participer, dans le cadre de ma vie antérieure, à des séminaires de réflexion sur le sujet, dans des enceintes prestigieuses (CNRS) et avec de grands dirigeants d'entreprises. Lors d'une de mes interventions sur les menaces, et après avoir survolé les « grands thèmes classiques » (terrorisme, écologie…), j'ai terminé par la question suivante : que cherchent-ils ? Y a-t-il une menace extraterrestre ? On imaginera aisément la tête des participants ! Mais il y avait dans l'assistance le patron d'une importante SSII qui me regardait fixement et qui, à la fin de la séance, m'a retenu discrètement en me disant : vous avez osé ! Nous sommes devenus amis. Il m'a invité dans sa somptueuse demeure sur les boucles de la Seine dont les pièces étaient tapissées de bibliothèques dégorgeant d'ouvrages de science-fiction : « C'est mon carburant ! » Il n'est hélas plus de ce monde, emporté par une crise cardiaque dans la fleur de l'âge.

- Claude Arz : et maintenant, ton intime conviction sur les NDE ? Que penses-tu de toutes ces recherches sur la conscience qui pourrait perdurer au-delà de la mort ?

- Philippe Marlin : là aussi, c'est une question fondamentale. En matière d'ufologie, j'ai une certitude. En matière de NDE, « je pense que… » En ayant beaucoup travaillé sur des auteurs comme Colin Wilson, je pense que la conscience est une sur-donnée qui ne se confond pas complètement avec le corps physique. C'est-à-dire que je pense que la conscience a une existence et que cette existence peut devenir autre chose après la mort. Je suis plutôt tenant de la véracité des expériences dites de NDE et de la possibilité que la conscience — l'esprit, l'âme, peu importe — puisse perdurer. On est un peu dans la même problématique que celle de l'ufologie : il n'y a pas de preuve « scientifique », mais il y a des milliers de témoignages !

Et là, on touche un autre sujet, qui est encore plus important, une question que tu ne m'as pas posée mais à laquelle je vais répondre, qui est le problème de Dieu.

- Claude Arz : j'allais y venir…

- Philippe Marlin : le problème de Dieu, c'est le problème essentiel. J'ai deux approches de Dieu. Je suis né dans une famille chrétienne, catholique. J'ai été au catéchisme, etc. J'ai gardé cette culture, même si je me suis éloigné de l'église. Je ne vais plus à la messe le dimanche, et l'évolution actuelle de l'église est quelque chose qui me désole. Mais je suis imprégné par cette culture. Donc, il y a le Dieu du catéchisme.

J'ai redécouvert Dieu — c'est pour ça que je fais le lien avec la conscience et les NDE — au travers du cheminement actuel de la science, Raymond Ruyer, mais aussi et surtout la physique quantique. Et quand on déroule le film jusqu'au bout (il faut relire les excellents bouquins de Dos Santos sur le sujet), on arrive à la conviction — là, c'est une conviction — de l'existence d'une intelligence cosmique. Une intelligence cosmique qui donne un sens à la création, qui donne un sens à l'évolution de l'univers. Ce sont des théories qui sont très à la mode aujourd'hui, on appelle ça la spiritualité laïque. Et quand on va au bout du raisonnement (Jocelin Morrison, Philippe Guillemant, Philippe Solal et d'autres), on se dit OK, ton truc, ça tient la route, mais c'est complètement contradictoire avec ton Dieu du catéchisme, le petit Jésus, la Vierge Marie, etc. Et là, c'est une de mes grandes questions, que je n'ai pas résolue dans ma petite tête. Mais j'ai l'intuition que ce n'est pas contradictoire, en fait, et que cette vision de l'intelligence cosmique n'évacue pas le fait qu'il y ait pu y avoir une manifestation divine concrète sur terre ou ailleurs.

Ce qui m'a beaucoup frappé dans les études quantiques, c'est ce qu'on appelle le principe anthropique, comme je l'ai déjà souligné. Donc, il y a un problème de physique quantique, mais on va en traiter de façon littéraire. Le principe anthropique, c'est de dire « On comprend ». Je suis sur terre, je me promène, je vais à la campagne. Il y a un arbre. Dans l'arbre, il y a des pommes. Les pommes, c'est bon, c'est fait pour manger. Je vais au bord de la rivière avec ma canne à pêche. Il y a des truites. Je pêche une truite. C'est bon, les truites. C'est fait pour manger. Et blablabla… Tu déroules le truc à l'infini, c'est Alain Aspect et le principe anthropique. Et tu te dis : en fait, on est sur terre, et on voit bien qu'il y a une intention. Pourquoi est-ce qu'il y a des pommes, pourquoi est-ce qu'il y a des truites ? Il y a quelque chose. Voilà ma réponse.

– **Claude Arz** : ça rejoint le Grand Architecte des francs-maçons.

– **Philippe Marlin** : ça rejoint le Grand Architecte de l'Univers, oui.

- Claude Arz : cette question est une question importante, certainement. Mais moi, quand j'entends parler de Dieu, je me pose toujours la question suivante : les hommes, depuis 6 000 ou 7 000 ans tout au moins, parlent de Dieu, mais — je suis moqueur — est-ce qu'on a la preuve que Dieu parle de l'homme ? Ça m'intéresse. Est-ce que Dieu évoque l'homme ?

- Philippe Marlin : je ne suis pas sûr d'avoir bien compris ta question.

- Claude Arz : c'est la seule question. Les hommes vont vers Dieu, l'intelligence cosmique. Mais est-ce que cette intelligence cosmique se manifeste ? Est-ce qu'elle communique avec l'homme ?

- Philippe Marlin : pour moi, le mouvement n'est pas unilatéral. Il n'est pas du bas vers le haut. Il est du bas vers le haut et du haut vers le bas, c'est l'arbre des Sephiroth. Et on revient au problème de la conscience et des NDE parce que, en chaque homme, il y a une parcelle de l'intelligence cosmique. C'est comme ça que se fait le lien.

- Claude Arz : je comprends très bien ce que tu dis, mais en attendant, c'est fermé comme discours parce que l'homme en parle, et il en parle à l'infini, il y a des traités religieux très importants depuis l'Antiquité. Mais est-ce qu'il y a des traités de Dieu sur l'homme ? Cette intelligence-là a-t-elle bâti des bibliothèques ou réfléchi sur nous ? Tu vas me dire que c'est un aller-retour. OK. Mais moi, je voudrais des preuves. J'ai la preuve que l'homme s'intéresse à Dieu depuis 6 000 ou 7 000 ans. Mais est-ce que cette intelligence supérieure, cosmique, le Grand Architecte se réfère à nous ?

- Philippe Marlin : à mon avis, non. Et elle n'a pas à se référer à nous. Cette intelligence cosmique a donné en chaque homme une parcelle de son intelligence. Elle a donné du sens à l'évolution, elle a donné un cadre qui est quand même formidable. Que cette intelligence cosmique construise des bibliothèques et réfléchisse sur nous, ça me paraît absurde.

- Claude Arz : non, car ce serait la preuve que cette intelligence cosmique existe. Il n'y a que les hommes qui en parlent.

- Philippe Marlin : cela dit, dans ce dialogue entre le ciel et la terre, il ne faut pas oublier la pierre fondamentale de la théologie chrétienne. Dieu s'est manifesté à l'homme en lui donnant son fils, Jésus. Il faut relire l'excellent ouvrage de Bertrand Méheust sur le sujet, Jésus Thaumaturge (Interéditions, 2015). On ne peut pas non plus faire l'impasse sur le phénomène des apparitions. Comme en matière d'ufologie, tout n'est certainement pas à mettre trop vite à la poubelle !

Et puis, de toute façon :

Je ne pouvais croire qu'à un Dieu qui saurait danser. Il faut avoir du chaos en soi pour accoucher d'une étoile qui danse.
F. Nietzsche,
Ainsi parlait Zarathoustra.

- Claude Arz : bien, Philippe, je te remercie pour cette série d'entretiens.

- Philippe Marlin : je te remercie aussi parce que c'est toi qui en as pris l'initiative. Je dis ça pour ne pas flatter ma modeste personne. Et puisqu'on n'en a pas parlé, je voulais te dire que je suis d'autant plus heureux d'avoir passé ces moments avec toi que tu es le père fondateur de l'association Nuit des Légendes, une création formidable parce que tu t'investis à fond dans la littérature orale, et la littérature orale, c'est la littérature tout court, et comme je suis un amoureux de la littérature, je suis obligatoirement un amoureux de la littérature orale. Et je suis d'autant plus content qu'à mon modeste niveau d'éditeur, nous allons traduire sur le papier — même si c'est un peu contradictoire — les traces de ce que tu es en train de faire de façon remarquable, avec la publication par les éditions de L'Œil du Sphinx en mai 2019 du livre Nuit des Légendes 1. Et un grand merci pour terminer à la charmante Nicole qui a eu le courage de dactylo-rocker ces conversations orales !

(Entretien 7, le 6 avril 2019,
rue de La Villette, Paris.)

TEXTES

L'Affaire du Marlin Bleu

LES ECHANGES LITTERAIRES

L'Affaire du Marlin Bleu

Claire Panier

Prologue :

« Homme mystérieux s'il en est, adepte de toutes les roueries baroques de l'imaginaire, Monsieur Péhem ne conspirait que dans la lumière. De ces lumières « obscures « qui ne cessent d'intriguer et d'exciter les terreurs de fin de siècle. Sa vie aurait pu être un grand voyage vers ces Orients ésotériques dont il se servait comme fils conducteurs pour des évasions rêvées et bien maîtrisées, mais son Œuvre était un complot fédérateur, si cela signifie quelque chose aux profanes, fomenté en faveur de l'Extraordinaire sous toutes ses formes, Il aimait les fastes liturgiques, parce que c'était beau et inutile, et les complexités théologiques parce qu'elles ne l'obligeaient pas à Croire tout en lui permettant de penser et de philosopher sur sa condition et sur son monde. Il disait que la responsabilité libertaire qu'il prêtait à chacun excusait tout. De toute façon, il croyait que l'Universel se conquerrait dans une démarche toujours singulière, et que la foi ne s'alimentait que par le doute et de nécessaires paliers pour accéder à la lumière inhérente à tout obscurantisme.

Et en ténèbres, il s'y connaissait.

Enfant, son berceau était abrité par un grand auvent de papier huilé décoré de dragons et d'étoiles, ce qui lui faisait croire que le monde invisible et mystérieux des contes était l'une de ses origines. En tout cas, cela avait été pour lui l'une des références premières avec le Bon Dieu, le Diable, les Sorcières et le Loup. Il voyageait beaucoup, de livre en livre, et cette enfance voyageuse qu'il confronta très tôt à son insatiable curiosité des mystères développa on lui un imaginaire puissant. Insatiable de surcroît.

Une façon de relier entre elles toutes les parcelles de sa vie, et aussi de ne pas verser dans la pensée philosophique qui, selon lui, était trop mentale et souvent vaine. Mais, à ce moment-là, l'adolescence était déjà là, et le lycée pesait sur son ancienne façon d'aborder le monde qui l'entourait.

La tourmente des quinze ans passée, apaisée par la découverte passionnée de la science-fiction, il avait fini par comprendre la richesse du parcours déjà accompli, et parvenait à relativiser tout en continuant de rêver.

Son truc à lui c'était donc *La grande tapisserie de l'écriture ouvragée aux sources de l'imaginaire -*, comme il l'avait inscrit sur la page de garde de son cahier bleu, celui qui lui servait de livre de bord.

Et ce goût de la fiction qui ne le quitterait plus, il l'avait enraciné dans sa bibliothèque : contes, récits, romans, essais, BD et atlas isolaient les murs de sa chambre des agressions du quotidien.

(in *Horrifique n° 29*, février 2000)

Il est vrai que les échanges « littéraires » étaient très denses entre nous à l'époque. Tel ce court extrait de la poétesse Anne Gary sur quelques-unes de mes œuvres [38] :

Son recueil parle de grimoires, de secrets, de soufre, de clés perdues, de sabbats à minuit, de temples glauques, d'incantations sacrées... Dans quel pays l'errance de ce poète oublie-t-elle ses mots, ses maux, faits d'alexandrins maîtrisés ou de ritournelles aux réminiscences médiévales ? Un certain humour, noir, grinçant parfois, qui fait songer à ces morbides jeux de rôles fort à la mode, offre à voir fantasmes, spectres et autres esprits tombés du fond des temps.

Qu'a vu le poète ? « Ils sont là... » Est-il un brin parano, adepte du frisson des messes noires et des maisons hantées ? Une analyse plus approfondie de cette projection de l'auteur dans ses visions imaginaires nous dévoilerait beaucoup de sa personnalité enfouie sous les rêves éveillés. Fantasmes révélateurs, refoulement des pulsions, quelles forces intimes se cachent ainsi ?

COMMENT ECRIRE LE THRILLER DE L'ETE ?

Cette littérature m'avait inspiré l'été 2001 ce petit clin d'œil posté sur Serpent Rouge[39] :

Je profite du calme estival qui frappe notre bon Serpent pour revenir sur toutes ces théories de lignée royale, littérature abondante qui a exploité à fond les délires de Lincoln développés dans l'Énigme Sacrée. Cette affaire du Rex Deus, comme le disait Joseph[40], je crois, est typiquement anglo-saxonne. Les ingrédients sont toujours les mêmes :

- *On commence par un petit couplet sur l'Égypte, voire l'Atlantide, question de se donner de bonnes bases.*
- *Et on arrive à Jésus, qui bien sûr, par des filiations étonnantes, plonge ses racines dans ces continents fabuleux. Je ne sais plus dans quel bouquin, sa filiation passait par… Cléopâtre !*
- *On arrange ensuite la vie du Christ… Était-il le fils de Dieu ou un prophète inspiré ? Ici on sert une petite cuillère de Manuscrits de la Mer Morte au parfum essénien. Et puis bien sûr, on laisse planer le doute en évoquant le Concile de Nicée qui a fait de Jésus le fils de Dieu par un vote minoritaire.*
- *Et on est convié au mariage choc de l'histoire : celui de Jésus avec notre excellente Marie Madeleine. Relisez les évangiles, c'est clair comme de l'eau de source… Les noces de Cana, hein ?*
- *Quant à la crucifixion, ce n'est pas tout à fait ce qu'on vous a appris au catéchisme… De toute façon, le Christ avait un frère… Alors ?*
- *Bon, comme ça sent le roussi en Palestine, notre petite équipe prend le large, débarque en France à la Sainte-Baume puis remonte dans le Razès. Une partie des troupes restera sur place, pour cause de décès… (Jésus, bien sûr, dont le tombeau est un peu partout dans la région).*

- *Une seconde équipe remontera par Vézelay puis terminera son périple à Glastonbury où elle planquera le Graal.*
- *Suivent en général de larges développements sur les cathares et les*

---

39   Liste de discussion sur Internet de l'ODS, dédiée à notre affaire.
40   Joseph Altairac, spécialiste de la science-fiction et des littératures populaires.

templiers, qui perpétuent la tradition et entretiennent la filiation. Les plus téméraires rajouteront une petite dose de Prieuré de Sion.
- Mais on ne s'arrête pas en si bon chemin, et on poursuit la belle histoire avec la Franc-Maçonnerie et les Rose-Croix.
- Et puis, dernière coquetterie à la mode, on fait une ultime escale à la Rosslyn Chapel, en Écosse, dont les murs attestent sans ambiguïté d'un Grand Mystère.

Bon, voilà, vous avez les ingrédients nécessaires pour écrire le Roman de l'été. Et ne souriez pas, c'est une recette qui marche au-delà des espérances[41]. Je connais même quelques groupes anglo-saxons qui utilisent cette sauce onctueuse pour fabriquer et vendre (très cher) de fausses généalogies faisant de vous un Rejeton Ardent.

À vos plumes, les amis !

---

41   Dan Brown avait dû me lire !

Geneviève Beduneau

À LA MÉMOIRE DE GENEVIÈVE BÉDUNEAU

(1947-2018)

N'est point mort qui peut éternellement gésir,
Au cours des temps, la mort même peut mourir.

Cette célèbre citation du Necronomicon s'applique parfaitement à notre amie Geneviève. Sa colossale contribution aux nombreux domaines de la culture de marge est par définition impérissable et l'Association l'Œil du Sphinx, qu'elle avait désignée par testament comme légataire de son œuvre, jouera à l'évidence son rôle de préservation et de promotion.

Succomber d'une crise cardiaque sur un quai de métro le 4 avril, dans la galère des grèves parisiennes, est un abominable coup du sort, d'autant plus qu'elle allait enfin, dans les jours qui suivaient, emménager dans un nouvel appartement. La mobilisation de ses nombreux amis pour cette opération de « relogement » a été ici exemplaire ; je pense notamment à Bernard Fontaine et à Emmanuel Thibault.

J'ai rencontré Geneviève à la fin des années 1990 dans les univers virtuels, ceux de forums « spécialisés » dans l'affaire de Rennes-le-Château. Elle intervenait sous le pseudo d'Yragaëlle et j'étais véritablement soufflé par sa connaissance du dossier et par ses éclairages à la fois historiques et mythologiques[42]. Nous ne tarderons pas à nouer contact « en vrai » et Geneviève commencera à fréquenter les diverses manifestations de l'ODS. On la voit ainsi participer au Congrès Fortéen de 2008 avant d'intervenir dans ce même cadre, en 2010, sur « Julius Obsequens, un proto-fortéen romain ». Elle adhérera en 2009 à l'association dont elle deviendra rapidement coadministratrice. Son intelligence pétillante et sa gentillesse lumineuse ponctueront nos réunions trimestrielles auxquelles elle ne venait jamais les mains vides (ah, le fromage de Geneviève !).

Geneviève était d'une extrême discrétion sur sa vie passée. Elle se définissait elle-même sur son blog (http://reflexsurtempscourants.blogspot.fr/) comme chercheuse « hors institution ». Ancienne élève de l'EPHE (École Pratique des Hautes Études), titulaire d'une maîtrise de Philosophie de la connaissance à Paris X Nanterre et d'un doctorat de théologie orthodoxe (étude comparative des expériences visionnaires relatées dans les vies de saints mérovingiens et les témoignages similaires de notre époque), elle a longtemps enseigné à l'Institut Français de Théologie Orthodoxe de Paris (Histoire des Églises). Malgré ce bagage brillant, Geneviève n'a pas eu la vie facile et a terminé son cursus comme téléopératrice (à temps partiel) dans un institut de sondage, mais toujours très digne, parfois presque trop : « Je ne veux pas être assistée, car je veux continuer à me regarder dans la glace. »
Elle dirigeait, pour le compte de L'Œil du Sphinx, la revue Historia Occultae dont elle venait de me remettre les épreuves du numéro 9.
Nos relations sur ces dix dernières années ont été tellement riches qu'il est impossible de les résumer. Elle était et avait été partout… arpentant les Terres de l'Ailleurs à la lumière d'une curiosité inépuisable, d'un solide bon sens et d'une chaleur humaine communicative. On la retrouve dans le fandom de science-fiction

---

42   Dans le cadre de notre « devoir de mémoire », il y a là de toute évidence une mine à remettre au jour.

des années 1980/90 [43] ainsi que dans les milieux ésotériques de marge de la même époque. Elle flirtera alors avec la kabbale, le thélèmisme, l'alchimie et surtout l'astrologie qui était sa véritable passion. Elle fut aussi un des piliers discrets de la recherche ufologique, arpentant les couloirs d'improbables conventions en compagnie d'amis comme Gildas Bourdais, Bertrand Méheust[44], puis Richard D. Nolane ou Thibaut Canuti. Elle était restée très branchée sur cette problématique, devenant l'une des contributrices phare[45] de la liste de diffusion ufologique sur Internet, « Magonie ». Lors d'un voyage dans les Ardennes le mois dernier, elle nous avait résumé ses fortes convictions en la matière : *Ils existent, leur existence est physique même s'ils défient les lois de ladite physique, Ils se comportent de façon intelligente, Ils ont une intentionnalité…*

Nous sillonnerons ensemble les chemins de la Colline Envoûtée, autre fascination déjà évoquée. Ses interventions aux nombreux Colloques et Conférences que nous avons organisés ne se comptent plus, passant avec aisance de Poussin à Boudet, de Plantard à la géographie sacrée du Haut Razès en faisant un crochet par Saint-Paul-du-Fenouillet et à son abbé Grassaud. Mais son plus grand plaisir était de participer aux festivités autour d'une table avec les nombreux amis qu'elle s'était faits dans les douces couleurs castelrennaises. Je pense à Charly Samson, Pierre et Josette Cormery, Lauric Guillaud, Hugo Soder, Octonovo et bien d'autres. L'appareil photo toujours en bandoulière, elle immortalisera – car elle avait du talent – les curiosités innombrables de cette belle région de Rennes-le-Château.

Geneviève rejoindra en 2015 l'association Portes de Thélème avec laquelle l'ODS avait noué un partenariat. Une association centrée sur les travaux du métaphysicien Jean-Charles Pichon, qui tient son congrès annuel dans un château de la région de Limoges. Elle enrichira considérablement les travaux du groupe par ses compétences très pointues sur la Mythologie et les Cycles. Elle

---

43   Nous préparons à l'ODS un recueil de ses premiers écrits dans le domaine de l'imaginaire, piloté par Emmanuel Thibault. Nous remercions ici les « 42 », collectionneurs devant l'éternel, qui nous ont permis de retrouver des publications improbables.
44   Elle préparait, pour le compte de l'ODS, un recueil des premiers articles ufologiques de Bertrand Méheust.
45   Même remarque qu'en (1).

élargira, une fois de plus, le cercle de ses amis, fascinés par ce petit bout de femme qui plantait sa tente dans le parc du château « pour ne déranger personne ».

À l'instigation de Thibaut Canuti, responsable de la Médiathèque de Charleville-Mézières et ufologue déjà cité, elle deviendra membre permanent du groupe organisant tous les mois de septembre le Salon des Littératures Maudites. Elle s'était inscrite pour la session 2018 avec une contribution sur « le petit peuple ». Proche de Thibaut, elle envisageait du reste de s'installer un jour dans les Ardennes. Elle avait envoyé à son ami, quelques jours avant sa mort, sa postface au nouveau livre d'ufologie qu'il s'apprête à publier.

On l'aura compris, Geneviève était « dévorée » par la recherche sur les grands mystères de l'univers et sur les arcanes de l'histoire. Le recensement de ses publications reste à faire, et ce ne sera pas chose commode, car elle essaimait ses écrits sur des floppy disks, des disquettes, des cartouches, supports aujourd'hui devenus archéologiques, avant de découvrir la clef USB ! Parmi ses dernières publications, citons, écrits en collaboration avec de nombreux amis dont Bernard Fontaine, *Les Illuminati, l'Histoire Secrète Mondiale ; Des Sociétés Secrètes au Paranormal* ou encore *Mystères et Merveilles de l'Histoire de France* (J'Ai Lu). Elle avait également traduit en français le « testament ufologique » de Jacques Vallée, *Science Interdite* (Aldane) et consacré deux gros ouvrages de compilation au philosophe Aimé Michel (*La Clarté au cœur du Labyrinthe et L'Apocalypse* Molle, Aldane). Elle venait de terminer, avec notamment Bernard Fontaine et Emmanuel Thibault, un nouvel ouvrage de réflexions ésotériques sur la société actuelle. Elle avait encore ouvert un chantier sur Pierre Plantard, cherchant à démontrer comment il avait été manipulé dans l'affaire du Prieuré de Sion bien connue à Rennes-le-Château.

Geneviève n'en était pas moins un personnage controversé, en raison du caractère trempé de ses positions politico-sociales qui avaient largement évolué tout au long de sa vie et de ses recherches, mais toujours fondé sur la connaissance et le respect de la vie et d'autrui. Pour paraphraser son amie Catherine Mortière, il n'y a vraiment que les imbéciles qui ne pouvaient pas le comprendre.

Sa sensibilité s'épanouissait surtout dans une spiritualité profonde, celle de la religion orthodoxe. Elle était un des piliers de sa petite paroisse de banlieue et se réjouissait, ce dernier samedi, de participer à la Fête des Lumières de la Pâque.

C'est maintenant toi qui es partie rejoindre la Lumière, ma chère Geneviève. Nous ne t'oublierons jamais et nous n'avons pas fini de mesurer l'ampleur du vide que tu nous laisses.

Philippe Marlin
Dimanche 8 avril 2018,
En ce jour de la Pâque

YVES LIGNON

Yves Lignon

(Préface à son ouvrage *Chroniques du Mystère*, La Vallée Heureuse
2016)

J'ai rencontré Yves Lignon en août 2001, le hasard des rencontres
sur Internet nous ayant permis de nous découvrir une passion
commune, celle de la Colline aux Mystères de Rennes-le-Château.
Ayant prévu de passer quelques jours de vacances dans l'Aude,
nous avions convenu de nous retrouver à Carcassonne pour une
petite immersion touristique dans ces belles terres du Razès. Je
reverrai toujours Yves émerger du sous-sol de la gare, avec ses
deux fidèles compagnes, sa sympathique épouse Marie-Christine
et sa pipe de légende. Ce fut le début d'une amitié solide comme
le roc de Bugarach et fertile comme la déesse Perséphone. Il
faudrait pratiquement consacrer un livre à tout ce que nous avons
pu fabriquer ensemble, que cela s'appelle Congrès, Colloques,
Dîners Débats, Rencontres, Journées, Salons, Voyages d'Étude ou
« Missions Scientifiques ». Car si Yves Lignon est bien connu pour ses
aventures en parapsychologie, c'est un homme multi- passionnel,
zappant de Sherlock Holmes à Fantômas, de Bérenger Saunière à la
BD, du cinéma hollywoodien de l'âge d'or au jazz des fifties, avec

quelques escales obligées pour déguster quelques bons vieux crus de whiskies en croquant des anchois en salade.

L'homme a de la gouaille et son cuir est tanné par le soleil du Midi. Son parler, direct et parfois cassant, lui a valu de solides inimitiés. Mais le moins qu'on puisse dire, c'est que ses combats ont l'odeur de « la poudre de l'intégrité » et la saveur du « sang de l'honneur ». J'ai eu l'opportunité d'assister en 2002 au procès en diffamation qu'il a intenté au zététicien Henri Broch et au Prix Nobel Georges Charpak. Ces derniers l'avaient en effet violemment mis en cause dans un ouvrage, Devenez sorciers, devenez savants, contestant la rigueur de ses travaux statistiques sur le « mystère » du sarcophage d'Arles-sur-Tech. Un procès qui se terminera, sans grande surprise, par un match nul. Mais il fallait oser le faire !

Yves Lignon est un guerrier des Temps Modernes, et la lutte qu'il mène pour que la parapsychologie soit enfin reconnue comme un domaine justifiant d'une véritable recherche scientifique relève des nobles causes. D'abord, et il l'explique très bien dans ses livres, parce que la France est un des rares pays à « bloquer » sur ce type de sujet. Ensuite, et surtout, parce que la science progresse tous les jours et nous montre qu'il n'y a pas de frontière définitive entre le possible et l'impossible. Ce dernier ne cesse de reculer au fur et à mesure que la physique quantique, les neurosciences et l'intelligence artificielle progressent.

Je souhaite à l'auteur de continuer le plus longtemps possible ses recherches et de nous livrer bientôt la synthèse « raisonnée » de l'immense catalogue de cas inexpliqués qu'il a pu collecter. Et il n'a pas à rougir, l'intuition et l'audace sont aussi des outils qui font avancer le savoir !

ANNEXES

ANNEXE I

LA GALAXIE FANIQUE DE L'ODS

Le recensement de nos publications d'amateur donne le chiffre impressionnant de 62 volumes, le terme volume n'étant du reste pas galvaudé quand on sait qu'il s'agissait pour l'essentiel de « pavés » d'au moins 200 pages chacun. On y trouve :

- 22 exemplaires de *Dragon & Microchips,* qui fut notre fidèle vaisseau amiral durant de longues années, essentiellement consacré au fantastique et à la science-fiction. D&M a sorti sous son timbre plusieurs numéros spéciaux de légende, *L'Encyclopédie des Mondes perdus, Le Bestiaire Fantastique* (en deux tomes) et un *Spécial Chambers* réalisé par Christophe Thill.
- 17 exemplaires de Murmures d'Irem, notre zinotérique, qui a connu un beau succès et déclenché de joyeuses polémiques. Historiquement, en effet, *Murmures* provient du « démembrement » de *D&M* auquel on reprochait de cultiver le mélange des genres, voire – injure suprême – de vouloir recréer la *Revue Planète.* Les pourfendeurs de l'orthodoxie d'alors s'appelaient Jean-Pierre Queille, Alain Huet ou Gilles Dumay. Lequel Gilles, dont le stylo ne cessait d'exploser – pour cause de trop plein d'encre – au début des années 1990, se précipita pour collaborer au premier numéro de cette publication sulfureuse.
- 4 exemplaires de *Rôle'and'Rêve,* notre fanzine dédié aux jeux de rôle. Souvenir de nos débuts avec Nicolas, les deux premiers numéros de *D&M*, réalisés plus qu'artisanalement, étant consacrés à cette discipline. Son dernier numéro fut Brain Salad de Willy Favre, qui obtint les faveurs du public rôliste.

À ces trois piliers de l'ODS sont venus s'ajouter de nombreux numéros spéciaux, prolongeant les thématiques abordées dans *D&M :*

- 8 exemplaires des Études du Dr *Armitage,* autre collection de légende qui vit la naissance des premiers numéros de

L'Année de la Science-fiction et du Fantastique au Cinéma de Philippe Heurtel. Elle accueillit également les travaux de Claude Hermier (*L'Archéologue du Merveilleux, Le retour de l'Archéologue du Merveilleux, La vengeance de l'Archéologue du Merveilleux, José Moselli*), ou de Jacky Ferjault (*L'Archéologue des salles obscures, l'Archéologue de la mer Egée*).

- 6 exemplaires des *Manuscrits d'Edward Derby*, certainement parce que les pages de *D&M* n'étaient pas suffisantes pour accueillir toutes les fictions reçues. On y trouva les écrits lovecraftiens de Jean-Jacques Nguyen (*Rêves d'Arkham, Rêves d'Innsmouth*), une anthologie dédiée à l'hémoglobine la plus fraîche, *Les Maîtres de Sang,* et plusieurs round robin dont nous avons, un temps, été friands (*Dark Sun, l'Affaire du Marlin Bleu*). Une incursion dans le domaine de la poésie fantastique donnera lieu à la publication d'un recueil qualifié par Gilles Dumay de « nul à chier ».
- Last but not least, 5 exemplaires du *Bulletin de l'Université de Miskatonic,* dédié, comme son nom l'indique, au Maître de Providence.

Mais ce torrent de publications ne s'arrête pas là.

Il faut encore citer la famille des « fanzines-coucou », publications de certains de nos collaborateurs profitant de l'expédition de nos pavés pour se glisser dans l'enveloppe. On citera le fameux Aliens & Vampyres de Nicolas Ariton, ainsi que *The Parisian Fancy God, Les Stances de Fungi* et *Sous les Cocotiers* de Jacky Ferjault. On n'oubliera pas Mental Machine Poems de Gilles Dumay, qui vaudra à son fougueux éditeur quelques démêlés avec la justice. Mais oui, il y a cela de nombreuses années (!), publier les poèmes pornographiques d'Aleister Crowley pouvait... attenter aux bonnes mœurs. Et puis on accordera une mention gourmande à *Marmite & Micro-ondes,* le fanzine de fantastique culinaire de Philippe Heurtel.

Enfin, il y avait « Les Lettres ». L'ancêtre de *Points de Vue, Images de l'ODS* s'appelait alors Dragon's News, une petite feuille de chou qui faisait le lien entre les lecteurs, une publication très appréciée à une époque où Internet était encore balbutiant. Cette publication déclencha du reste dans les années 1995 une véritable

« lettromania », de nombreux participants lançant leur publication, en général limitée à un seul numéro !

(Extrait de Scènes de la Vie Ordinaire en Odésie, op. cit.)

ANNEXE II

BOOKLETS AODS

(Documents préparatoires aux « Missions Scientifiques »)

- Opération Pommes Bleues, *Les Interdits de l'ODS*, AODS 2003
- Opération Gisors, *Les Interdits de l'ODS*, AODS 2003
- Opération Giscard, *Les Interdits de l'ODS*, AODS 2003
- Opération Nessie à Rosslyn, *Les Interdits de l'ODS*, AODS 2003
- Mission secrète à Falaise, *Les Interdits de l'ODS*, AODS 2003
- Opération Triangle Secret Ardennais, *Les Interdits de l'ODS*, AODS 2003
- Opération Glozel, *Les Interdits de l'ODS*, AODS 2003
- Opération Maldoror, *Les Interdits de l'ODS*, AODS 2003
- La critique de la maquette à Dédé, *Les Interdits de l'ODS*, AODS 2003
- Opération Brocéliande, *Les Interdits de l'ODS*, AODS 2004
- Opération Cordes-sur-Ciel/Le Vaour, *Les Interdits de l'ODS*, AODS 2004
- Opération Pommes Bleues Arles-sur-Tec, *Les Interdits de l'ODS*, AODS 2004
- L'affaire du transfert de la tombe de l'abbé Saunière, *Les Officiels de l'ARTBS*, AODS 2004
- Opération Montsaunès/Baulou, *Les Interdits de l'ODS*, AODS 2006
- Un été sur la colline envoûtée, *Les Interdits de l'ODS*, AODS 2006
- Opération sur les traces d'Otto Rahn en Ariège, *Les Interdits de l'ODS*, AODS 2007
- Mission luxembourgeoise, *Les Interdits de l'ODS*, AODS 2007
- Opération Dracula à Paris, *Les Interdits de l'ODS*, AODS 2008
- Opération Montfort sur Argens, *Les Interdits de l'ODS*, AODS 2008
- Opération Pommes Bleues à Gérone, *Les Interdits de l'ODS*, AODS 2009
- 20 ans au service de l'Imaginaire, AODS 2009
- Transylvanian Express, *Les Interdits de l'ODS*, AODS 2010
- Opération Ardenne Mystérieuse, *Les Interdits de l'ODS*, AODS

2010
- Le Bugarach en Folie, *Les Interdits de l'ODS*, AODS 2011
- Opération Montsaunès, *Les Interdits de l'ODS*, AODS 2011
- Les lourds mystères de la vallée du Rebenty, *Les Interdits de l'ODS*, AODS 2014

(Extrait du *Dictionnaire Philosophique de Marlin Bleu*, EODS, en cours)

ANNEXE III

BIBLIOGRAPHIE DU MARLIN BLEU

Livres

- Les bonnes tables du Bibliothécaire, Lulu 2012
- Le Bibliothécaire du Razès, Lulu 2013
- Les deux vies de Bérenger Saunière, EODS 2013
- L'Affaire du Monastère Dynamité, EODS 2013
- The Watan Origin, EODS 2016
- Le Polar Ésotérique (avec Lauric Guillaud), EODS 2016
- Littératures Maudites 2016, essai sur Lovecraft, EODS 2017
- Littératures Maudites 2017, essai sur Bergier, EODS 2018
- Littératures Maudites 2018, essai sur Conan Doyle, EODS 2019

Articles

- L'Affaire Charles Dexter Ward, *Horrifique* 1993
- Un univers qui parle de tout, *Horrifique* 1993
- Un mauvais rêve, *Horrifique* 1994Crypt of Cthulhu
- Providence for Ever, *Bulletin de l'Université de Miskatonic (n° 3)*, AODS 1995
- Interview, *Tempus Fungi* 1995
- Pour quelques gouttes d'hémoglobine en plus, *Dragon & Microchips (n° 13)*, AODS 1996
- Nantes ou les charmes secrets de la belle Ligérienne, AODS 1997
- Les Confessions d'un Eso-Marsupilami, *La Cabine Télescope* 1999 et *Le Proscrit* 1999
- Le questionnaire de Philippe Marlin, *Kaotic* 1999
- Oncle Chtandré, Entrevue avec Philippe Marlin, pages 22 à 31, Entretien, *Horrifique,* 1999
- Rêves d'Athanor, *Murmures d'Irem (n° 10)*, AODS 2000
- Présentation de l'ODS, *Hauteurs* 2000
- Lovecraft et la création d'univers, *Bulletin de l'université de Miskatonic (n° 5)*, AODS 2000
- Le Dragon, l'Alchimiste et le Kabbaliste, *Dragon & Microchips (n° 20)*, AODS 2000

- Présentation pour *Slash* 2001
- Rennes-le-Château, *Le Cercle* 2001
- Y'a pas le feu au lac ! *Dragon & Microchips (nº 21, Bestiaire Fantastique nº 1)*, AODS 2002
- Stenay et le Mythe, *Mumures d'Irem (nº 13)*, AODS 2002
- Rêves de Razès, *Mumures d'Irem (nº 13)*, AODS 2002
- Sur les traces de Bérenger Saunière à Londres, *Mumures d'Irem (nº 13)*, AODS 2002
- Présentation pour *Le Rocambole* 2002
- Pas de Guiness à Périllos, *Mumures d'Irem (nº 14)*, AODS 2003
- Opération Pommes Bleues, *Mumures d'Irem (nº 14)*, AODS 2003
- Comment fabriquer un Mythe, le cas de Rennes-le-Château, *La Gazette Fortéenne (nº 3)* EODS 2003
- Rennes-le-Château et les médias (avec Irène Omelianenko, Octonovo et JP Pourtal), *ARTBS*, EODS 2004
- Notes de lecture sur Gisors, *ARTBS*, EODS 2004
- Opération Gisors, *Mumures d'Irem (nº 15)*, AODS 2004
- Le Triangle Secret Ardennais, *Mumures d'Irem (nº 15)*, AODS 2004
- Giscard à Marseille, *Mumures d'Irem (nº 15)*, AODS 2004
- En marge du Colloque de l'ARTBS 2003, *Mumures d'Irem (nº 15)*, AODS 2004
- Mystery Park, *Mumures d'Irem (nº 16)*, AODS 2004
- La fiction castelrennaise, *ARTBS*, EODS 2005
- Stenay et le Mythe, *ARTBS*, EODS 2005
- Les secrets du Da Vinci Code, le Mythe de Rennes-le-Château, *VSD* 2005
- Lectures mérovingiennes, *ARTBS*, EODS 2005
- De Baulou à Falaise, *ARTBS*, EODS 2005
- A Notre-Dame de Marceille en compagnie de Frank Daffos, 2006, non publié
- Opération Lotus Bleu, *Mumures d'Irem (nº 17)*, AODS 2006
- Interview *Regards du Pilat,* site de Thierry Rollat 2007
- La tombe de Vals en Ariège, *ARTBS*, EODS 2007
- Notre-Dame de Marseille et Rennes-le-Château, deux affaires liées, *ARTBS*, EODS 2007
- Interview Fortéen, Chroniques de JC Grelet, 2008 http://leschroniquesdejc.blogspot.fr/2008/02/livres-interview-de-philippe-marlin.html

- L'Atelier Empreinte, in *Mon Village à l'Heure du Da Vinci code* (sous le nom de Nicolas), Jean-Luc Robin, Sud-Ouest 2009
- Ce que l'on sait des liens ayant existé entre Boudet & Saunière, *Historia Occultae* (N° 2) 2009
- Réflexions sur le Mystère Otto Rahn, *Historia Occultae* (N° 3) 2010
- Le Codex Bezae et les Parchemins, 2010, non publié
- Les Savanturiers en Roumanie, OS et *Bibliothécaire,* 2010
- Le sang du Bibliothécaire, Historia Occultae (N° 4) 2011
- En lisant *Terre de Rhedae,* TDR 2011
- L'Affaire du Monastère Dynamité, *La Gazette Fortéenne (n° 5)* EODS 2011
- Les dix meilleurs livres sur l'affaire de Rennes-le-Château, inachevé 2011
- Weird Tales et les pulps, *Rencontres de Sèvres 2013,* non publié
- Que signifie être lovecraftien aujourd'hui ? *Mythologica* 2014
- Dix ans de Colloques Castelrennais, *ARTBS*, EODS 2014
- La Papesse Jeanne (avec Joseph Altairac), *Bulletin Présences du Futur* 2014
- Retour sur la Colline (avec Jean-Luc Robin), *ARTBS*, EODS 2014
- L'affaire Dussaert, *ARTBS*, EODS 2014
- ° Bibliographie sur Rennes-les-Bains et l'abbé Boudet, ARTBS, EODS 2015
- Nicolas Poussin et le Razès, 2015, non publié
- Notes sur le Culte des Goules, non publié 2015
- Manuscrits sulfureux, *Historia Occultae* (No 6) 2015
- Présentation d'un néo-berderien, *Rencontres de Berder-en-Limousin 2014, EODS 2015*
- *Historia*
- Jean-Charles Pichon et la revue *Planète, Rencontres de Berder-sur-Seine 2015,* EODS 2016
- Lovecraft et la création d'univers, *Salon des Littératures Maudites 2016,* EODS 2017
- De la Fin au Renouveau, *Rencontres de Berder-en- Limousin 2016,* EODS 2017
- La bibliothèque de John Dee, *Historia Occultae (n° 8) et Rencontres de Berder-en- Limousin 2017,* EODS 2017
- Comment fabriquer un Mythe, le cas de Rennes-le-Château, *La Lettre du groupe Ile de France de Mythologie en France,* 2017

- Résonances entre les œuvres de Pichon et de Lovecraft, *Rencontres de Berder-sur-Seine 2017*, EODS 2018
- Colin Wilson, une plume trempée dans l'Occulte, *Historia Occultae (n° 9)*, EODS 2018
- A la mémoire de Geneviève Beduneau, *Historia Occultae (n° 9)*, EODS 2018
- La régression en littérature, *Rencontres de Berder-sur-Seine 2018*, EODS 2018
- Jacques Bergier, Scribe des Miracles, *Salon des Littératures Maudites 2017*, EODS 2018
- Conan Doyle à Charleville-Mézières, *Salon des Littératures Maudites 2018*, EODS 2019
- Les Livres Imaginaires, 2018
- Contre-Culture, *Historia Occultae (n° 10)* EODS 2018
- Lovecraft ou l'explosion d'un obscur écrivain de Providence, *Université de Nancy*, 2018
- Les Magiciens du Nouveau Siècle, un nouveau *Matin des Magiciens ?*, 2019

Préfaces/Postfaces

- In *Le Livre d'Or de l'Alchimie*, Jean-Pascal Percheron, Ramuel 1998
- In *Dialogue avec les morts*, Serge Leguyader, Trajectoire 2003
- In *Richard Bessière, une route semée d'étoiles*, Collectif, EODS 2005
- In *Amateur d'Insolite et Scribe de Miracles : Jacques Bergier (1912 -1978)*, Marc Saccardi, EODS 2008
- In *L'Héritage du Diable*, Le cas de Rennes-le-Château, Bambou 2008
- In *Le Phénomène Bugarach*, Thomas Gottin, EODS 2012
- In *Guide de Rennes-le-Château*, Yves Echaroux, « Dans les petites rues de Rennes-le-Château », EODS 2012
- In *Chroniques du Mystère*, Yves Lignon, Vallée Heureuse 2016
- In *La Momie de Venise*, Charly Samson, Vallée Heureuse 2017

Poésie

- Un étrange sabbat, *Dragon & Microchips (no 2)*, AODS 1991
- Visions, *Dragon & Microchips (no 3)*, AODS 1991
- Phame, *Dragon & Microchips (no 5)*, AODS 1992
- Tindalos, *Dragon & Microchips (no 6)*, AODS 1993

Jeu de rôle

- La Chapitria, *Dragon & Microchips (n° 1)*, AODS 1990
- La Chapitria, *Dragon & Microchips (n° 2)*, AODS 1991
- Littérature d'évasion et jeu de rôle, *Dragon & Microchips (n° 3)*, AODS 1991
- La Gazette de l'Empire n° 1, *Dragon & Microchips (4)*, AODS 1992
- La Gazette de l'Empire n° 2, *Dragon & Microchips (5)*, AODS 1992

Films

- Les confessions d'André Douzet, *DDVD*, AODS 2004
- L'affaire Bugarach, *Repas Ufologiques de Toulouse* (Youtube) 2011
- L'affaire Bugarach, *Repas Ufologiques de Metz* (Youtube) 2012
- Philippe Marlin raconte Rennes-le-Château, *RLC.Doc & ODS* 2012
- Rennes-le-Château, *BTLV* 2014
- Les Mystères du Pays Cathare, *BLTV* 2016
- Colin Wilson, une plume trempée dans l'occulte, *ODS'PROD* (Youtube) 2017
- Jacques Bergier, Scribe des Miracles (avec Joseph Altairac), 2017

Radio

- Présentation de l'ODS, « Bienvenue chez les Maîtres du Monde », *Radio Libertaire* 1999
- Poésie sur Seine, émission de Yves-Bred Boisset, *Radio Enghien* 1999
- Les Baleines des Sables de Mars, *Radio Campus Rennes*, 2000
- Rennes-le-Château, émission d'Irène Omelianenko, *Le Vif du Sujet, France Culture*, 2002

- Glozel, ° Rennes-le-Château, émission d'Irène Omelianenko, *Le Vif du Sujet, France Culture,* 2003
- Le Da Vinci Code, émission d'Irène Omelianenko, *Le Vif du Sujet, France Culture,* 2004
- L'assassinat de Dagobert II, émission d'Irène Omelianenko, *Le Vif du Sujet, France Culture,* 2005
- Lovecraft, *Une vie une œuvre, France Culture,* 2007
- Le Bugarach, émission d'Irène Omelianenko, Sur les Docks, *France Culture,* 2010
- L'Agenda Culturel de Philippe Marlin, une émission mensuelle sur *BTLV* depuis septembre 2014
- La Diabolisation de la Finance, *BTLV* 2016
- L'énigme de Rennes-le-Château (table ronde), *BTLV* 2016
- La cryptozoologie (table ronde), *BTLV* 2016
- Lovecraft (avec Pascal Fechner), *BTLV* 2016

Textes sur le Marlin Bleu

- L'Affaire Marlin Bleu, Claire Panier, *Horrifique n° 29,* février 2000

Annexe IV

Les Interdits de l'ODS

(Documents de travail internes à l'ODS qui ne font pas l'objet
d'une diffusion publique. Ils sont réservés aux membres de l'ODS
et à certains collectionneurs fous, triés sur le volet)

Weird Tales et les Pulps
Document wiki préparatoire aux Rencontres de l'Imaginaire 2013.
Pedia Press
ISBN : 0-262621-042122

Les Carnets de l'Oncle Vlad
Un document wiki de travail du Bibliothécaire de l'Impossible.
Pedia Press 2013
ISBN : 0 – 256021-04217

Les Papiers d'Otto Rahn
Un document wiki de travail du Bibliothécaire de l'Impossible.
Pedia Press 2013
ISBN : 0 – 258131- 042127

Le Magicien Matinal
Un document wiki de travail du Bibliothécaire de l'Impossible.
Pedia Press 2013
ISBN : 0 -254981-042124

Les Lourds Secrets du Titanic
Un document wiki de travail du Bibliothécaire de l'Impossible.
Pedia Press 2013
ISBN : 0 – 255691-042123

Les confessions de Mulder et Scully
Un document wiki de travail du Bibliothécaire de l'Impossible.
Pedia Press 2013
ISBN : 0 – 265771-042127

Les Tiroirs Secrets de Bérenger
Un document wiki de travail du Bibliothécaire de l'Impossible.

Pedia Press 2013
ISBN : 0 – 254901-042120

Les Mémoires de Baphomet

Un document wiki de travail du Bibliothécaire de l'Impossible.
Pedia Press 2013
ISBN : 0 – 254881-04217

Jean-Charles Pichon, le rêveur de Berder

Document wiki avec une introduction de Jean-Christophe Pichon. Un document Pedia Press préparatoire à Berder-en-Limousin 2015.
(8 € + 1 € de frais de port)
ISBN : 0 – 320151-042125

Feuillets Conspirationnistes

Un document wiki de travail du Bibliothécaire de l'Impossible.
Pedia Press 2015
ISBN : 0 – 32305-042128

Le Livre d'Or des Pailloux

Un document wiki de travail du Bibliothécaire de l'Impossible.
Pedia Press 2015
ISBN : 0 – 325571-042120

Le Livre de la Fin des Temps

Un document wiki de travail du Bibliothécaire de l'Impossible.
Pedia Press 2015
ISBN : 0 – 323251-042125

On a retrouvé Dieu

Un document wiki de travail du Bibliothécaire de l'Impossible.
Pedia Press 2015
ISBN : 0 – 329191-042126

René Guénon & Co

Un document wiki de travail du Bibliothécaire de l'Impossible.
Pedia Press 2016
ISBN : 0 – 348751 - 042024

Les Archives de l'Université de Miskatonic

Un document wiki préparatoire au Salon des Littératures Maudites 2016.
Pedia Press.

ISBN : 0-254911-042127

Ce cher vieux Jules
Un document wiki de travail préparatoire à la conférence du Festival du Film de l'Insolite à Rennes-le-Château
Pedia Press 2016
ISBN : 0 – 346331-042020

Aleister Crowley
Un document wiki de travail du Bibliothécaire de l'Impossible.
Pedia Press 2017
ISBN : 0 – 389921-042123

Rudolph Steiner
Un document wiki de travail du Bibliothécaire de l'Impossible.
Pedia Press 2017
ISBN : 0 – 394811-042121

Livret Assemblée Générale 2017
(10 € + 2,40 € de frais de port)
KDP
ISBN : 9781977862198

Traité de Régression
Un document wiki préparatoire à Berder-en-Limousin 2018.
Pedia Press.
ISBN : 0 – 396631-042121

Les Archives du Dr Watson
Un document wiki préparatoire au Salon des Littératures Maudites 2017.
Pedia Press.
ISBN : 0-269021-042127

Wilhelm Reich
Un document wiki de travail du Bibliothécaire de l'Impossible.
Pedia Press 2017
ISBN : 0 -395001-042129

Carl Gustav Jung
Un document wiki de travail du Bibliothécaire de l'Impossible.
Pedia Press 2017
ISBN : 0 – 392611-042129

Livret Assemblée Générale 2018
KDP
(10 € + 2,40 € de frais de port)
ISBN : 9781724156167

Les Archives des Mondes Perdu
Un document wiki de travail du Bibliothécaire de l'Impossible.
Pedia Press 2018
ISBN : 0 – 412791 – 042129

La Bibliothèque de l'Impossible
Un document wiki de travail du Bibliothécaire de l'Impossible.
Pedia Press 2018
ISBN : 0 -412852-042120

Sous le voile de la Kabbale
Un document wiki de travail du Bibliothécaire de l'Impossible.
Pedia Press 2018
ISBN : 0 -400001-042120

Le Parfum du Gothique
Un document wiki de travail du Bibliothécaire de l'Impossible.
Pedia Press 2018
ISBN : 0 -422031-042123

Les Odésiens Célèbres
Recueil des fiches wiki des odésiens
Pedia Press 2018
ISBN : 0 – 397681-0412123

Edgar Poe à Charleville
Document wiki avec une introduction de Jean Hautepierre. Un document
Pedia Press préparatoire au Salon des Littératures Maudites 2019.
ISBN : 0-423641-042121

Arkhéion, la mémoire de l'ODS
Version 2019
KDP
(15 € + 4,20 € de frais de port)
2019
ISBN : 9781093961850

Annexe V

WATAN ORIGIN (THE)

Un livre important pour moi, publié en 2016 dans le cadre d'une contribution que je devais faire à Berder-en-Limousin (juin 2016). Il tente de résumer ma philosophie en matière de géopolitique, à la lumière de la science, de la littérature et de l'ésotérisme. Il cherchait à prendre le contre-pied à une philosophie de plus en plus envahissante, « tout fout le camp »…

Le sommaire :

L'ÉTAT DE LA PLANÈTE EN TERMES GÉOPOLITIQUE

La situation

- le moteur Chine/USA
- la maison de retraite européenne
- l'Afrique et une partie de l'**Amérique latine qui n'en finissent pas de ne pas se développer**
- une Russie repliée avec agressivité sur ce qu'elle estime être ses territoires et ses ressources naturelles
- une zone moyen-orientale devenue une poudrière ingérable

Les menaces

- un terrorisme devenu aveugle
- Gaia, ou une planète qu'on assassine
- que cherchent-ils ? La problématique **extra-terrestre**

SOMME-NOUS À LA FIN DE… ?

La notion de fin de….

- la popularité des thèmes apocalyptiques
- l'émergence de nouvelles « **Mecques** »

- la faillite des États
- la diabolisation de la finance
- les révoltes contre l'austérité et la faim
- la montée inquiétante de certaines formes de populisme
- le cancer du politiquement correct
- un principe de précaution poussé à l'absurde
- la calcification de certains pays
- le décalage géographique de la spiritualité
- Satan superstar
- la **nazimania**
- le déferlement conspirationniste
- le **recentisme, ou la cerise sur le gâteau**
- la maladie du livre
- séquestré par la distribution ?

LES ÉLÉMENTS PORTEURS DE CHANGEMENT

- la survivance du phénomène hippie
- les néo-ruraux
- l'explosion des thérapies alternatives
- l'explosion du bio
- vers une autre forme de finance
- un peuple qui veut reprendre sa place
- le retour en force de « la matière », **The Watan Origin**
- on a enfin retrouvé Dieu
- et l'Intelligence Artificielle ?
- la découverte de l'autonomie de l'esprit
- nous avons une nouvelle frontière

CONCLUSION : N'ayez pas peur !

ANNEXES

- **Douguine et Rennes-le-Château**
- l'alphabet **Watan**
- Jean Robin
- Otto **Rahn superstar**
- JR Dos Santos et les mathématiques de l'Impossible

- sur nos étranges lucarnes
- prophéties de JC Pichon (1995-2170)

Sa partie « finance » a donné lieu à une émission de radio sur BTLV. Il n'a eu qu'un succès d'estime, malgré des appréciations élogieuses comme celles de Lauric Guillaud (LG), d'Eric Theallet (ET) et de Remi Boyer (RB) auxquels j'avais passé de premières feuilles.

Lauric Guillaud

LG : Mon cher camarade,
J'ai lu ton texte d'une traite, comme disent les blanches, et je demeure tout ébaubi par ton travail. Remarquable par sa densité, sa cohérence et ses sources. Je crois que tu es le premier à faire « coller » JCP à l'actualité de manière aussi convaincante (je veux dire non seulement pour les « extérieurs » ou les « profanes » mais pour les pichonophiles). Tu as en main les bases d'une œuvre plus large qui pourrait certainement trouver son public. Tu suis la grande tradition de nos amis érudits qui faisaient passer les événements présents par le prisme de leur immense culture. Je pense notamment à Deloux ou à Parvulesco. Enfin, tu démontres excellemment que le véritable ésotérisme est à rechercher dans d'étranges grimoires méconnus ou inconnus que les « doctes » appellent tout simplement « littérature populaire », fantastique ou SF. CQFD.
Encore bravo. Ne referme pas définitivement ton livre ; il est encore à enrichir et à développer.
Bonne fin d'année.
Amitiés.
Lauric

Eric Theallet

ET : Philippe je viens de terminer ton travail ! je suis SOUFFLÉ je l'ai lu d'une traite ! c'est fantastique et passionnant c'est un roman de SF et pas n'importe lequel un trés trés bon sauf que là tu te coltines au réel et que toutes tes infos tiennent la route...

Il y a tout pour tenir en haleine l'auditeur et... le lecteur ensuite qui va en demander plus comme moi.

Rémi Boyer

(dans sa Lettre du Crocodile)

Dans l'esprit novateur de la revue Planète, Philippe Marlin observe la décomposition planétaire comme une opportunité de faire émerger un nouveau paradigme replaçant la nature et l'être humain au centre d'un projet de civilisation plus respectueux de l'un comme de l'autre.

Lucide sur l'état de la planète comme sur les perversions humaines, Philippe Marlin fait toutefois le pari de la créativité de l'esprit humain. Alors que les sciences quantiques approchent les principes des grandes métaphysiques non-dualistes, qu'une révolution scientifique sans précédent s'annonce, affectant tous les secteurs, il propose d'abord de prendre conscience des enjeux afin de choisir quel monde, ou quels mondes, nous voulons.

Ce texte fut rédigé dans le cadre des Portes de Thélème 2016, association des amis de l'écrivain Jean-Charles Pichon, penseur éminent, trop méconnu. Il sera enrichi ultérieurement d'autres travaux.

Dans une première partie, il fait le point sur l'état de la planète : le rôle du couple Chine/USA, l'Europe en panne, l'Afrique étouffée, l'Amérique du Sud qui ne prend pas sa place, la Russie arcboutée sur le projet impérialiste, un Moyen-Orient dangereusement morcelé. Il aborde les grandes menaces, terrorisme, déséquilibre planétaire et pose la question de la problématique extra-terrestre.

La deuxième partie étudie le thème de la fin de civilisation, volontiers rabâchée sur le mode catastrophique. La popularisation des thèmes apocalyptiques, la faillite des États-nations, la diabolisation de la finance, les populismes, les contractions stériles du politiquement correct, la multiplication des absurdités normées, le déferlement conspirationniste sont autant de signes des incertitudes d'un monde sans projet civilisationnel.

La troisième partie dresse un panorama, partiel bien sûr mais significatif, des déterminants d'un changement favorable, des éléments qui font sens. Par exemple, Philippe Marlin note la permanence des valeurs qui furent développées par le mouvement hippy dans les années 1960, le développement d'une nouvelle ruralité, l'explosion des thérapies alternatives, du bio, l'expérimentation de nouvelles formes de finances, les monnaies alternatives, l'émergence de mouvements populaires ou politiques d'une autre nature, la recherche d'un nouveau rapport au divin, dépouillé des dogmatismes traditionnels, les possibilités nouvelles offertes par l'intelligence artificielle et l'espace, l'exploration de la conscience…

Point important, à plusieurs reprises, Philippe Marlin nous rappelle l'importance du rapport que nous entretenons avec le livre, qu'il soit grimoire ou texte contemporain sur tablette. Il s'agit bien de la trace dont le sens peut découler.

Cet ouvrage constitue une introduction à un questionnement nécessaire, voire vital. Trop de gens dorment ou rêvent au lieu d'être présents à ce qui est et de songer. Nous sommes « pensifs », dirait Louis-Claude de Saint-Martin, quand il faut être « penseurs ». Philippe Marlin nous invite à remonter nos manches et activer nos neurones.

SOMMAIRE

PRÉFACE DE CLAUDE ARZ .... page 9

Chapitre I : AUX ORIGINES .... page 15

> Où un jeune Ardennais découvre Le matin des magiciens - Le Tombeau du Géant - Quand les fleuves sont noirs et cabalistiques – Le premier laboratoire - La soupe Bob Morane - L'ombre de Fulcanelli - Des rencontres remarquables - Planète quand tu nous tiens - Comme un œuf bien cuit - Entre sciences politiques et Elric le nécromancien - La montée de l'esprit dans l'histoire.

Chapitre II : APPRENTISSAGES .... page 35
1970 - 1980

> De la finance au Seigneur des anneaux - Quimper, terminus - La Bigorne du samedi soir - Des kilos de Fleuve Noir - Les cathares de Montségur - Les petits J'ai lu rouges - Rencontre avec Rennes-le-Château - Un disque noir dans le ciel de Lavelanet - L'hypothèse ufologique - Espion dans les Carpates - Le côté obscur de l'argent.

Chapitre III : EXTENSION DU DOMAINE DES MYSTÈRES .... page 57
1980 – 1990

> Du trading à l'imaginaire – Les terres d'ailleurs : de Boston à Singapour – La bombe de L'Énigme sacrée – Quand Marlin joue et gagne - Vampires, à vos casseroles ! – Le club ODS – Les Laboratoires de l'Impossible – La bande de Lovecraft – Murmures d'Irem – Amoureux de l'Atlantide – Quelque chose qui traverse le temps.

Chapitre IV : LA FÊTE À LA LUMIÈRE OBSCURE .... page 81
1990 - 2000

> L'hypothèse de L'Œil du Sphinx – On the spot – Nantes : années magiques – Retour à Rennes-le-Château – Sur les traces de Lovecraft à Providence – Common Place Book – Le temps du Round Robin - Portrait du Marlin Bleu

Chapitre V : LES BELLES ANNÉES .... page 105
2000 - 2010

> La machine tourne à plein régime – Quand les lunes
> deviennent bleues – Une marmite bouillonnante – Hommage aux
> enchanteurs – L'Atelier Empreinte – La folle vague du Da Vinci
> Code – Rennes-le-Château, la capitale mondiale du mystère –
> Cracovie, ville de l'alchimie médiévale – Une ruche de personnages
> extraordinaires – Rencontre avec des chercheurs en ésotérisme.

Chapitre VI : L'EXPLORATION DES TERRES DE L'AILLEURS .... page 137
2010 - 2020

> Banquier : endgame – L'affaire du Pech d'En Couty – Bugarach,
> un parfum de fin du monde – Le Pot-au-feu des Survivants –
> Transylvania Express – Dracula's Market – Nom de code : Secret
> bancaire – L'Institut Noésis – Les caissons de Hugo Soder – À la
> rencontre de John Dee – L'exploration des Terres de l'Ailleurs – Du
> Poe à grandes brassées.

Chapitre VII : PASSIONS LITTÉRAIRES .... page 175
2020

> Lovecraft ou la métaphysique du néant – Le frisson cosmique
> d'Edgar Poe – Les aventures géographiques de Sir Arthur Conan
> Doyle - Colin Wilson et la quête de la conscience

Chapitre VIII : RENCONTRES AVEC DES PERSONNES
REMARQUABLES .... page 199
Aujourd'hui

> Les mille contributions de Geneviève Béduneau, un personnage
> de légende – Joseph Altairac, un érudit rationaliste à l'ODS –
> Conversation avec le parapsychologue Yves Lignon – Les 9 Milliards
> de noms de Dieu, de Dominique Filhol

Chapitre IX : DANS LES JARDINS SECRETS DE PHILIPPE
MARLIN .... page 209
Aujourd'hui

> L'hypothèse OVNIS – NDE, une conscience hors du corps – La
> conviction de l'intelligence cosmique

TABLE DES ILLUSTRATIONS

Toutes les illustrations sont de Philippe Marlin, sauf mention contraire.

001 – Portrait de P. M.

002 – Sedan à l'époque de ma naissance

004 - Le Tombeau du Géant

005 - La Bigorne (site internet « Filets Bleus », DR)

006 – Montségur

007 - Rennes-le-Château

008 – Sighisoara

009 – L'autel de Dagon

013 - J.-P. Percheron

014 – Égypte

015 - La Louve

016 - Une réunion de l'ODS

017 - Jacky Ferjault

018 - Julie Proust

020 – Providence

021 - Les Ariton

023 - Les 10 ans de l'ODS

024 - L'Atelier Empreinte

025 - Une journée du Livre et de l'Étrange

026 – Cracovie

027 - Le Colloque Bergier

029 - Henry Lincoln

031 - La Maquette de l'abbé Saunière

033 – P.-M. Mandarin

034 - Les 20 ans de l'ODS

035 - Le Pech d'En Couty

038 – La Tombe de Vlad Tepes à Snagov

039 – P. M. et S. H

041 - P. M. dans le caisson de relaxation

044 - Une réunion de Berder (Geneviève Beduneau, PM, Jean-Christophe Pichon et Bernard Pinet

045 - Photo Ouverture du Salon des Littératures maudites 2015

049 - Lauric Guillaud

050 - Le cabinet de S. H. à Charleville

052 - Joseph Altairac

054 - Dominique Filhol

Illustrations des annexes.

022 - Le Marlin Bleu

051 - Geneviève Béduneau

053 - Yves Lignon

LISTE DES ENCADRÉS

A - Le Matin des Magiciens

B - La matière

C - La reliance

D - L'Or de Rennes

E - Le jeu de rôle

F - L'archéologie romantique

G - Un poème et une Louve

H - Le musée Jules-Verne de Nantes

I - L'Affaire Marlin Bleu

J - Jean-Charles Pichon

G – Le Necronomicon

LISTE DES TEXTES

I - L'Affaire du Marlin Bleu.

II - Comment écrire le thriller de l'été ?

III - Éloge funèbre de Geneviève Béduneau.

IV - Préface pour Yves Lignon.

LISTE DES ANNEXES

I - La Galaxie Fanique de l'ODS

II - Les Booklets de L'AODS préparatoires aux Missions Scientifiques

III - Bibliographie de P. M.

IV - La Bibliothèque de l'Impossible

V - The Watan Origin

REMERCIEMENTS

N'ayant pu citer tous mes amis dans les entretiens – Claude m'a enfermé dans un « protocole » très strict — je veux encore citer tous ceux sans qui je ne serais pas moi-même, mais je ne serais pas un autre.
Mille mercis à eux.

Philippe Marlin
Août 2019

- Le Chevalier Altamont-Dupin qui a mobilisé Sherlock Holmes pour se défendre contre les Gilets Jaunes
- Christophe André, le Maître de l'Ontologie Ontologique.
- Lydia B. qui m'avait fait causer sur Le Necronomicon pour France Culture
- Philippe Baschoux, l'astrologue officiel de l'abbé Saunière
- Fanny Bastien, la nouvelle impératrice de la Colline
- Soraya Benoît qui a illuminé la Colline avant de disparaître dans le piment du Soleil
- Chris Bernard, l'infatigable fanéditeur de Miniatures et de Portiques qui ont accueilli mes premiers écrits
- Guy Bidel, un talentueux illustrateur qui est parti très jeune dans l'autre monde
- Yves-Fred Boisset, patron de la revue L'Initiation et grand poète
- Christian Bouchet, thélèmisme sulfureux
- Edouard Brasay qui est toujours à la TV même quand j'éteins le poste
- Jean-Luc Buard, le bibliographe de l'Absolu
- Laurent Buchholtzer qui finira par ne pas trouver le trésor de l'abbé Saunière
- Franck Buleux, le Président de la Société des Écrivains Normands
- Alain le Bussy qui m'a appris que le fandom était une forme belge de l'Art Nouveau. Paix à son âme.
- Fernand Cafiero et ses Bad Boys
- Véronique Campion-Vincent, traqueuse émérite de rumeurs
- Daniel Castille, toujours à la recherche du dernier des Mérovingiens
- Christian Comtesse et ses OVNIS ensevelis dans la choucroute de Marguerite
- Marie-Charlotte Delmas, celle qui élève les fées
- René Choy, l'âme des chercheurs de Rennes-le-Château
- Claude Dumont, le fanéditeur belge qui a retrouvé les terres de sa chère Octavie
- Bernard Fontaine qui sommeille à l'ombre des Sept Tours du Diable
- Jean-François Gérault, le mentaliste crowleyien

- Claude Hermier, l'Archéologue du Merveilleux qui a disparu dans un monastère tibétain
- Philippe Heurtel, le roi du saucisson
- Vanessa Lambotin qui m'a converi à l'Érotisme Sacré
- Marc Madouraud qui fait rire les Nanards
- Silvanie Maghe qui a trouvé la porte d'entrée de la Machine
- Yann Minh, perdu quelque part dans le cyber-espace
- Rémi Mogenet et Rachel Slater, les nouveaux bardes du Razès
- Gérard Mouton, grand adepte des disparitions mystérieuses
- Philippe Micalef qui arrive à pousser les murs pour classer ses collections
- Patrick Mensior qui a élu domicile aux Archives Départementales de Carcassonne
- Christophe Morel, le lovecraftien fou qui attend d'hériter de Jean-Louis Sarro
- Irène Omelianenko, le Grande Prêtresse de France Culture
- L'Ombre Jaune qui abrite beaucoup de nos réunions secrètes
- Jean Pelet, le dernier des chercheurs de trésor à Rennes-le-Château
- Bernard Pinet pour qui la pétanque a du sentiment
- Philippe Pissier, thélémite d'obédience SM
- Agniezka Rapika, la sulfureuse polonaise amoureuse des Templiers
- Jean Robin qui n'aime pas qu'on n'aime pas son Livre sur Lovecraft
- Thierry Rocher qui essaie d'intégrer les Ovnis dans le Guide Michelin
- Morgan Roussel qui arrose sa bibliothèque tous les jours pour qu'elle ne cesse de pousser
- Jean-Louis Sarro, Révérend Père de l'Ordre Ésotérique (rénové) des Disciples du Maître de Providence
- Paul Saussez, perdu dans les sous-sols de l'église de Rennes-le-Château
- Jérémy Sauvage, le barde normand
- Fabrice Tortey qui a découvert les Papous en Cimmèrie
- Tschalaï Unger, tarologue et ancienne secrétaire de Jacques Bergier. RIP.
- Dominique Vallet et ses fabuleux crobards
- Roland C. Wagner, une belle plume de la SF hélas trop tôt disparu
- Philippe Ward, fondateur de 3615 Miska et patron de Rivière Blanche

Et bien sûr mes enfants, mon fils Nicolas, Céline sa première épouse, Sabrina sa compagne ; ma sœur Katherine et son mari Philippe.

Achevé d'imprimer en Décembre 2019
Par Amazon
No d'imprimeur : 8231

Les Éditions de l'Œil du Sphinx
36.42 rue de la Villette
75019 Paris
Tél 09.75.32.33.55
Fax 01.42.01.05.38
Email ods@oeildusphinx.com
Web www.oeildusphinx.com